1

Leise plätscherte das dunkle Wasser, als sie vorsichtig in das kleine Holzboot mit seinen von der Sonne ausgeblichenen roten und blauen Streifen stiegen. Silbriges Mondlicht lag noch über der Lagune, und dort, gar nicht weit entfernt, zeichnete sich in der Dämmerung der Umriss der kleinen Insel Mozia ab. Es würde wieder ein heißer Tag werden, dachte Diego, als er sich an dem alten, rostigen Hilfsmotor zu schaffen machte. Der ruckelte und spuckte, dann zerschnitt ein Geräusch die Stille, das wie das Aufjammern eines gequälten Tiers klang.

Als Giulia hinter ihm kicherte, zuckte er zusammen und drehte sich um: Kein Mensch war am Ufer zu sehen, die Landstraße lag verlassen da, ebenso der kleine Hafen, an dem tagsüber die Fähren nach Mozia ablegten. In der Ferne sah er die Lichter von Marsala in der Dämmerung schwächer werden.

»Setz dich, es geht los«, forderte er Giulia auf, die sich gerade eine Zigarette anzündete. Sie zog ihre Highheels aus und setzte sich auf eine der beiden morschen Holzbänke. Es roch nach abgestandenem Wasser und verfaultem Fisch. Diego rümpfte die Nase und schaute in das pechschwarze Wasser. Voller Algen und Schlamm, das konnte man bei dem Licht nicht sehen, aber er erinnerte sich, dass er sich jedes Mal vor dem Lagunenwasser geekelt hatte, wenn er hier gewesen war.

»Fahr los, wenn die Sonne aufgeht, will ich drüben sein.« Giulia kicherte wieder und warf die langen hellbraunen Haare zurück. Er war froh, dass sie den Sommer auf Sizilien verbrachte nach dem Jahr in Rom, in dem sie sich nur selten gesehen hatten: Ihr Studium der Archäologie und die Hauptstadt hatten sie vollkommen absorbiert, und er war vor Eifersucht fast verrückt geworden. Am liebsten wäre er auch nach Rom gegangen und hätte dort Jura studiert, aber sein Vater wollte, dass er erst einmal in Palermo zeigte, wie ernst er es mit dem Studium meinte. Typisch, sein Vater war meistens ein Spielverderber, und Giulia konnte er nicht besonders leiden … Jetzt wollte Diego wenigstens im Sommer so viel Zeit wie möglich mit ihr verbringen. Auf den Club in Marsala hatte er heute eigentlich schon um drei Uhr keine Lust mehr gehabt, ein lahmer DJ und komische Leute – nicht zu vergleichen mit denen in Palermo, aber Giulia wollte tanzen und immer weiter tanzen und hatte ihn wieder und wieder an die Bar geschickt. Dann hatte sie die Idee gehabt, nach Mozia überzusetzen. »Bitte, bitte, die Insel ist wunderschön, ich zeig dir, wo wir gerade graben. Komm schon, dort sind wir ganz allein …«

Letzteres hatte Diego überzeugt, denn die phönizischen Ausgrabungen, von denen sie dauernd erzählte, interessierten ihn nicht besonders.

Langsam tuckerte das kleine Boot über die Lagune der Insel entgegen. Das Wasser sah in der taubengrauen Dämmerung dunkel und bodenlos aus, obwohl die Lagune höchstens anderthalb Meter tief war. Er fröstelte, als ein leichter Wind aufkam. Giulia hatte sich noch eine Zigarette angezündet, seine Lederjacke über die Schultern geworfen und erzählte von den Phöniziern, von der sagenhaften Stadt, die sie einst auf der kleinen Laguneninsel Mozia erbaut hatten, von den Ausgrabungen, an denen sie teilnehmen durfte, und von dem geheimnisvollen Opferplatz, den sie vor ein paar Tagen entdeckt hatten.

»… Baal, das war ein grausamer Kriegsgott, und die Phönizier haben ihm oft ihre erstgeborenen Söhne geopfert, damit er sie und ihre Familien verschont. Die Kinder wurden erst gesteinigt und dann verbrannt …«

Diego gruselte es – was für eine schreckliche Geschichte. Oder hatte Giulia sich das ausgedacht? Phönizier waren doch Griechen – waren die nicht sehr fortschrittlich gewesen? Er hielt Kurs auf die Insel und fragte sich, ob es schlau gewesen war, das sorgsam vertäute Boot einfach mit dem Taschenmesser loszuschneiden. Was, wenn der Besitzer früh fischen fahren wollte? Wie sollte er das Ding je wieder festbekommen? Er schaute auf die Uhr: Es war kurz vor sechs, ging da jemand fischen?

»Guck mal, da!«, riss ihn Giulias Stimme aus seinen Gedanken. Sie war aufgesprungen und brachte den alten Kahn ordentlich ins Schwanken. Die Insel lag nun direkt vor ihnen, leise schlug das Wasser an die kleinen Buchten. Und plötzlich sah er es auch – Licht, dort auf der Insel.

»Du hast gesagt, da ist nachts keiner. Wir drehen um! Ich habe keine Lust, Ärger zu bekommen.« Diegos Stimme war heiser vor Aufregung, er räusperte sich. Was für eine dämliche Idee, romantisch war das jetzt echt nicht.

»Nein, warte, da ist sonst nachts wirklich keiner, die Insel ist unbewohnt – vielleicht versucht jemand, ins Museum einzubrechen. Mach den Motor aus!« Diego ließ den Motor absaufen. Er griff zu den Rudern, die schwerer waren, als er gedacht hatte, und ruderte die letzten Meter bis zu einer der kleinen mit Kieselsteinen übersäten Buchten.

»Schneller!«, flüsterte Giulia, als er das Boot auf den Strand zog. »Siehst du das? Da drüben, die Lichter – dort ist das Museum! Los, komm!«

»Giulia, warte! Lass uns abhauen! Wenn das wirklich Diebe sind – ich hab hier noch nicht mal Empfang …«

Er tippte hektisch auf seinem Handy herum, nichts, kein einziger Balken.

»Feigling, komm schon!« Giulia verschwand barfuß zwischen den Büschen, während Diego das Boot höher auf den Kies zog. Hätte noch gefehlt, dass es abtrieb und sie nicht mehr wegkamen. Als er sich umdrehte, konnte er sie nicht mehr sehen und begann zu fluchen. Er kannte die Insel im Gegensatz zu ihr, die seit Wochen jeden Tag hier verbrachte, überhaupt nicht. War sie dort langgegangen? Er versuchte, sich einen Weg durch die dichte Macchia zu bahnen.

»Was für eine beschissene Idee«, murmelte er, dann stolperte er über etwas, das wie ein Steinhaufen aussah.

»Minchìa!« Er hielt sich das Knie, seine Hose war aufgerissen, er sah Dreck und ein paar Blutstropfen.

»Verdammte Scheiße!« Mühsam rappelte er sich auf, als er hinter sich ein Rascheln hörte. Er fuhr herum und schrie vor Schreck auf. In der Dämmerung stand eine alte Frau. Die Gesichtszüge waren durchfurcht von Falten. Sie war in Lumpen gehüllt, und auf ihren Schultern lag eine schwarze Strickstola, deren Enden sie in den knochigen Händen hielt. Um den Kopf standen ihr wirr die weißen Haare. Als sie anfing zu lachen, klang es wie das Meckern einer Ziege. Er schrie noch einmal und rannte dann weg, so schnell er konnte. Durch dichtes Gebüsch, die Zweige peitschten ihm ins Gesicht, seine Füße verfingen sich in Disteln, immer wieder strauchelte er, riss sich aber hoch und stürzte weiter, bloß weg von der alten Hexe.

Als er sich schließlich umdrehte, sah er die Alte nicht mehr. Sein Herz schlug bis zum Hals, immer wieder drehte er sich in alle Richtungen um. Wo war er? Und wo war dieses verdammte Museum? Mühsam versuchte er, sich zu orientieren, und merkte, dass er in die falsche Richtung gelaufen war. Er musste Giulia finden, sie von dem blöden Museum wegholen und dann verschwinden. Die dümmste Idee aller Zeiten – von wegen unbewohnt, hier war nachts mehr los als in Marsala …

Immer wieder zuckte er zusammen, wenn er ein Rascheln hörte oder ein Vogel zu zwitschern begann. Er fühlte, wie ihm der Schweiß über die Stirn rann, obwohl es noch kühl war, und sein Knie tat weh. Verzweifelt versuchte er, in der Macchia zwischen Ginsterbüschen, Zwergpalmen, Süßklee und Agaven, eine Art Weg auszumachen. Da vorn, das sah aus wie ein Trampelpfad. Links von ihm lichtete sich das Dickicht, er sah eine Steinmauer und darunter eine Grube voller Geröll – und blieb stocksteif stehen. Ein Körper lag dort, seltsam verkrümmt.

Am liebsten wäre er weggerannt, aber er konnte sich nicht bewegen. Schließlich nahm er seinen ganzen Mut zusammen, kletterte vorsichtig in die Grube und drehte den reglos Daliegenden um. Das schmale Gesicht kam ihm bekannt vor, die schwarzen glatten Haare, die dichten schwarzen Brauen, die helle Haut mit den vielen Leberflecken. Giacomo! Diego wurde übel. Giacomo Leoni, Giulias Kommilitone. Der Streber, dessen Vater die Exkursionen der Fakultät sponserte. Von dem Giulia manchmal geschwärmt hatte, weil er einfach »alles wusste«. Diego war eifersüchtig geworden, dann hatte sie nicht mehr über ihn geredet. Vor ein paar Wochen hatte Diego ihn auf einer Party kennengelernt, nur kurz, weil der andere kaum geredet, in einer Ecke gestanden, ein Bier getrunken hatte und dann schnell verschwunden war. Jetzt klebte ihm Blut an der Stirn und am Hinterkopf, und die Augen waren geschlossen. Atmete er? Diego hielt sein Ohr an den Mund des Jungen und lauschte. Vielleicht ganz schwach? Er suchte hektisch nach dem Puls, am Hals, dann am Handgelenk und war sich nicht sicher, ob es pochte oder ob das sein eigener Puls war, der verrücktzuspielen schien.

»Giacomo, Giacomo, hey, hörst du mich?« Nichts. Er musste erste Hilfe leisten, jemanden anrufen. Aber sein Handy zeigte immer noch keinen Empfang an.

»*Cazzo*, und jetzt?« Er beugte sich wieder über Giacomo und rüttelte unentschlossen an seiner Schulter. Dann versuchte er, sich an den Erste-Hilfe-Kurs zu erinnern, den er vor seiner Führerscheinprüfung gemacht hatte. Beatmen musste er ihn und irgendwie auf die Brust drücken. Er versuchte es ein paarmal, ohne Reaktion. Der Körper fühlte sich warm an, aber er konnte keinen Atem wahrnehmen.

»Scheiße, Scheiße, Scheiße!« Panik erfasste Diego. Er stand auf und rannte los, er musste Hilfe holen. In der Ferne hörte er ein Motorengeräusch und Schreie, er rannte schneller und schneller, Schweiß lief ihm über das Gesicht.

Der Mond stand nur noch als blasse Sichel am Himmel, die ersten Sonnenstrahlen warfen ein fahles hellblaues Licht auf die Insel, auf die hellen Steine, das Gebüsch und die gelben, violetten und pinkfarbenen Blumen, die überall wucherten, sich das zurückholten, was die Studenten Jahr für Jahr freizulegen suchten: die merkwürdigen steinernen Grundrisse, die Diego nicht einordnen konnte, Haufen von Schutt und Geröll. Da vorn war endlich das Museum.

»Giulia! Giulia, wo bist du?«

Diego schrie, so laut er konnte, jetzt wollte er die Stille übertönen, die auf der Insel herrschte und ihm Angst machte. Als er den kleinen bungalowartigen Bau erreichte, in dem das Museum untergebracht war, sah er, dass die Tür aufgebrochen war.

»Giulia?«

Nichts. Vorsichtig schob er die Tür auf und ging in den niedrigen Raum. Vitrinen voller Tonscherben säumten die grauen Wände, größere Vasen und Töpfe standen auf der Erde. Schnell lief er durch die übrigen drei Räume. Keine Spur von Giulia, nur Vitrinen voller Zeug, unendlich viele kleine Figuren, Schmuck, primitives Werkzeug.

»Giulia, *cazzo*, wo bist du?«

»Diego? Diego!«

Diego rannte aus dem Museum, als er sie rufen hörte, dann sah er Giulia, die winkend auf ihn zukam, auch sie vollkommen außer Atem.

»Sie sind abgehauen, drei Männer, mit einem Motorboot, und haben sie mitgenommen! Die Statue! Der Jüngling von Mozia! Schnell, lass uns die Polizei rufen, ich hab hier keinen Empfang! Da unten an der Anlegestelle ist es besser, los …«

Sie keuchte und strich sich das von Schweiß verklebte Haar aus der Stirn. Diego packte sie am Arm.

»Giulia, da hinten liegt Giacomo, er ist schwer verletzt. Eine alte Frau rennt hier rum, ich weiß nicht, was sie damit zu tun hat. Krankenwagen, wir brauchen einen Krankenwagen!«

Giulia wurde kreidebleich, machte sich von ihm los und trat einen Schritt zurück.

»Giulia, hörst du mich? Wir müssen Hilfe holen …«

»Giacomo? Giacomo Leoni? Was hast du mit ihm gemacht?«

»Was soll ich gemacht haben? Ich sag doch, da rennt eine alte Frau rum, ich wollte weg und sehe Giacomo da liegen …«

Sie starrte ihn reglos an.

»Unten an der Anlegestelle ist Empfang, sagst du?« Diego drehte sich um und lief in Richtung Ufer, das Handy in der Hand.

»Komm, komm, komm schon, na endlich …«

Ein Balken erschien auf dem Display, dann noch einer.

Luca Santangelo wälzte sich in einem unruhigen Schlaf, als das Telefon klingelte. Er fuhr hoch und sah auf die Uhr: 6:57.

»Hallo?« Er räusperte sich.

»Pa …«

Mit einem Schlag war er hellwach. Sein Sohn. Um diese Uhrzeit.

»Diego, wo bist du? Was ist los?«

»Ich bin auf Mozia, mit Giulia, hier ist einer verunglückt, ein Kommilitone von Giulia. Giacomo Leoni, der braucht einen Arzt. Und die haben das Museum ausgeräumt, diese Statue ist weg, die berühmte, und eine alte Frau rennt hier rum, so eine Hexe, die mich verfolgt, Pa, du musst …«

Er sprang aus dem Bett, das Handy ans Ohr geklemmt und versuchte gleichzeitig, sich anzuziehen und irgendeinen Sinn im Wortschwall seines Sohnes auszumachen.

»Diego, beruhige dich, noch mal von vorn! Was machst du auf Mozia, *cazzo*?«

»Giulia wollte dahin, sie wollte mir was zeigen …«

Luca stöhnte, natürlich, diese Giulia. Den ganzen Winter über hatte Diego die Wochen und Tage bis zu den Semesterferien und Giulias Rückkehr aus Rom gezählt, und jetzt hing er dauernd mit ihr in Marsala herum, wo sie mit ihren Kommilitonen während der Ausgrabungen untergebracht war … Wie viel hatte Diego getrunken? Er versuchte, den aufkeimenden Ärger zu unterdrücken. Das alles ergab keinerlei Sinn.

»Diego, hör mir zu, wenn jemand verletzt ist, musst du sofort die Polizei und den Krankenwagen anrufen. *Subito*, verstehst du?«

»Hab ich, Pa, die sind unterwegs …«

»Ich fahr gleich los, ruf mich an, wenn ihr die Insel verlasst. Anderthalb Stunden brauche ich.«

Als Luca Santangelo sein Motorrad aus dem engen Hausflur wuchtete und auf den kleinen Platz vor seinem Haus trat, atmete er tief durch. Das Viertel im Herzen der Altstadt Palermos schien zu schlafen, wahrscheinlich waren dies die einzigen zwei Stunden, in denen sich Stille über die engen Gässchen senkte, nachdem immer mehr Lokale und Restaurants eröffneten und hier Nacht für Nacht gefeiert wurde. Nur sein Sohn hatte die grandiose Idee, nachts nach Mozia zu fahren ... Er schaute nervös auf die Uhr, als ihm Silvio Alajmo einfiel, sein Freund aus Studienzeiten, der in Marsala wohnte – der wäre schneller da. Vielleicht wussten die in Marsala ja auch schon Bescheid, vielleicht hatte Silvio Frühdienst bei KRONOS. Seit einem Dreivierteljahr hatte Luca Santangelo, seines Zeichens Journalist – und das mit großer Leidenschaft –, wieder einen Job. Zwar nicht bei einer Zeitung, wie er gehofft hatte, aber bei KRONOS, immerhin der größten italienischen Nachrichtenagentur. Und als er im Büro in Palermo anfing, hatte er sich gefreut, als er entdeckte, dass Silvio, eigentlich ein Fotograf, Korrespondent in Marsala war. Zusammen hatten sie darüber gelacht, dass sie sich ausgerechnet so wiedergefunden hatten – über einen Job, den sich beide nicht gewünscht hatten, der bei näherer Betrachtung aber nicht so schlecht war: Sie schrieben nicht mehr selbst, aber ihr Nachrichtenticker erreichte die sizilianischen und die italienischen Medien, manchmal sogar die ganze Welt. Und sie waren näher dran, entschieden, was zur Nachricht wurde und was nicht. Nach der leidvollen Erfahrung beim *Giornale Siciliano*, wo man ihm gekündigt hatte, als Luca unliebsam geworden war und über die schrieb, denen keiner ans Bein pinkeln durfte, war er ganz zufrieden damit, in der Anonymität der Agentur Nachrichten aus Palermo und Sizilien in die Welt zu verschicken.

Silvio Alajmo klang verschlafen, als er nach dem dritten Versuch endlich ans Handy ging, versprach ihm aber, sofort loszufahren.

»Was für eine alte Frau, Luca?«

»Keine Ahnung, ich sag doch, ich hab kein Wort verstanden, nur waren definitiv Leute auf der Insel, die dort nichts zu suchen haben, und einer der Studenten aus Rom ist verletzt.«

»Ich fahr gleich los, in einer Viertelstunde bin ich da.«

Lucas altes Motorrad, eine BMW R 80 von 1982, sein ganzer

Stolz, klang in der Stille der engen Gassen noch lauter als sonst. Schnell ließ er die Altstadt hinter sich und fuhr auf die Stadtautobahn, vorbei an Einkaufszentren, hässlichen Hochhäusern und raus aus der Stadt in Richtung Westen.

Er gab Gas und versuchte noch einmal, Diegos wirre Reden in einen Sinnzusammenhang zu bringen. Aber sosehr er sich auch bemühte, es blieb konfus, und er konnte seine BMW nur zu Höchstleistungen antreiben, um möglichst schnell nach Mozia zu kommen. Inzwischen war er bei Alcamo, bald endete die Autobahn. Das letzte Stück musste er auf der Landstraße zurücklegen, die parallel zum Meer verlief. Er sah Trapani in der Ferne, dahinter die Umrisse der drei Ägadischen Inseln, Favignana ganz nahe, dahinter Levanzo und Marittimo, die sich scharf umrissen und dunkel aus dem Wasser erhoben. Die Küste war hier vollkommen flach, dann tauchten die Salinen zwischen Trapani und Marsala auf, an deren Ende die Lagune lag. In der Morgensonne glitzerten und funkelten die schneeweißen Salzberge. Einige waren mit ockerfarbenen Ziegelsteinen abgedeckt. Dazwischen erhoben sich kleine Windmühlen mit rot gestrichenen Flügeln. Er gab Gas, ließ die Salinen hinter sich. Da waren auch schon die Lagune und die Anlegestelle nach Mozia.

Er sah schon von weitem, dass dort einiges los war: Polizei, Krankenwagen und sechs oder sieben Autos standen am Ufer. Darunter auch Silvio Alajmos uralter Porsche Carrera. Luca sprang vom Motorrad und rief Diego an.

»Wo bist du?«

»In Marsala, auf der Polizei …«

Diegos Stimme klang dünn am Telefon.

»Okay, ich komme, warte da auf mich.«

Er war erleichtert, als ihm jemand von hinten auf die Schulter tippte und er Silvio sah – das Gesicht sonnenverbrannt, die weißen Haare ganz kurz geschnitten, mit blaugrünen Augen, ungewöhnlich groß für einen Sizilianer und schlank. Um den Hals baumelte ihm, wie immer, ein Fotoapparat, Luca hatte den Freund noch nie anders gesehen.

»Luca, na endlich! Diego haben sie mit nach Marsala genommen, ich bin gerade zurück von Mozia.«

»Was ist denn eigentlich los?«

Silvio räusperte sich. »Zur falschen Zeit am falschen Ort. War nicht die richtige Nacht für einen romantischen Ausflug auf die Insel – mal abgesehen davon, dass der Fischer, dessen Boot die beiden ›geliehen‹ haben, nicht gerade begeistert ist. Aber das eigentliche Problem ist: Offensichtlich hat jemand das Museum ausgeraubt, der Jüngling von Mozia ist weg.«

»Die Statue? Warte mal, die sollte doch eh nach Rom zu einer Ausstellung.«

»Genau, das sollte sie, aber erst übermorgen. Da wäre sie offiziell abgeholt worden. Nicht heute Nacht. Giulia ist in Richtung Museum gelaufen und hat zwei Männer beobachtet, die ein großes Paket abtransportiert haben.«

»Und wo war Diego?«

»Tja …« Silvio schaute ihn ernst an. »Diego ist in eine andere Richtung gelaufen. Da hat er eine alte Frau gesehen und dann die Leiche gefunden.«

Luca zuckte zusammen und starrte den Freund entsetzt an. »Dieser Student … Giacomo Leoni … ist tot?«

»Ja. Genick gebrochen und Kopfverletzung. Mord oder Unfall, das wissen sie noch nicht.«

2

Silenzio, Signori, per favore …« Unsicher schlug der kleine, dickliche Commissario auf den nicht sonderlich sauberen Schreibtisch: Da klebten Zigarrenasche und braune Tabakkrümel, obwohl auf dem Kommissariat natürlich nicht geraucht werden durfte, und auf dem hellen Holz waren überall bräunliche Ringe zu erkennen, wo der Commissario zahllose Espressotassen abgestellt hatte. Es roch nach abgestandenem Rauch in dem hohen, dunklen Raum mit den nackten Wänden, die nur eine vergilbte Karte von Sizilien zierte. Die Fensterläden waren fest verschlossen, und im bläulichen Licht der Neonleuchten sahen die sechs Personen, die sich in diesem ungastlichem Raum versammelt hatten, allesamt fahl und ungesund aus.

Der Commissario selbst war höchstens einen Meter siebzig groß, hatte einen dichten schwarzen Schnurrbart und buschige Brauen über kleinen dunklen Augen, während seinen Kopf nur noch ein spärlicher Haarkranz zierte. Die Jacke seiner Uniform spannte über dem mächtigen Bauch, die Finger waren kurz und dick und die Fingerspitzen gelb verfärbt. Offensichtlich passierte in Marsala selten etwas, denn der Commissario war überfordert. Und zwar hoffnungslos. Er schien froh zu sein, den Schreibtisch zwischen sich und der Welt zu haben, und überlegte wohl fieberhaft, was als Nächstes zu tun sei.

Giulia saß schluchzend auf einem abgewetzten Ledersessel neben der Tür. Seit der Nachricht, dass Giacomo Leoni tot war, hatte sie sich nicht mehr beruhigen können. Luca war es nicht gelungen, einen zusammenhängenden Bericht über die Ereignisse auf Mozia von ihr zu bekommen, sie hatte immer wieder hysterisch zu weinen begonnen, und so hatte er schließlich aufgegeben. Ihre Wimperntusche war inzwischen von Tränen aufgelöst und über das ganze Gesicht verschmiert, und die langen Haare hingen ihr strähnig über die Schultern. Neben Diego, der im Gegensatz zu Giulia schockstarr wirkte und kaum auf Ansprache reagierte, hatte sich ein kleiner hagerer Mann mit wettergegerbter Haut und wirrem grauem Haar aufgebaut und schimpfte wütend auf ihn ein.

»Das ist Diebstahl, einen Herzinfarkt hab ich fast bekommen, als ich heute früh das Boot nicht gesehen habe. Was bildet ihr euch ein?«

»Signore, ich verstehe, dass Sie wütend sind, aber wir haben gerade erfahren, dass jemand gestorben ist – vielleicht ermordet. Da ist es doch …«

»Was geht mich das an? Ich habe mein Boot heute Morgen nicht gefunden«, unterbrach der Kleine Luca und schüttelte drohend die Faust.

»Ich kann mich für meinen Sohn nur entschuldigen, aber bitte lassen Sie es gut sein …«

Luca schaute den Commissario an, der jetzt zustimmend nickte und ein zaghaftes »Lass gut sein, Giuseppe« in den Raum warf.

Aber der kleine Hagere redete sich immer mehr in Rage, und bald gab Luca es auf, ihn beruhigen zu wollen. Fünfzig Euro wollte er für den Schreck auch nicht annehmen, es ging ihm ums »Prinzip«, um »Gerechtigkeit«. Derweil versuchte Silvio, aus dem Commissario herauszubekommen, wie es nun weiterging. Der Leichnam von Giacomo Leoni war in der Rechtsmedizin, musste von seinen Eltern identifiziert und dann untersucht werden.

»*Silenzio*, Ruhe!« Der Commissario räusperte sich noch mal

und nahm offensichtlich seinen ganzen Mut für eine Ankündigung zusammen.

»Erst mal möchte ich keine Presse hier haben. Wir sind in einer laufenden Ermittlung …«

»Es läuft doch noch gar nichts, Commissario«, sagte Silvio und lächelte ihn freundlich an. »Oder? Was wissen Sie denn? Schon Rückmeldung von der Spurensicherung? Hat die Gerichtsmedizin bereits angerufen?«

Der Commissario blinzelte nervös. »Das geht Sie nichts an, bitte verlassen Sie den Raum. Und Sie auch«, wandte er sich an Luca.

»Ich bin hier nicht als Vertreter von KRONOS, sondern als Vater, der seinen Sohn in einer schwierigen Situation begleitet.«

Der Commissario blinzelte noch hektischer und strich sich über den Schnurrbart. »Na gut, aber Sie müssen gehen«, wandte er sich an Silvio. »Und du auch, Giuseppe, ich nehme keine Anzeige wegen Diebstahl auf – das Boot ist wieder da, und die fünfzig Euro Schadensersatz wolltest du nicht.«

Während der Hagere noch tief Luft holte, packte Silvio ihn am Ärmel und zog ihn aus dem Zimmer. »Ich warte draußen«, rief er Luca über die Schulter zu.

Nervös raschelte der Commissario mit ein paar Papieren, die auf seinem Schreibtisch lagen, während die Tür hinter Silvio ins Schloss fiel.

»So, jetzt der Reihe nach – ich nehme eure Aussagen auf … Und Sie beide warten bitte auch draußen, bis ich Sie rufe, erst einmal ist das Mädchen dran!«

Der Commissario legte so viel Entschlossenheit in seine Stimme, wie er konnte, und Luca sah ein, dass Diego und er den Raum tatsächlich verlassen mussten. Giulia sah ihnen ängstlich nach und fing wieder heftiger an zu schluchzen. Luca musste Diego an der Schulter rütteln, um ihn aus seiner Schockstarre zu wecken. Er roch Zigaretten, Alkohol und Schweiß – das T-Shirt seines Sohnes hatte dunkle Flecken unter den Achseln. Diegos dunkelbraune Locken waren ebenfalls schweißverklebt, und seine dunklen Augen sahen müde aus. Er tat Luca leid – und regte ihn gleichzeitig unheimlich auf, wie so oft.

Auf dem Flur war von Silvio und dem kleinen Fischer keine Spur mehr, und Luca checkte sein Handy. Er hatte es auf lautlos stellen müssen, weil Diegos Mutter Francesca, von der er seit langem getrennt war, im Zehnminutentakt anrief. Nur mit Mühe hatte Luca sie davon abhalten können, sich ins Auto zu setzen und auch nach Marsala zu kommen. Das hatte noch gefehlt – Francesca hier vor Ort, die ohnehin zur Hysterie neigte und aus allem, was Diego zustieß, ihm, Luca, einen Vorwurf machte. Seit ihrer Trennung war Luca an allem schuld – ob Diego Zahnschmerzen hatte oder eine schlechte Note in der Schule oder an der Uni, ob er sich mit seiner Mutter stritt oder zu viel Geld ausgab, ob er falsch parkte oder ohne Helm mit seinem Roller durch die Stadt raste – immer war Luca schuld: weil er sich nicht um seinen Sohn kümmerte oder nicht genug zahlte. Seit er eine Art Beziehung mit Ada führte, der Frau, die er kennengelernt hatte, als er seine große Wohnung nach der Kündigung beim *Giornale Siciliano* hatte verlassen müssen und eine kleinere mitten in der Altstadt von Palermo genommen hatte, in einem Palazzo, in dem auch sie zur Miete wohnte, war Francesca besonders zickig. Luca stöhnte. Er hatte ihr nichts von Ada erzählt, dafür aber Diego, nachdem sie einmal zu dritt einen Tag ans Meer gefahren waren. Diego musste Francesca fasziniert von Ada berichtet haben – von ihrem Aussehen, den tiefschwarzen Haaren, die in einem akkuraten, etwas altmodischen Bob um ihr schmales Gesicht fielen, den großen dunklen Augen und dem schön geschwungenen Mund. Und ihrem Beruf, dem Diego vorher noch nie wirklich begegnet war, in seiner Welt war man Arzt, Anwalt, Apotheker oder Journalist wie sein Vater – aber niemand übersetzte französische Kriminalromane. Diego hatte sogar einen Roman von Simenon, den Ada übersetzt hatte, gelesen. Natürlich wurde Francesca da eifersüchtig … Obwohl sie sich längst nicht mehr für Luca interessierte. Zusammen würden sie es keine Stunde mehr aushalten. Luca seufzte und strich sich über den grau melierten, kurzen Vollbart. Sie hatten es eigentlich nie miteinander ausgehalten, aber dann war Francesca schwanger geworden, und sie hatten es einige Jahre lang versucht. Beide waren erleichtert gewesen, als Luca gegangen war, aber das hätte Francesca nie zugegeben, die sich in der Opferrolle gefiel und all die Jahre mit seinem schlechten Gewissen gespielt hatte.

Er schaute noch mal auf sein Handy: Ada hatte ihm eine SMS geschrieben. Ach ja, eigentlich waren sie heute Abend verabredet gewesen. Er schaute auf die Uhr – gleich zwölf. Wann er zurück nach Palermo konnte, wusste er nicht. Schnell antwortete er ihr und schilderte ihr kurz die Lage. Diego war rausgegangen, um eine Zigarette zu rauchen, und kam jetzt mit Silvio zurück.

»Luca, ich habe ein paar Anrufe gemacht, die ersten Ergebnisse aus der Rechtsmedizin haben die erst am Nachmittag. Dann kommen auch Giacomos Eltern, die sind schon unterwegs, der Vater war wohl gerade in Rom. Kannst du so lange warten? Ich würde gern mit ihnen reden.«

»Klar bleibe ich hier.«

»So, Diego, jetzt erzähl uns doch noch mal genau, was passiert ist. Vor allem von der alten Frau, die du gesehen hast.«

Luca runzelte die Stirn. »Bist du dir da wirklich sicher? Ich meine, wenn ich Giulia richtig verstanden habe, war da keine Frau – jedenfalls hat sie sie nicht gesehen …«

»Pa, natürlich nicht, sie war ja woanders, sie ist zu dem Museum gelaufen!«

»Und wieso bist du nicht bei ihr gewesen?«

»Ich bin gestolpert, und dann war sie weg. Ich kenn mich auf Mozia nicht aus, bin in die falsche Richtung gelaufen, und dann war da plötzlich diese Hexe. Die sah gar nicht aus wie eine Frau …«

»Wo soll die denn hergekommen sein? Was für ein Schwachsinn, Diego!«

»Lass mal«, mischte sich Silvio ein. »Diego, woran erinnerst du dich? Jedes Detail ist wichtig – wie sie aussah, was sie anhatte.«

Luca stutzte. Glaubte sein Freund etwa an diese seltsame Erscheinung? Er wollte Diego nicht bloßstellen, hatte aber Angst, dass er mit Giulia noch einen Joint geraucht hatte, bevor sie nach Mozia gefahren waren. Oder wer weiß was genommen hatte …

Nach Diegos Beschreibung schien die Alte eher ein Gespenst als ein Mensch zu sein, und Luca wurde immer ungeduldiger, während Silvio immer wieder nachfragte. Luca räusperte sich und wollte gerade einhaken, als ein kleiner, magerer Mann, der den linken Fuß nachzog, in Begleitung eines Polizisten das Kommissariat betrat.

»*Madonna Santa Santissima*, ich habe nichts gesehen, gar nichts! Was wollt ihr von mir?« Er musste um die vierzig sein, trug eine Brille mit Gläsern, die so dick waren wie ein Flaschenboden, und sein großer Kopf sah merkwürdig deformiert aus. Der Polizist versuchte vergeblich, ihn zu beruhigen. Jetzt mischte sich Silvio ein.

»Komm, beruhige dich, Marcello, der Commissario ist gleich für dich da. Vielleicht kannst du helfen – keiner kennt Mozia so gut wie du.« Silvio legte dem Männlein fürsorglich den Arm um die Schulter. Der begann zu jammern.

»Der Jüngling, der Jüngling, seit Jahren sag ich, dass wir eine Alarmanlage brauchen oder dass ich nachts dort schlafen sollte – jeder kann auf die Insel, und ich schließe um acht alles zu und bin dann weg, weg, weg. *Matri Santa Santissima* …« Er hatte sich auf einen Stuhl fallen lassen und die Hände über dem Kopf zusammengeschlagen. Sein magerer Oberkörper schwankte vor und zurück, die Stimme klang hoch und näselnd.

Luca starrte ihn erstaunt an, aber Silvio gab ihm ein Zeichen und begann freundlich, auf diese seltsame Erscheinung einzureden.

»Marcello, beruhige dich, kannst du dich an irgendetwas erinnern, was in den Tagen zuvor anders war als sonst? Irgendetwas Ungewöhnliches? Merkwürdige Besucher?«

Marcello antwortete nicht, stattdessen zog er jetzt an seinem grauen Sweatshirt, in dessen Ärmel Löcher waren, und schwankte weiter vor und zurück.

Silvio hockte sich vor ihn. »Marcello, du bist vielleicht der Einzige, der den Fall aufklären und helfen kann, die Statue zu finden. Der Commissario braucht dich …«

Marcello hob den Kopf und starrte Silvio an. »Nein, da war nichts, die üblichen Touristen. Keiner bleibt lange im Museum«, sagte er anklagend. »Sie machen ein paar Fotos vom Jüngling, dann sind sie weg. In der Snackbar, essen *panini*. Schauen sich das Museum gar nicht richtig an, dabei ist es ein gutes Museum. Ein sehr gutes!« Jetzt starrte er Silvio empört an.

»Marcello, versuch, dich zu erinnern. An jedes Detail. Alles könnte wichtig sein. Was ist gestern passiert?«

»Was soll gestern passiert sein? *Matri Santa* …« Wieder fing Marcello an zu jammern, riss sich aber dann zusammen und fuhr fort: »Ich habe wie immer morgens um zehn aufgeschlossen, dann sind zwanzig Minuten später die ersten Touristen gekommen. Ich habe ihnen die Tickets verkauft und aufgepasst, dass sie nichts anfassen in den Räumen.«

»Und dann? Abends, als die Letzten weg waren?«

»Ich schließe um achtzehn Uhr. Dann mache ich sauber. Das

ist wichtig.« Er begann wieder zu wippen. »Die Leute sind achtlos, sie werfen alles auf den Boden, überall findet man Müll. Ich mache alles sauber, bevor ich gehe, ich fege jeden Raum aus, jeden Tag, und freitags wische ich alles nass aus. Aber gestern war nicht Freitag, also habe ich nur den Boden gefegt und allen Müll aufgesammelt. Den tue ich in eine Tüte und nehme ihn mit rüber aufs Festland. Aber mir ist nichts aufgefallen, nichts, nichts, nichts ... Zwei Tage bevor der Jüngling auf Transport gehen sollte, nach Rom, zu der Ausstellung. Ich habe gewarnt, gewarnt davor, ihn herzugeben, und jetzt ist er gestohlen worden und kommt nie mehr zurück, nie mehr ...« Wieder hatte er die Hände über dem Kopf zusammengeschlagen und jammerte leise vor sich hin.

»Und in der Nacht an Land? Dein Wohnwagen steht doch in der Nähe der Straße, hast du nichts gehört?«

Marcello starrte Silvio misstrauisch an. »Ich wache nur tagsüber im Museum, nachts habe ich frei. Wer da alles nachts vorbeikommt, wenn ich da Wache halten müsste ... *Matri Santa Santissima* ...«

Silvio war aufgestanden und schaute Marcello mitleidig an, als die Tür aufging und der kleine Commissario Diego und Luca hineinrief.

»Luca, komm doch danach in die ›Sirena Ubriaca‹, die Wine Bar hier um die Ecke, ja? Dann besprechen wir alles Weitere. Komm, Marcello, das dauert hier noch eine Weile, *ti offro un caffè.*«

Eine Stunde später verließ Luca das Kommissariat und trat in die gleißende Mittagshitze. Diego hatte alles genau so zu Protokoll gegeben, wie er es ihm erzählt hatte. Der kleine dicke Commissario hatte eifrig mitgeschrieben, ihn dann mit wichtigtuerischen Gesten unterschreiben lassen, um ihn schließlich zu entlassen – nicht ohne darauf hinzuweisen, dass er sich bereithalten müsse, weil er jederzeit noch einmal befragt werden konnte …

Der Himmel war tiefblau, und die Gassen der kleinen Altstadt von Marsala waren wie ausgestorben. Der mächtige Dom an der Piazza della Repubblica wirkte vollkommen überdimensioniert, seine helle barocke Fassade dominierte den Platz und warf jetzt, kurz nach eins, kaum Schatten. Die Sonne war unerbittlich, ihr Licht blendete Luca trotz seiner dunklen Ray-Ban. Das helle Leinenhemd war längst schweißnass, und seine Lederjacke fürs Motorrad trug er über dem Arm. Schnell überquerte er den Platz und bog in eine der engen Gassen ein. Giulias Vater war vor einer halben Stunde in Marsala eingetroffen und hatte seine Tochter abgeholt – und bei der Gelegenheit angeboten, Diego mit zurück nach Palermo zu nehmen. Der war erleichtert gewesen, Luca sah, dass er sich vor Erschöpfung kaum noch auf den Beinen halten konnte.

In der kleinen Wine Bar war Silvio der einzige Gast. Luca schaute sich um und schüttelte den Kopf.

»Jedes Mal, wenn ich hier bin, fällt mir auf, wie ausgestorben es ist – hier in Marsala, in den Salinen von Trapani, auf Favignana und Mozia … als wären nur die Bauten und die Landschaft übrig, aber die Menschen verschwunden. Während wir uns in Palermo vor Gedrängel kaum retten können«, sagte er, während Silvio dem verschlafen wirkenden Kellner zuwinkte und um ein weiteres Glas Wein und einen Teller Antipasti bat.

»Ein wenig ist es doch auch so – dieser Teil der Insel hat seine große Zeit hinter sich: Mozia vor vielen Jahrhunderten, als die Phönizier hier siedelten. Eine lange Zeit, von 800 vor Christus bis zur Zerstörung der Siedlung 400 vor Christus. Eine der drei wichtigsten Phöniziersiedlungen des Mittelmeerraums – strategisch günstig gelegen zwischen Afrika und Spanien und Sardinien.« Er trank einen Schluck Wein.

»Kaum vorstellbar, Mozia ist winzig klein. Dass das mal ein wichtiger Stützpunkt war …«

»Ja«, sagte Silvio langsam, »das ist seltsam. Aber das ist nicht alles – denk mal an die Salinen bei Trapani, bis 1700 war Trapani der wichtigste Salzhafen des Mittelmeers.« Silvio war jetzt in seinem Element. Luca lehnte sich zurück und ließ den Freund reden.

»Und dann der Wein! Im neunzehnten Jahrhundert bis zum Beginn des zwanzigsten, als von hier aus Süßwein, der Marsala, in die ganze Welt exportiert wurde. Damit war es in den zwanziger Jahren des zwanzigsten Jahrhunderts vorbei, andere Weine wurden wichtiger, der Geschmack änderte sich. Im zwanzigsten Jahrhundert blieb uns die Mattanza, der Thunfischfang, und die Thunfischfabriken, denk nur an die große Tonnara auf Favignana.«

»Die Mattanza? Gibt es die eigentlich noch?«

»Ist auch vorbei, der letzte Rais hat aus der Mattanza ein Touristenspektakel gemacht, und die paar Thunfische, die auf den alten Wegen an Favignana vorbeischwimmen, werden auf hoher See gefangen, verarbeitet und gleich nach Japan verkauft. Die zahlen am meisten. Die Mattanza hat einmal ganz Favignana Arbeit gegeben. Lange her … Tanit und Baal, die alten phönizischen Gottheiten, das Salz, der Wein und nun auch noch der Thunfisch – alles vorbei. Geblieben sind ein paar eindrucksvolle Bauten, Reiher und Flamingos in den Salinen, da kannst du eine Tour machen und Vögel beobachten – nicht dass viele Touristen herkommen und sich dafür interessieren, aber das war's. Aus und vorbei. Es ist, wie du sagst: Die Menschen haben diese Landschaft verlassen, nur die Sonne bleibt uns unerbittlich treu und taucht alles in ein gleißendes Licht.«

Nachdenklich schaute Silvio in sein Weinglas. Er kam aus Marsala und hatte mit Luca in Palermo studiert. Dass er danach zurück in seine Heimatstadt gehen wollte, war immer klar gewesen, obwohl es hier kaum Arbeit gab. Silvio wollte Fotograf werden, er fotografierte, seit er ein kleiner Junge war, und immer die Gegend, in der er geboren und groß geworden war. Mit vierzehn hatte er zum ersten Mal auf Favignana die Mattanza fotografiert. Tagelang war er mit den Tonarotti unterwegs gewesen und hatte die riesigen Netze fotografiert, die mächtigen silbernen Leiber der Thunfische und ihren Kampf gegen die Fischer, das türkisfarbene Wasser, das sich nach und nach blutrot färbte, die sonnengegerbten Gesichter der Männer, ihre Hände voller Schwielen.

Als Luca ihn in Palermo an der Universität kennen lernte, hatte ihm Silvio irgendwann all seine Fotos gezeigt. Und Luca hatte nicht verstanden, wieso der andere so wie er Politologie studierte. Silvio war ein Künstler, die Kamera war sein Ausdrucksmittel. Er, Luca, wollte schreibend die Welt verändern, er wollte Sizilien verändern und nicht länger schweigen zu dem, was um ihn herum geschah. Silvio war politisch so interessiert wie er, aber seine Leidenschaft blieb die Fotografie. Nach dem Studium hatten sie sich aus den Augen verloren, Luca hatte sich in Palermo in seinen Kampf gestürzt, hatte begonnen, für eine linke Tageszeitung zu schreiben. Das war die beste Zeit gewesen, dort hatte man ihn nicht zensiert, sondern im Gegenteil seine Artikel gefeiert. In den neunziger Jahren dann hatte die Zeitung vor dem Aus gestanden. Und Luca hatte beim *Giornale Siciliano* angeheuert, wo seine Artikel immer wieder aus dem Blatt flogen oder gekürzt wurden. Nach dem Mord an seiner Exfreundin im vergangenen Jahr hatte Luca in einem Artikel Unstimmigkeiten aufgezeigt, die den Verdacht auf den neuen Freund der Ermordeten lenkten – einen einflussreichen Mann in Palermo –, und war gefeuert worden. Zwar hatte er recht behalten, aber zurück zur Zeitung wollte er nicht. Den feisten, schmierigen Chefredakteur, der den Stadtgrößen nach der Pfeife tanzte und die Wahrheit nur zu gern verschleierte, konnte er nicht ertragen. Als die Nachrichtenagentur KRONOS ihm eine Stelle anbot, nahm er an – dort konnte man ihn nicht so leicht zensieren. Und er war näher dran an dem, was in Palermo und auf Sizilien geschah.

»Tanit, Baal und die Statue des Jünglings – wer interessiert sich plötzlich für Mozia? Und was hat es mit der alten Frau auf sich? Du scheinst Diego die Geschichte ja geglaubt zu haben – im Gegensatz zum Commissario.«

Luca schob sich eine der *bruschette* in den Mund, die der Kellner inzwischen gebracht hatte, und sah Silvio aufmerksam an.

»Die Statue ist der bedeutendste phönizische Fund, der jemals auf Mozia gemacht wurde. Sie ist außergewöhnlich schön«, sagte er versonnen. »Und rätselhaft – bis heute streiten Archäologen und Historiker, ob es ein Wagenlenker ist oder eine Darstellung von Herakles. Eigentlich war es nur eine Frage der Zeit, bis sie gestohlen wurde, da hat Marcello recht. Mozia ist unbewacht und das kleine Museum kaum gesichert. Erstaunlich ist, dass sie jetzt gestohlen wird, kurz bevor sie zu einer Ausstellung geschickt werden sollte. Als wollte jemand verhindern, dass sie dort eintrifft und gezeigt werden kann.«

»Kann aber auch Zufall sein, oder?«

»Ja, natürlich. Und Marcello könnte jedem die Tür aufschließen. Er ist pünktlich wie ein Uhrwerk und in allem, was er tut, genau. Aber viele Dinge kapiert er nicht.«

»Du glaubst, er könnte den Dieben geholfen haben? Seine Verzweiflung klang echt.«

»War nur so eine Idee. Ich glaube auch nicht, dass Marcello sich so verstellen kann.«

»Was für einen Wohnwagen hast du gemeint?«

»Marcello wohnt in einem Wohnwagen nicht weit von der Bootsanlegestelle nach Mozia. Eigentlich müsste er mitkriegen, wer sich nachts dort rumtreibt. Der Commissario muss ihn befragen, er ist zwangsläufig verdächtig. Der Schwarzhandel mit Antiquitäten blüht.«

»Schwarzhandel mit Antiquitäten? Davon geistert ja immer mal wieder was durch die Medien. Aber lohnt sich das denn auch in Italien?« Luca schaute Silvio erstaunt an.

»Raub, gefälschte und falsche Gutachten – da gibt es verschiedene Methoden. Vor ein paar Wochen ist in Agrigent im Museum eingebrochen worden, es fehlen wertvolle Vasen und der gesamte Schmuck der Aphrodite – Ketten, Ringe, Armschnallen. Und ist nicht auch in Palermo eingebrochen worden? Im Palazzo Abatellis?«

Luca erinnerte sich vage an die Meldung. »Ja, die Diebe haben zwei griechische Statuen mitgenommen und versucht, die Verkündigung des Antonello da Messina zu stehlen, die wunderschöne Madonna, der Stolz des Museums. Die war aber in einer Vitrine gesondert gesichert, und sie haben aufgeben müssen. Das können also keine Profis gewesen sein – dass das Madonnenbild in einer Vitrine geschützt ist, weiß eigentlich jeder.«

Silvio lachte. »Du traust den Herren generell zu viel zu. In Erice lebt dieser Professor, Ettore Lagioia, ein Historiker, der Jahrzehnte an der Universität von Palermo gelehrt hat und inzwischen emeritiert ist. Er hat sich als Gutachter einen Namen gemacht. Es wurde immer mal wieder vermutet, dass er nicht ganz sauber ist und dabei hilft, Antiquitäten zu verschieben … Aber natürlich hat es nie Beweise gegeben, Ermittlungen wurden vorzeitig eingestellt, Akten sind verschwunden. Das Übliche.« Silvio trank einen Schluck Wein. Dann winkte er dem Kellner und bestellte zwei Gläser Marsala. »Den musst du probieren. Er stammt aus den Weingütern der Philipsons – inzwischen haben sie längst verkauft, aber der Wein heißt immer noch so. John Philipson hat 1891 die Insel Mozia gekauft. Die Philipsons haben mit Süßwein ein Vermögen gemacht, außerdem hatten sie Dampfschiffe und Thunfischfabriken auf Favignana. Englische Kaufleute, die sich Ende des achtzehnten Jahrhunderts hier niedergelassen haben und die Region wirtschaftlich dominierten. John Philipson hat sich allerdings weder für Wein noch für Thunfisch interessiert, er war Hobbyarchäologe und Ornithologe. Er war schon damals überzeugt davon, dass auf Mozia Phönizier gesiedelt haben und dort eine Menge auszugraben sei. Und so hat er kurzerhand die Insel gekauft.«

Der Wein hatte eine goldbraune Farbe und roch intensiv nach Rosinen, Holz und Sonne. Als Luca den ersten Schluck nahm, breitete sich eine süßliche Wärme in seinem Magen aus.

»Der ist wirklich phantastisch!«, sagte er. Silvio nickte. »Perfekt zu einer *cassata*. Leider gibt es hier nur diese trockenen *cantuccini* …«

»Also«, nahm Luca den Faden wieder auf. »Es ist seltsam, dass die Statue gerade jetzt gestohlen worden ist, aber nicht, dass sie überhaupt gestohlen wurde. Aber was hat der Raub der Statue mit Giacomo Leonis Tod zu tun? Hat der Junge etwas beobachtet und musste deshalb sterben?«

»Warum war er überhaupt auf der Insel? Wenn sein Tod etwas mit der Statue zu tun hat, muss er vorher von dem geplanten Raub gewusst haben und deshalb auf die Insel gefahren sein.«

»Wir müssen die Eltern fragen. Wie Giulia gesagt hat, ist Giacomos Vater Archäologe. Er war Professor am Institut in Rom, an dem Giulia und Giacomo studieren, ist aber inzwischen emeritiert. Offensichtlich fördert er die Exkursionen der Studenten nach Mozia immer noch.«

»Es könnte doch auch Zufall sein. Diego hat erzählt, dass Giacomo eigenbrötlerisch gewesen ist, immer allein unterwegs. Vielleicht wollte er einfach die Insel für sich allein haben und hat dann die Diebe überrascht.« Er zögerte. »Und was ist mit der alten Frau? Wo kommt die her?«

Silvio trank sein Glas aus. »Die alte Frau? Ich habe da so eine Idee, wer das sein könnte. Aber …« Er zögerte. »Die Statue interessiert sie bestimmt nicht. Und weshalb sie Giacomo Leoni töten sollte, weiß ich auch nicht …«

»Sie müssen meine Frau entschuldigen«, sagte der elegant gekleidete ältere Herr mit den schlohweißen Haaren, die ihm in Wellen um das Gesicht fielen. Er trug einen gut geschnittenen Dreiteiler aus hellbraunem Leinen. An der Weste sah man eine goldene Uhrenkette, seine Two Tones waren dezent eierschalenfarben und dunkelbraun. Luca konnte sich nicht erinnern, solche Schuhe je in natura gesehen zu haben – für ihn waren sie Kinorequisiten. Er schaute auf seine eigenen staubverschmierten Turnschuhe und beschloss, sich endlich wieder einmal ordentliche Schuhe zu kaufen. Romolo Leoni war eine imposante Erscheinung, groß, mit markantem Gesicht, einer langen geschwungenen Nase und einem entschlossenem Kinn. Doch trotz aller beeindruckenden Äußerlichkeiten zeichnete sich der Schock der letzten Stunden deutlich auf Leonis Gesicht ab, sein Blick war müde und verschleiert, und sein rechtes Augenlid zitterte.

Jetzt streichelte er seiner Frau liebevoll über die Schulter. Delia Leoni war klein und schmal, die große schwarze Sonnenbrille verdeckte das Gesicht fast vollständig. Das blonde Haar hatte sie streng zu einem Pferdeschwanz nach hinten gebunden. Ihre Schultern zuckten, und sie versuchte krampfhaft, die Tränen zurückzuhalten. Die Leonis hatten erst den Leichnam ihres Sohnes identifiziert und dann mit dem Commissario gesprochen. Als sie aus dem Kommissariat kamen, hatten Silvio und Luca das Ehepaar angesprochen. Romolo Leoni hatte gezögert, hatte sich dann aber einverstanden erklärt, mit ihnen in die kleine Bar an der Piazza zu gehen, um ihre Fragen zu beantworten. Luca hatte sich darüber gewundert, dass die beiden nach dem, was sie hinter sich hatten, überhaupt noch mit ihnen, zwei Journalisten, sprachen. Aber Romolo Leoni wollte wissen, was Diego und Giulia erzählt hatten. Irgendwann hatte seine Frau leise zu weinen begonnen, war aufgestanden und ein paar Schritte auf die Piazza hinausgegangen.

»Bitte entschuldigen Sie meine Frau. Es ging ihr schon vor dieser Tragödie nicht gut. Die Nerven ...«

Er stand ebenfalls auf und lief ihr hinterher. Doch als er versuchte, sie in den Arm zu nehmen, verschränkte sie die Arme vor der Brust und senkte den Kopf. Dann ging sie ein paar Schritte von ihrem Mann weg und zündete sich eine Zigarette an. Romolo Leoni kam langsam zu Luca und Silvio zurück. Er winkte dem Barista und bat um einen weiteren Espresso – diesmal zusammen mit einem Grappa. Dann beugte er sich vor und sagte leise: »Meiner Frau hat es nie gepasst, dass Giacomo Archäologie studiert hat und nach Mozia gegangen ist, um an den Ausgrabungen teilzunehmen. In ihrer Familie wurde immer erzählt, dass auf der Insel ein Fluch liegt.« Er fuhr sich durch die Haare und sagte müde: »Das ist natürlich Unsinn. Mozia ist für die Forschung von größter Bedeutung. Und der Jüngling, die Statue, die gestohlen wurde, ist der wichtigste archäologische Fund der Antike auf Sizilien. Er ist das bedeutendste Beispiel phönizischer Kunst überhaupt, seine Proportionen sind perfekt. Leider fehlen ja die Arme, aber der Schwung des Rückens, das Gewand, das in Falten um den Torso fällt, das ist wirklich einzigartig. Ich habe die Ausgrabungen geleitet, als man ihn fand. 1979 war das ...«

Versonnen schaute er auf die Piazza.

Luca räusperte sich. »Professor Leoni, glauben Sie, dass ein Zusammenhang besteht zwischen dem Raub der Statue und dem Tod Ihres Sohnes? Könnte er etwas gewusst haben und deshalb auf die Insel gefahren sein?«

Der Professor schreckte aus seinen Gedanken hoch und schaute Luca fragend an. »Giacomo? Mein Sohn war ein Träumer, fasziniert von den Phöniziern und ihrem Kult. Er wird auf die Insel gefahren sein, um dort allein zu sein und seinen Träumereien nachzuhängen. Nein, ich halte das für einen tragischen Zufall. Wenn er irgendetwas geahnt hätte von dem geplanten Raub, hätte er mir das erzählt.«

»Und wer könnte die Statue geraubt haben? Kurz bevor sie auf Reisen gehen sollte? Es sieht beinahe so aus, als hätte jemand verhindern wollen, dass sie in Rom ausgestellt wird.«

Romolo Leoni schaute ihn durchdringend an. »Ich weiß es nicht. Wobei mir auch das einfach nur ein Zufall zu sein scheint. Vergessen Sie nicht, dass die Statue sehr viel wert ist. Vielleicht haben Sie gehört, dass der Handel mit Antiquitäten – auch illegal beschafften – floriert. Da gibt es einen Schwarzmarkt, auf dem sie alles Mögliche kaufen können, wenn Sie über die entsprechenden Mittel verfügen.«

»Aber eine solche Statue würde doch überall sofort erkannt werden …«, warf Luca ein.

Romolo Leoni schnaubte verächtlich. »Ich bitte Sie. Ein Sammler will ein solches Stück doch keinem zeigen. Er will die Statue für sich, für sich allein. Sie können sich nicht vorstellen, welche Schätze in den Kellern irgendwelcher reicher Leute verborgen sind, von Mailand über Moskau bis Peking oder Dubai. Keiner stellt sich so eine Statue ins Wohnzimmer.« Er lachte bitter. »Giacomo war zur falschen Zeit am falschen Ort. Er hat die Diebe zufällig überrascht, und das ist ihm zum Verhängnis geworden. Das ist die einzige Erklärung, die ich bislang habe …«

Silvio räusperte sich.

»Noch eine letzte Frage, Professor Leoni. Kennen Sie Ettore Lagioia? Den Historiker aus Erice?«

Leoni runzelte die Stirn. »Natürlich kenne ich Ettore Lagioia.

Ein Historiker, der in Palermo den Lehrstuhl für Geschichte des Altertums innehatte. Wir sind nicht immer einer Meinung gewesen. Und Sie wissen vielleicht, dass er als Gutachter für Antiquitäten manchmal keine glückliche Rolle gespielt hat. Einige Funde in Syrakus hat er als unecht begutachtet. Als ihm das Gegenteil bewiesen wurde, war das Zeug schon verschwunden. Jahre später wurden sie einem römischen Museum angeboten. Ein bedauerlicher Irrtum, das waren Ettores Worte …«

»Könnte er der Auftraggeber für den Raub gewesen sein?«

»Mein geschätzter Kollege hat die Statue nie für echt gehalten. Vor allem aber hat er mir damals den Erfolg nicht gegönnt.« Leoni schlug mit der flachen Hand auf den Tisch. Luca sah den großen goldenen Siegelring mit dem dunkelblauen Stein, in den etwas eingraviert war. Was es war, konnte er nicht genau erkennen. Dann stand Leoni auf.

»Bitte entschuldigen Sie mich, ich muss nach meiner Frau sehen.«

Luca sah ihm nach, wie er mit langen, entschiedenen Schritten über die menschenleere Piazza zu Delia Leoni ging, die an einer Hauswand lehnte. Ein paar Katzen balgten sich in der Sonne und stießen hohe, spitze Schreie aus. Vor der Bar saßen drei uralte Männer mit runzligen Gesichtern auf klapprigen Plastikstühlen und starrten Leoni und seine Frau an.

»Hast du den Siegelring gesehen?«, fragte Silvio.

»Ja, wieso?«

»Drei Sterne und ein Palmzweig – das Wappen der Albamonte, da bin ich mir ziemlich sicher.«

»Albamonte? Das ist doch ein sizilianisches Adelsgeschlecht. Ich hätte schwören können, dass Leoni Römer ist.«

Silvio rührte nachdenklich in seinem Espresso.

»Ja, ich auch. Möchte wissen, woher er den Ring hat.«

3

Marsala, Mai 1914

Langsam ging die Frau die staubige Landstraße entlang, die von Gibellina nach Marsala führte. Die Sonne stand hoch am Himmel, es war gegen Mittag und weit und breit niemand zu sehen. Sie hielt sich sehr gerade, an der Hand führte sie ein kleines Mädchen. Beide waren in Lumpen gehüllt und dünn, beinahe ausgemergelt. Als sie vor einer Stunde die Höhle am Rande des Dorfes verlassen hatten, hatten ihnen wie immer die Jungen des Dorfes, die sich auf der Straße herumtrieben, hinterhergeschrien und -gepfiffen, hatten Steine nach ihnen geworfen. Dazu die üblichen Rufe, »*Puttana*, Hure, Hexenkind, Wechselbalg«.

Die Frau hatte nicht darauf geachtet, sie war daran gewöhnt und hatte sich nur müde das verfilzte Haar aus dem Gesicht gestrichen. Das kleine Mädchen hingegen hatte die Jungen angefaucht wie eine Katze, nur mit Mühe konnte die Mutter ihre Hand festhalten, als sie versuchte, sich loszumachen.

Antonio und Francesco hatte sie nicht mitgenommen, sie hatte den Söhnen befohlen, in der Höhle zu bleiben und auf ihre Rückkehr zu warten.

»Warum nimmst du die kleine Kröte mit und uns nicht?« Francescos Stimme hatte schrill geklungen. Wieder einmal hatte er nach Concetta getreten, die ihn wütend in den Arm gebissen hatte. Obwohl der Junge viel älter war als seine kleine Schwester, hatte er bitterlich zu weinen begonnen, während Concetta keine Miene verzogen hatte, als die Mutter sie mit aller Kraft von dem Jungen wegzog.

»*Basta*, es reicht! Ihr bleibt hier, Concetta kommt mit. Bleibt, wo ihr seid, ich möchte nicht, dass ihr euch im Dorf herumtreibt und bettelt.«

»Ich habe Hunger!« Francescos Stimme klang immer noch weinerlich.

»Halt den Mund!« Antonio funkelte ihn wütend an. Er machte einen Schritt auf die Mutter zu, die er mit seinen zwölf Jahren fast überragte.

»Mamma, ich gehe zu Nonno, vielleicht gibt er uns was …«

»Nein, Antonio, du bleibst hier, ich bringe Essen mit, das verspreche ich dir. Geh nicht zu Nonno, er hat selbst nichts, und wenn, würde er uns nichts geben.«

»Vielleicht hat er Nachricht von Papà, vielleicht kommt Papà zurück …«

Die Mutter starrte ihn schweigend an, und er verstummte. Über den Vater durfte nicht geredet werden, den Vater, den Antonio zum letzten Mal vor acht Jahren gesehen hatte. Da war er vier Jahre alt gewesen, und er erinnerte sich nur vage an den Mann, der ihm sehr groß vorgekommen war, an den schwarzen Schnauzbart und die Kappe, die sizilianische Coppola, die der Vater getragen hatte. Am Hafen waren sie gewesen, dort hatte ein riesiges, schneeweißes Schiff gelegen, und dann war der Vater weggegangen, auf das Schiff. Stundenlang hatten sie an der Hafenmole gestanden und gewunken, auch dann noch, als der Vater nur noch ein Punkt an Deck des Schiffes und schließlich nicht mehr zu erkennen gewesen war. Dann war das Schiff selbst nur noch ein weißer Fleck im unermesslichen Blau des Meeres gewesen. Nach Amerika war der Vater gegangen, und von Amerika hatten damals alle im Dorf erzählt. *»L'America, l'America«* und *»Nuovaiorca«*, über nichts anderes mehr wurde geredet. Nach Amerika hätten auch sie fahren sollen, sobald der Vater genug Geld verdient hatte, um sie zu holen. Die Mutter hatte jahrelang darauf gewartet, dann nicht mehr. Antonio wartete noch immer und erzählte Francesco von Amerika und dem Vater, von dem riesigen Schnurrbart und dem riesigen Schiff, aber leise, damit die Mutter es nicht hörte, die entweder wütend wurde oder zu weinen begann. Francesco hatte den Vater nie gesehen, die Mutter war schwanger mit ihm gewesen, als der Vater fortgegangen war. Sie hatten bei Nonno und Nonna gelebt, die auch auf Nachricht von Papà warteten, Tag für Tag, Woche für Woche, Monat für Monat und schließlich Jahr für Jahr. Die Mutter hatte sich mit Nonna nicht gut verstanden, aber sie hatte getan, was ihr aufgetragen wurde. Je länger keine Nachricht vom Vater kam, umso unfreundlicher wurde die Nonna. Einmal hatte er gehört, wie sie der Mutter zugezischt hatte, es sei ihre Schuld, ihr Giuseppe sei froh, sie los zu sein, und nun fiele sie ihnen zur Last. Die Mutter hatte die ganze Nacht geweint. Am nächsten Tag war sie fortgegangen und hatte Arbeit gesucht. Es war die Zeit der Weinlese. Danach war alles anders geworden, denn ein paar Monate später hatten Nonno und Nonna sie aus dem Haus gejagt. Die Mutter war dick geworden, immer dicker. Und noch ein paar Monate später war das Balg zur Welt gekommen. Antonio schniefte, seine Nase lief, und er wischte sie mit dem Ärmel seiner abgetragenen Jacke ab. Wenn nur der Vater wiederkäme. Oder sie holen würde nach Amerika, weit weg von allem hier, dem Hunger, dem Spott der anderen Jungen, diesem Loch, in dem sie hausten …

»Papà ist tot, Antonio, das habe ich dir oft genug gesagt. Sonst hätte er uns längst geschrieben.« Die Mutter spürte, wie müde sie war. Und sie sah ihrem Ältesten an, dass er ihr die Lügen nicht mehr abnahm. Schnell nahm sie Concetta bei der Hand und ging davon.

Jetzt mussten sie bald die ersten Häuser von Marsala erreichen. In der Ferne sah sie das Meer, weit, blau und gleichgültig. Sie hasste das Meer, seit Giuseppe auf dem großen weißen Schiff verschwunden war. Nach Marsala war sie damals nur zur Weinlese gekommen und dann nicht wieder. Aber jetzt musste sie noch einmal dorthin gehen, sie musste versuchen, ihre Kinder zu retten. Noch einen Winter würde sie nicht überleben, das wusste sie. Der Schweiß lief ihr über das Gesicht, und Concettas kleine Hand schien in ihrer zu glühen. Das Mädchen hatte keinen Laut von sich gegeben, seit sie die Höhle verlassen hatten. Als sie ihr aus dem kleinen Lederbeutel Wasser hatte geben wollen, hatte Concetta den Kopf geschüttelt und ihr den Beutel hingeschoben. Die Frau sah sie besorgt an und versuchte, ihr ein paar Tropfen einzuflößen. Das Mädchen presste die Lippen zusammen und schüttelte erneut den Kopf. Wortlos. Wie immer. Concetta sprach nicht, keinen Ton. Ob sie stumm war oder sich einfach weigerte zu reden, wusste die Mutter nicht. Sie konnte sich aber verständlich machen, durch Mimik und Gestik. Concetta war zäh, nie ließ sie sich anmerken, dass ihr der Hunger und der Durst etwas ausmachten oder die Kälte im Winter. Die Frau seufzte. Das Mädchen kannte nichts anderes. Jetzt versuchte sie, sich von der Hand der Mutter loszumachen – sie hatte in den Büschen am Wegesrand *babbaluci* entdeckt, die kleinen Schnecken, die sie im Frühjahr und Sommer oft von den Sträuchern sammelten und in Salzwasser kochten.

»Nein, Concetta, heute nicht – wir müssen weiter, weiter.« Sie hörte, dass ihre Stimme rau klang, heiser. Das kleine Mädchen gehorchte und kam sofort zu ihr zurück. So ablehnend sich die Kleine ihren Brüdern und den Leuten aus dem Dorf gegenüber verhielt, so liebevoll war sie zu ihr. Kein Wunder, dachte die Frau, ich bin die Einzige, die sie liebt. Alle anderen verfluchen sie oder treten nach ihr.

Vor dem blauen Streifen des Meeres sah sie nun das Grün der Weinberge. In einer halben Stunde waren sie da, und sie merkte, dass sie nervös wurde. Würde sie ihn finden? Was würde er sagen, würde er sie wegschicken? Nein, das konnte er nicht, das durfte er nicht tun. Sie strich sich die Haare aus dem Gesicht und klopfte den weißen Staub der Landstraße vom Rock, den sie extra gewaschen hatte, damit er etwas ansehnlicher aussah. Ihr Haar war grau geworden in den letzten vier Jahren, fünf Zähne waren ihr ausgefallen, die Haut war rau, die Lippen aufgesprungen. Einen Spiegel hatte sie nicht in dem Loch, in dem sie hausten, aber sie hatte versucht, sich im Dorf in einer der Fensterscheiben zu spiegeln. Ob er sie überhaupt wiedererkennen würde? Jetzt verlangsamte Concetta den Schritt und zog sie an den Straßenrand. Ja, da tauchten die ersten Häuser auf, und das Mädchen rechnete mit dem Schlimmsten. In solchen Häusern wohnten auch die Jungen, die Steine nach ihr warfen, und die Alten, die sie verjagten.

»Nein, Concetta, hier kennt uns keiner, hier lassen sie uns in Ruhe. Komm, wir müssen deinen Vater suchen.«

Mit aller Kraft stemmte sich das kleine Mädchen in den Boden, sie wollte keinen Schritt weitergehen, und die Mutter merkte, wie müde und schwach sie war, dass ihr die Energie fehlte, Concetta weiter mit sich zu ziehen. Ihr kamen die Tränen. »Komm, *piccolina*, mach es mir nicht so schwer. Dein Vater ist unsere letzte Hoffnung.«

Jetzt liefen ihr die Tränen über das Gesicht, und Concetta streckte die kleine Hand nach ihr aus. Sie beugte sich zu ihr hinab, und das Mädchen streichelte ihr sanft über das Gesicht und lächelte sie an. Die Mutter nahm sie fest in den Arm. Sie liebte ihre Tochter, die im Dorf das Hexenkind genannt wurde, weil sie nicht sprach und eine ungewöhnliche Augenfarbe hatte – gelb wie die einer kleinen Katze. Manchmal schienen diese Augen in der Dunkelheit zu leuchten. Fest schmiegte sich Concetta jetzt an die Mutter.

»Du musst deinen Vater anlächeln, meine Kleine, du musst ganz lieb sein, damit er uns hilft, ja? Hörst du? So lieb, wie du zu mir immer bist«, murmelte sie dem Mädchen ins Ohr. Concetta lächelte sie an, und so gingen sie weiter, bis sie an ein großes schmiedeeisernes Tor kamen, das weit offen stand. Dahinter erstreckten sich die Weinberge, und in der Ferne war eine imposante Villa mit bauchigen schmiedeeisernen Balkonen an der mächtigen Fassade zu erkennen. Die Frau zögerte einen Moment, dann richtete sie sich kerzengerade auf und ging entschlossen den Kiesweg entlang, der durch die Weinfelder hindurch zu der Villa führte. Hier hatte sie sich in jenem Spätsommer allmorgendlich eingefunden, um mit den anderen Arbeiterinnen zur Weinlese zu gehen. Und hier hatte sie William Philipson zum ersten Mal gesehen, in dem kleinen Anbau, wo sie abends den Lohn ausgezahlt bekamen. Das hatte er selbst gemacht, so wie er häufig in den Weinfeldern auftauchte, um die Lese zu überwachen und die Trauben zu begutachten. Über diesen William Philipson sagte man, dass er sich für die Geschäfte der Familie interessierte, für den Wein und den Thunfisch auf Favignana. Ganz anders als sein Vater, der als Träumer galt und lieber Vögel beobachtete oder im Schutt wühlte, auf der Suche nach alten Scherben oder Steinen. Aber Fremde waren und blieben sie beide, Vater und Sohn, obwohl bereits der Vater auf Sizilien geboren war. Dessen Vater wiederum hatte England verlassen, um sein Glück im Süden zu versuchen – und zu finden. Die Philipsons waren die reichsten Kaufleute im Westen Siziliens. Die Frau hatte oft die wunderschöne Villa bestaunt, hatte manchmal William Philipsons Frau gesehen – eine sizilianische Adlige aus einer der ersten Familien der Insel. Man munkelte, dass ihre Familie alles Geld verprasst und die Tochter an den reichen Fremden verheiratet hatte, um die Ländereien und die vielen Palazzi und Villen zu retten. Schön war diese Frau, und ihre Kleider waren prächtiger als alles, was die Arbeiterinnen je gesehen hatten. Aber William Philipson war *ihr* nachgelaufen, der kleinen Caterina aus Gibellina, die alle nur *colombina*, Täubchen, nannten. Er hatte sie angesprochen und ihr gesagt, sie sei schön. Damals war sie es vielleicht noch gewesen, da waren ihre Haare noch schwarz und glänzten in der Sonne. Ihre Haut war olivbraun und glatt gewesen, die Brüste voll, das Gesicht rund. Jetzt hingegen … Sie verscheuchte die dunklen Gedanken und zog Concetta zu dem kleinen Anbau, vor dem eine Menschentraube wartete.

»Ist Signor Philipson da?«, fragte sie den letzten Wartenden in der Schlange, einen jungen Mann, leise.

»Ja, wir warten alle auf ihn, du kommst gerade noch rechtzeitig – heute dürfen all die vorsprechen, die in Not geraten sind. Meine Mutter ist schwer krank, und ich kann die Medikamente nicht bezahlen. Vielleicht hilft er mir, seit zehn Jahren arbeite ich auf seinen Feldern …«

Stumm stellte sich die Frau hinter den jungen Mann in die Schlange. Vielleicht hatte er hier und jetzt ein offenes Ohr für sie – sie waren auch in Not geraten. Ihre Tochter – seine Tochter – brauchte Hilfe.

Die Sonne stand schon tief, als die Frau endlich den kühlen, hohen Raum betreten konnte. Da saß er hinter dem mächtigen Schreibtisch aus dunklem Holz und schaute sie an. Es war ein gleichgültiger, gelangweilter Blick aus den Augen, die sie damals so geliebt hatte. Blaue Augen, die etwas vorstanden, ein rosiger Teint – ganz anders als die Männer hier. Und groß war William Philipson, sie hatte sich auf die Zehenspitzen stellen müssen, um ihn zu küssen. Etwas dicker war er geworden, und seine hellen Haare lichteten sich um die Stirn, aber ansonsten sah er aus wie vor vier Jahren. Sie schaute zu ihrer Tochter, die den fremden Mann unverwandt anstarrte.

»Ja, ich höre? Was ist dir zugestoßen?«, fragte er sie. Seine

Stimme klang müde, jetzt blickte er auf die Uhr. Sie war die Letzte in der Schlange gewesen, und es war ihm deutlich anzusehen, dass er Schluss machen wollte, genug hatte von all den kleinen und großen Sorgen, die sich meist mit ein paar Geldstücken aus der Welt schaffen ließen.

Sie zögerte.

»Erinnert Ihr Euch nicht mehr an mich?«, fragte sie dann leise. Jetzt schaute er wieder hoch von seinem Schreibtisch. Es war ein forschender Blick, in dem kein Erkennen lag.

»Vor fünf Jahren, die Weinlese. Ich habe hier gearbeitet. Beim Weinfest habt Ihr … haben wir …« Ihre Stimme wurde leise. Dann schob sie Concetta in Richtung Schreibtisch.

»Das ist Eure Tochter«, sagte sie mit fester Stimme.

William Philipson zuckte zusammen und sprang auf. Langsam kam er um den Schreibtisch herum auf sie zu. Concetta würdigte er keines Blickes, nur sie schaute er fest an.

»Was redest du da? Bist du verrückt geworden?« Er ging an ihr vorbei und schloss die Tür. Dann kam er auf sie zu und blieb nah vor ihr stehen. »Du bist irre, schau dich doch an – eine Hexe, ohne Zähne, uralt. Das glaubt dir kein Mensch, wer weiß, mit wem du rumgehurt hast.«

»Ich bin Caterina *la colombina*, weißt du nicht mehr?«

Er lachte höhnisch. »Hau ab, lass dich hier nie mehr blicken!«

Dann kramte er in seiner Tasche und zog ein paar Münzen daraus hervor, die er ihr vor die Füße warf. Die Geldstücke klirrten auf dem Steinboden, und sie machte keine Anstalten, sie aufzuheben. Wieder kamen ihr die Tränen, sie stürzte auf ihn zu und klammerte sich an seinen Arm.

»Erkennst du mich wirklich nicht mehr? ›Meine Taube‹ hast du mich genannt … Verjagt haben sie uns, als das Kind kam, ich verhungere mit ihr, wenn du uns nicht hilfst, ich bin zu schwach um zu arbeiten, bitte …«

William Philipson schüttelte sie mit einer so heftigen Bewegung ab, dass sie zu Boden fiel. Concetta ließ die Hand der Mutter los und sprang ihm entgegen. Als sie der Fuß des Vaters traf, biss sie ihm mit aller Kraft in den Arm. Philipson stieß einen Schrei aus und schlug nach ihr, aber das Mädchen ließ nicht locker. Die Mutter hatte sich inzwischen aufgerafft und versuchte, die Kleine wegzuziehen.

»Concetta, komm, wir gehen!«, sagte sie mit letzter Kraft. »Komm, lass ihn los, es hat keinen Sinn.«

Da ließ das Mädchen von Philipson ab, sammelte blitzschnell die Münzen vom Boden auf und folgte der Mutter, die gebeugt den Raum verließ. Philipson lief ihnen nach.

»Verschwindet und lasst euch hier nie wieder blicken, sonst hetze ich euch die Hunde auf den Leib! Dreckiges Pack!«

Schnell lief die Frau mit dem kleinen Mädchen an der Hand über den großen Vorhof. Den alten Landaufseher der Philipsons, der an der Hauswand des Palazzo lehnte, sah sie nicht. Der schaute ihr lange nach. Als William Philipson mit schnellen Schritten auf ihn zukam, sah er ihn prüfend an.

»War das nicht die kleine Caterina, die alle nur Täubchen nannten? Ich habe sie seit fünf Jahren nicht mehr hier gesehen. Was ist ihr denn zugestoßen, sie sieht schlimm aus.«

William Philipson atmete schwer und hielt sich die Hand, von der das Blut tropfte.

»Unsinn, ich habe die Frau noch nie gesehen. Eine Verrückte. Wenn sie noch mal hier auftaucht, dann hetz die Hunde auf sie. Und das Balg, das sie dabei hat, ist ein wildes Tier.«

4

Ada beugte sich über den Tisch, auf dem unzählige Fotos ausgebreitet waren. Die Haarsträhne, die ihr dabei ins Gesicht fiel, faszinierte Luca. Adas Haare waren tiefschwarz und glänzend. Jetzt strich sie sich die Strähne hinter das – perfekt geformte, wie Luca fand – linke Ohr, sodass er wieder ihr klar geschnittenes, schönes Profil sah. Die Haare reichten ihr bis zum Kinn und ließen den langen, schlanken Hals frei. Sie trug eine schwarze, enge Jeans und ein schmal geschnittenes schwarzes T-Shirt mit V-Ausschnitt. Luca sah den schwarzen BH auf ihrer bereits leicht gebräunten Haut. Zwei Wochen war es her, dass sie zum letzten Mal eine Nacht zusammen verbracht hatten. Und heute? Wenn Silvio ihnen das gesamte Fotoarchiv zeigte, würde keine Zeit übrig bleiben, weder vom Tag noch von der Nacht. Er stöhnte unwillkürlich.

»Guck mal, da!«, rief Ada jetzt, zeigte auf eins der Fotos, und Luca riss sich von ihrem Anblick los. Er sah Silvio grinsen, der ihm jetzt das Foto, auf das Ada gezeigt hatte, unter die Nase hielt.

Ein winziges Schwarz-Weiß-Foto, eins von Hunderten. Luca suchte nach seiner Lesebrille, um überhaupt irgendetwas darauf erkennen zu können. Bislang war er eher mit Ada beschäftigt gewesen. Mit Ada, die Silvio anlächelte, seine Fotos bewunderte und – so fand Luca – ihn überhaupt nicht beachtete.

Silvio hatte ihn gestern angerufen und nach Marsala eingeladen, um sich Fotos anzusehen. Er müsse ihm etwas zeigen, hatte er geheimnisvoll gesagt. Und Luca hatte Ada gefragt, ob sie mitkommen wolle. Er musste am nächsten Tag erst nachmittags in der Nachrichtenagentur sein, und so hatte er für sie beide ein Zimmer in einer kleinen Pension gegenüber dem Dom von Marsala gemietet. Ada hatte spontan zugesagt, was ihn überrascht hatte – sonst kam sie ihm immer mit Abgabeterminen für ihre Übersetzungen, einem Kapitel, das unbedingt noch fertig werden musste, eine Redewendung, mit der sie sich seit Stunden herumschlug, weshalb sie Zeit verloren hatte ... Er hatte sich die ganze Fahrt nach Marsala über gefreut, auch noch, als sie etwas außerhalb der Stadt von der Landstraße abbogen und über einen schmalen Schotterweg immer weiter in eine Landschaft aus Zitronen- und Olivenhainen hineinfuhren. Staub wirbelte auf, der in der sommerlichen Hitze flirrte. Es war früher Nachmittag, und das Zirpen der Grillen war ein wütendes Crescendo, das selbst das Geräusch der Reifen auf dem Kies übertönte. Schließlich hielten sie vor einem Zaun, hinter dem sich inmitten eines Zitronenhains ein kleines Häuschen verbarg. Das ehemalige Wochenendhaus von Silvios Eltern, die lange tot waren. Als Silvio sich von seiner Frau getrennt hatte, hatte sie die gemeinsame Wohnung in Marsala behalten, und Silvio war aus der Stadt hierhergezogen. Jetzt im Sommer hingen nur ein paar vereinzelte Zitronen mit braun gefleckter Schale an den Ästen der unzähligen Zitronenbäume. Vor dem Haus, im Schatten einer hohen Pinie, stand Silvios alter Porsche, ein silbergrauer 911 aus den Achtzigern, den er hütete wie seinen Augapfel. Das Auto wollte nicht so recht zu der Umgebung passen, zu dem einfachen flachen Häuschen, dessen heller Putz abbröckelte.

Das Haus bestand eigentlich nur aus einem Wohn- und Schlafzimmer mit einem kleinen Bad. Dahinter erstreckte sich eine Veranda mit Herd und Spüle. Silvio hatte sich nie die Mühe gemacht, irgendetwas umzubauen, er hatte alles so gelassen, wie er es vorgefunden hatte. »Ich koche doch eh kaum«, sagte er. »Und im Winter esse ich nicht nur mittags, sondern auch abends in der ›Sirena Ubriaca‹.«

Die Möbel waren die üblichen billigen Rattanmöbel, die man in unzähligen sizilianischen Landhäusern fand, wackelig und nichtssagend. Nein, gemütlich war das kleine Haus nicht. Den Boden bedeckte eine Staubschicht, die Fenster waren trübe, und die einst cremefarbenen Bezüge des großen Sofas und der drei Sessel waren wie von einem Grauschleier überzogen.

Trotz des nicht sehr einladenden Interieurs schien Ada sich gleich wohlzufühlen, und sie und Silvio hatten sich sofort verstanden. Die grünen Augen seines Freundes strahlten, als er Ada begrüßte und ihr einen Espresso anbot. Da war Luca wieder eingefallen, was er vorher vergessen – oder verdrängt – hatte: Schon auf der Universität hatte der große, schlanke Silvio, der im Sommer immer braun gebrannt war und dessen helle Augen stets von innen heraus zu leuchten schienen, die Frauen verzaubert. Wie Smaragde, hatte einmal eine Kommilitonin schwärmerisch zu Luca gesagt, der damals abends im Spiegel seine braunen Augen betrachtet und nach einem entsprechenden Vergleich gesucht hatte. Vergebens. Später hatte er gemeinsam mit Silvio über die Smaragdaugen gelacht. Der war immer umschwärmt gewesen, er kannte es nicht anders, und seine Nonchalance und Leichtigkeit, gepaart mit Charme und Freundlichkeit, hatten diesen Effekt noch verstärkt.

Jetzt ärgerte sich Luca, dass er Ada mitgenommen hatte. Wie blöd konnte man sein? Er starrte den Freund an – die silbergrauen, kurz geschnittenen Haare standen ihm gut, vor allem zu der dunklen Haut. Luca selbst hatte sich am vergangenen Wochenende am Strand von Mondello einen Sonnenbrand geholt, sein Kopf – vor allem dort, wo sich die Haare lichteten – war immer noch hochrot. Und heute Morgen hatte er im Spiegel gesehen, dass sich die Haut abzuschälen begann. Luca konnte sich nicht vorstellen, dass Silvios Haut je unvorteilhaft gerötet war oder sich in Schuppen löste.

»Hallo, Luca, schau doch mal! Luca?«

Luca verscheuchte die dunklen Gedanken. Sie waren hier, weil Silvio ihnen etwas zeigen wollte. Morgen wären sie wieder in Palermo, Ada würde Silvio vielleicht nie wiedersehen. Auf keinen Fall wiedersehen, wenn es nach ihm ginge.

Jetzt schaute er sich das Foto an, ein kleinformatiges Schwarzweiß-Foto, das auf einem Boot aufgenommen war.

»Seit wann benutzt du denn dieses Format? Da erkennt man ja kaum etwas.« Luca setzte die Lesebrille auf.

»Die Fotos hier sind aus den vierziger Jahren, habe ich doch eben gesagt. Die sind natürlich nicht von mir, mein Onkel hat sie gemacht. Er hat als Erster die Mattanza auf Favignana fotografiert. Er war fasziniert vom Thunfischfang, hat jedes Jahr den gesamten Juni auf der Insel verbracht und ist mit den Tonarotti raus aufs Meer gefahren. Schau dir mal die Männer an.«

Auf dem Foto war ein Boot zu sehen, davor schien das Meer zu brodeln, aber bei genauerem Hinsehen erkannte man, dass es voller schwerer Fischleiber war, Thunfische, dicht an dicht, im Todeskampf. Einige bäumten sich auf, mächtige Schwanzflossen ragten aus dem Wasser, um sie herum ein Heiligenschein aus Gischt. Eng gedrängt standen die Männer an Bord, mit langen Stangen schienen sie die riesigen Tiere in die Enge zu treiben, in die sogenannte »Kammer des Todes«, das letzte Netz der mächtigen Thunfischreusen, die für die Mattanza verwendet wurden, aus der es kein Entkommen gab. Am Bug des Bootes stand ganz allein ein schmaler Mann. Selbst auf dem kleinen Foto erkannte man, dass er anders war als die anderen.

»Wer ist das?« Luca zeigte auf den Mann.

»Der Rais, der Anführer der Mattanza.« Silvio suchte nach weiteren Fotos und legte drei auf den kleinen Tisch.

»Schau, hier ist er wieder. Und auf dem Foto ist er aus der Nähe zu sehen, allein. Mein Onkel war fasziniert von ihm, beinahe besessen. Er hat ihn wieder und wieder fotografiert.«

Luca schaute auf das Gesicht des Rais. Obwohl das Foto körnig war und schwarzweiß, schlugen ihn die Augen und der Blick des jungen Rais in seinen Bann. Er konnte nicht älter als – ja, was? Mitte dreißig? – sein. Das Gesicht war schmal und hatte feine Züge. Man hätte sie weiblich nennen können, wären da nicht eine Härte um den Mund und das Kinn gewesen.

»Was er wohl für eine Augenfarbe gehabt hat?«, fragte Luca gedankenverloren. »Die sehen so merkwürdig hell, beinahe weiß auf dem Foto aus.«

»Die Augen, darüber hat mein Onkel immer geredet. Dieser Rais wurde auch der Tiger genannt. Seine Augen sollen gelb wie die einer Wildkatze gewesen sein. Sein Blick hat einen nicht losgelassen.«

»Der Typ hat trotzdem etwas Feminines. Ein schwuler Rais? Ist doch kaum vorstellbar, oder?«

»Nein, das ist nicht vorstellbar. Und mein Onkel war ein Casanova, der war nicht schwul. Das wollte ich euch ja zeigen – dieser Rais, er hieß Antonio …« Hier machte Silvio eine bedeutungsvolle Pause. » .. es wurde geredet, er sei eine Frau.«

Luca lachte und schaute den Freund ungläubig an. »Was für ein Unsinn. Eine Raissa? In den vierziger Jahren? Und überhaupt – was hat das mit der Geschichte auf Mozia zu tun? Du wolltest uns doch etwas Wichtiges zeigen?«

Jetzt war Luca ein wenig ungehalten. Silvios Fotoarchiv und seine Favignana-Märchen interessierten ihn nicht sonderlich. Im Gegensatz zu Ada, die Silvio gebannt zugehört hatte und jetzt das Foto des Rais in die Hand nahm.

»Mehr, als du denkst, Luca. Du hast deinem Sohn die Geschichte von der Geisterfrau nicht geglaubt. Ich schon. Ich glaube, er hat die Tochter der Raissa gesehen.«

Luca stöhnte. Auch das hatte er verdrängt – Silvios Hang zu Mythen und Legenden, vorzugsweise solche aus seiner Heimat, Legenden über den Thunfischfang, die Salinen, die kleine Insel Mozia und den Kult der Phönizier. Stundenlang hatte er Sagen über den Zug der Thunfische erzählt, ihren Weg durchs Mittelmeer. Oder Mythen von Baal, dem grausamen Gott der Phönizier. »*Minchìa*, Silvio, deshalb hast du uns herbestellt? Um uns Fotos aus den Vierzigern zu zeigen, die dein Onkel gemacht hat? Ich fass es nicht.«

Er fischte das Zigarettenpäckchen aus seiner Hosentasche und zündete sich eine an. Eigentlich hatte er mit dem Rauchen aufhören wollen, hatte auch schon angefangen aufzuhören – Pläne geschrieben, letzte Päckchen gekauft, dreimal sogar letzte Zigaretten geraucht –, aber spätestens, wenn er Ada traf, die nicht daran dachte aufzuhören und mit großer Nonchalance rauchte, als hätte sie noch nie davon gehört, dass Rauchen schädlich war, waren alle guten Vorsätze umsonst. Oder wenn ihn etwas nervte. So wie jetzt.

»Sei doch nicht so ungeduldig, Luca«, mischte sich jetzt Ada ein. »Silvio, erzähl mal, wie du darauf kommst. Wer ist dieser Antonio? Und was hat seine Tochter auf Mozia zu suchen?«

»Das ist eine lange Geschichte. Und ich kenne nur Bruchstücke davon. Dieser Antonio Rizzo, wie er sich nannte, ist irgendwann in den zwanziger Jahren aus dem Nichts aufgetaucht. Er soll geschickter und zäher gewesen sein als alle anderen und ist bald in der Hierarchie vom Bootsjungen zum ersten Tonarotto aufgestiegen. Sein Vorgänger hat ihm nach dreißig Jahren als Rais das Amt übergeben. Er war weit über achtzig und soll seine *ciurma*, seine Mannschaft, nicht mehr im Griff gehabt haben.

Damals – das ist lange her – gab es so viele Thunfische, dass die Tonarotti manchmal an einem Tag bis zu neunhundert in die Kammer des Todes trieben. Es muss die Hölle gewesen sein, die riesigen Fische, die sich wehren gegen die Gaffs, die Stangen der Tonarotti, das brodelnde Wasser, dessen weiße Gischt sich blutrot färbt. Der Rais muss alles unter Kontrolle haben, die Fische, seine Männer, die Netze und Anker, er muss wissen, wie die Strömungen verlaufen und woher der Wind weht. Er ist Heeresführer und Schamane, Schlachter und Hirte …«

Silvio hatte sich in seinen Erzählungen verloren.

»Du warst bei Antonios Vorgänger«, half Ada ihm, den Faden wieder aufzunehmen.

»Ach ja«, er lächelte sie an. »Entschuldigt, ich bin mit der Mattanza aufgewachsen, mit den Bildern dieses Kampfes, mit den Legenden, die sich darum ranken. Kann man sich heute nicht mehr vorstellen, es gibt ja kaum mehr Thunfische, und die Mattanza findet höchstens noch als Touristenspektakel statt. Egal, das ist eine andere Geschichte und keine schöne. Also, Antonios Vorgänger hat ihm sein Amt übergeben, obwohl er jung, sehr jung war. Mein Onkel hat ihn erst später kennengelernt, aber in den Dörfern auf Favignana, ja auch auf dem Festland, erzählte man von dem jungen, schönen Rais ohne Vergangenheit, der härter und erfolgreicher war als alle vor ihm. Unter seiner Ägide wurden wieder so viele Thunfische getötet wie in den sechziger und siebziger Jahren des neunzehnten Jahrhunderts. Er war unerbittlich, gegen sich selbst und andere. Die Netze waren immer in einem erstklassigen Zustand, wenn er nicht auf dem Meer war, überwachte er die Arbeit daran und an den Booten. Wie ein Feldherr hat er seine Tonarotti befehligt, jede Nachlässigkeit hat er sofort entdeckt. Vierzig Jahre lang war er Rais, das ist eine unvorstellbar lange Zeit. Vierzig Jahre, in denen er ein einziges Jahr fehlte, spurlos. In diesem Jahr blieb der

Thunfischschwarm aus, erzählen die Alten. Und Antonio Rizzo war einfach verschwunden, tauchte im Jahr darauf wieder auf. Keiner hat gewagt, Fragen zu stellen. Selbstverständlich hat er sein Amt weitergeführt, er war der Rais. Das muss um das zehnte Jahr herum gewesen sein. Irgendwann später ist ein kleiner Junge aufgetaucht, der ihm folgte wie ein Schatten, sommers wie winters: Caterino. Er hat ihn angelernt, er war ebenso geschickt und zäh wie der Rais. Man sagt, der Junge sei sein Sohn gewesen, aber wer die Mutter war, wusste niemand. Viel später wurde darüber geredet, dass die beiden in Wahrheit Mutter und Tochter gewesen sind.«

Silvio stand auf, ging an seinen Schrank und suchte darin nach etwas. Er kam mit einem Packen Fotos zurück, großformatige Bilder in Schwarzweiß, aber schärfer als die, die sie zuvor gesehen hatten. Wieder ein brodelndes Meer, ein Boot und Männer mit wettergegerbten Gesichtern. Einer der Männer war heller als die anderen, er sah wild aus.

»Und das ist die Tochter? Die Fotos hast du gemacht?« Ada war sichtlich fasziniert von der Geschichte.

»Fehlt nur noch die kleine Meerjungfrau«, warf Luca ein. »Silvio, ehrlich, das ist doch Unsinn. Frauen, die aus dem Nichts auftauchen und sich als Männer verkleiden, um Rais zu werden. Und Jahrzehnte später als Hexen über Mozia geistern …«

»Ja, die Fotos habe ich gemacht. Mein Onkel hat mich schon als kleiner Junge mit nach Favignana genommen. Jeden Juni durfte ich an den Wochenenden dabei sein. Ich weiß noch, wie ich mich anfangs vor den grimmig aussehenden Tonarotti gefürchtet habe. Und vor dem Rais, der nie, wirklich niemals gelächelt hat. Einmal durfte ich auf seinem Boot mitfahren. Das war etwas ganz Besonderes, Zuschauer dürfen eigentlich nie auf dem Boot des Rais dabei sein. Mein Onkel hatte mir eingeschärft sitzenzubleiben, aber um besser sehen zu können, bin ich aufgestanden und auf die morsche Holzbank geklettert. Ich hatte meine erste Kamera dabei. Mein Onkel hatte sie mir ein paar Wochen zuvor zum Geburtstag geschenkt. Eine kleine Leica, ich weiß noch, wie stolz ich war. Ich wollte die riesigen Fische fotografieren, die Schwanzflossen oder die Nasen, die immer wieder aus dem Wasser auftauchten. Da begann das Boot zu schlingern. Den Tonarotti machte das nichts, die waren daran gewöhnt und konnten sich wie die Seiltänzer auf dem Boot halten, aber ich nicht, ich stand gefährlich nah am Bootsrand und verlor das Gleichgewicht. Plötzlich packte mich von hinten eine Hand am Hemd, es war der Rais. Er zog mich zurück ins Boot, setzte mich auf die Bank und beugte sich zu mir herunter, während er mir beruhigend über den Kopf strich. ›Sei vorsichtig, kleiner Fotograf‹, flüsterte er mir ins Ohr. Seine Stimme klang ganz anders als sonst, wenn er Anweisungen gab oder bei der Ausfahrt den traditionellen Gruß an den Gegner, die Thunfische, rief – ›Steigt auf, steigt auf, *sugnu il Rais Antonio* …‹. Als er nur zu mir sprach, klang sie sanft, beinahe zärtlich …«

Silvio schaute aus dem Fenster. Er hatte sich gänzlich in der Erinnerung verloren.

»Woher weißt du, dass die beiden Frauen waren? Was ist aus ihnen geworden?«, fragte Ada.

»Der alte Rais ist aus dem Nichts gekommen und irgendwann verschwunden. In den siebziger Jahren hat er Santa Maria gekauft, die kleine Insel in der Lagune neben Mozia. Kein fließend Wasser, kein Strom. Er hat ein Häuschen bauen lassen, mit Generator und Zisterne. Und lebte dort das ganze Jahr über, vollkommen abgeschieden. Der Sohn ist in eine Schießerei verwickelt gewesen, ihm wurde der Prozess gemacht, und dabei ist herausgekommen, dass er eine Frau ist. Danach wurde gemunkelt, dass auch Antonio eine Frau war.«

»Was für eine Schießerei?«

»Er oder sie hat den Sohn des Besitzers der Tonnara erschossen. Joseph Philipson. Den Sohn des Mannes, für den beide, auch ihr Vater, gearbeitet haben. Das muss Ende der siebziger Jahre gewesen sein. Sie war dann lange im Gefängnis und wurde danach wieder auf Santa Maria gesehen. Als Tonarotto konnte sie natürlich nicht mehr arbeiten …«

»Nehmen wir mal an, du hast recht, und das ist die Person, die Diego gesehen haben will – dann hätte die Alte den Raub der Statue verhindern wollen? Oder den armen Giacomo getötet? Oder steckte sie gar mit den Dieben unter einer Decke?«

»Das weiß ich nicht, Luca. Keine Ahnung, was sie dort zu suchen hatte. Aber wir sollten hinfahren und sie fragen. Vielleicht hat sie etwas gesehen.«

»Sei doch nicht so ungeduldig, Luca«, mischte sich Ada ein. »Ich möchte mir die anderen Fotos anschauen. Die sind wirklich unglaublich – das ist ein richtiger Schatz. Vor allem jetzt, wo es die Mattanza nicht mehr gibt, bist du so etwas wie ihr Archivar und Zeuge.«

Sie lächelte Silvio an. Der freute sich sichtlich über das Kompliment. Luca zündete sich noch eine Zigarette an. Langsam reichte es ihm. Klar, Ada war an solchen Märchen und an den schönen Fotos mehr interessiert als an seinen Erzählungen aus dem Agenturalltag – Flüchtlingsdramen, Korruption, unfähige Politiker. Da war nicht viel mit Romantik und Poesie.

Sein Telefon klingelte, auch das noch. Er ging aus dem Raum, zog es aus der Hosentasche – und sah die Nummer seines Sohnes.

»Diego?«

»Pa, ich muss nach Marsala, jetzt sofort, die verdächtigen mich, und ich … Brief … ich versteh das nicht …« Im Hintergrund hörte Luca den infernalischen Lärm des Verkehrs von Palermo, hupende Mopeds und Autos, quietschende Reifen,

Motorengeräusche. Er verstand kaum etwas, und die Stimme seines Sohnes war außergewöhnlich dünn.

»Was? Wer verdächtigt dich? Was für ein Brief?«

»Giacomos Vater. Und Giulia. Die haben sich gegen mich verschworen.«

»Diego, ich verstehe kein Wort. Was hat Giacomos Vater mit Giulia zu tun? Und wann musst du nach Marsala?«

»Ich fahre jetzt los, Mamma kommt auch mit. Wo bist du? Kannst du kommen?«

Luca seufzte. Was immer passiert war, Francesca konnte er nicht dabei gebrauchen.

»Diego, ich bin schon in Marsala, bei Silvio. Ruft mich an, wenn ihr da seid. Und dann erzählst du mir alles in Ruhe.«

Langsam ging er zurück ins Haus. Er musste einen merkwürdigen Gesichtsausdruck haben, denn Silvio unterbrach seine Rede und schaute ihn an. Auch Ada wandte sich von den Fotos ab und drehte sich zu ihm.

»Was ist los?«

»Keine Ahnung. Diego ist auf dem Weg nach Marsala, die haben ihn noch mal vorgeladen. Umgehend. Irgendein Brief ist aufgetaucht, der Diego belastet. Und Giulia scheint auch zu denken, dass Diego was mit Giacomos Tod zu tun hat. Ich muss aufs Kommissariat.«

5

Lieber Giacomo,
wir können uns nicht mehr sehen, es tut mir leid. Ich will meine Beziehung zu Diego nicht gefährden, der sehr eifersüchtig ist, das weißt du. Und ich glaube, er ahnt etwas.

Du bist ein ganz besonderer Mensch, und ich werde die Erinnerung an uns beide immer im Herzen tragen.

Deine Giulia

Luca schaute den kleinen Kommissar irritiert an, der triumphierend lächelte und mit dem dicken, gelblich verfärbten Zeigefinger auf Diego zeigte.

»Sie wussten davon, deshalb wollten Sie in dieser Nacht nach Mozia fahren – um Giacomo aufzulauern!«

»Halt, halt, halt, es war Giulias Idee, nach Mozia zu fahren, nicht wahr, Diego? Und das hier sind die spätpubertären Ergüsse einer Studentin, die eine Affäre hatte und nicht weiß, wie sie den Typen loswerden soll.«

Diego starrte seinen Vater entrüstet an und holte tief Luft, wurde aber vom Commissario unterbrochen.

»Signor Santangelo, ich stelle hier die Fragen, Ihr Sohn antwortet. *Capito?* Es ist reine Kulanz, dass Sie dabei sein dürfen, Ihr Sohn ist volljährig, und eigentlich haben Sie hier nichts zu suchen!«

»Gut, wie Sie meinen, Commissario, dann verschwinde ich und überlasse Sie meiner Exfrau …«

Sofort lenkte der Commissario ein. Francesca war wie eine Furie in sein Amtszimmer gestürzt und hatte auf ihn eingeredet ohne Punkt und Komma. Theatralisch hatte sie das lange blonde Haar zurückgeworfen und sich mit beiden Händen auf seinen Schreibtisch gestützt. Sie trug eines ihrer wallenden Leinenkleider, die Luca immer an eine Frauengestalt aus der griechischen Tragödie erinnerte. Und wie üblich wahrte sie keinerlei Distanz, und der Commissario war immer weiter in Richtung Fenster zurückgewichen. Luca hatte ihr schließlich den Arm um die Schultern gelegt und sie aus dem Raum geführt, wo Silvio sie in Empfang nahm und mit ihr in die Bar an der Piazza ging. Schnell war Luca zurück in das Zimmer gegangen und hatte den Commissario aufmunternd angelächelt.

»So, Commissario, dann fangen Sie mal an.«

Jetzt starrte Diego wütend auf das Blatt Papier, das dort lag – den Brief.

Dann sprang er auf.

»Ich wusste nichts und hab auch nichts geahnt. So ein Bullshit.«

»Sagen Sie. Giulia Sciortino sieht das anders. Vor einer Woche, als die Studentengruppe aus Rom gerade angekommen ist, wart Ihr alle zusammen auf einer Party. Da haben Sie sich darüber geärgert, dass Signorina Sciortino so lange mit Giacomo Leoni geredet hat. Und dann haben Sie gesagt, einen Augenblick …« Umständlich blätterte der Commissario in einem Stapel Papiere, die vor ihm auf dem Schreibtisch lagen.

»Hier, hier steht's, Aussage der Signorina Giulia Sciortino – Sie haben gesagt: ›Der stolpert doch eher über 'ne Tonscherbe und bricht sich das Genick, bevor der was findet.‹«

»Das hast du gesagt?« Luca starrte Diego ungläubig an. »Du wusstest also doch, dass Giacomo was mit Giulia hatte?«

Diego schüttelte den Kopf.

»Spinnst du? Ich wäre im Leben nie drauf gekommen, dass Giulia was mit dem Langweiler hat! Niemals! Und eifersüchtig war ich auch nicht, ich fand den nur komisch. Spießig. Langweilig. Steht auf der Party rum und starrt an die Decke.«

»Ich habe hier eine Aussage von Giulia Sciortino, dass Sie schon im Winter eifersüchtig waren, sogar nach Rom reisen wollten ...«

»Ja, aber ...« Diego schaute Luca hilfesuchend an.

»Was aber, Diego?«

»Ja, ich war eifersüchtig, aber von Giacomo habe ich nichts gewusst. Den kannte ich doch gar nicht. Ich hab nur gemerkt, dass was anders geworden ist, dass Giulia nicht mehr jedes Wochenende zurück nach Palermo gekommen ist, und wenn, dass sie irgendwie komisch war. Deshalb wollte ich hinfahren.«

»Giulia Sciortino sieht das anders. Und Sie haben die Umstände von Giacomo Leonis Tod genau vorausgesehen.«

Der Commissario machte eine vielsagende Pause. »Ich habe hier die Ergebnisse aus der Rechtsmedizin: Giacomo Leoni ist gestürzt und hat sich das Genick gebrochen.« Wieder blätterte er umständlich in seinen Unterlagen. »Warten Sie ... hier steht es genau: Genickbruch und tiefe Wunde am Hinterkopf. Diese wurde durch einen spitzen Stein beigebracht, der am Tatort gefunden wurde.«

»Aber dann war das doch ein Unfall, Commissario«, rief Luca. »Und auf den Stein wird er gefallen sein.«

»So klar ist das nicht – vielleicht hat ihm jemand die Wunde am Hinterkopf beigebracht, und dadurch ist er gestolpert. Wir wissen nicht, was zuerst da war – der Genickbruch oder die Wunde am Hinterkopf!«

»Wo lag denn dieser ominöse spitze Stein, Commissario?« Luca funkelte ihn wütend an.

»Einen Augenblick – hier, unter seinem Hinterkopf.«

»Da ist es doch extrem unwahrscheinlich, dass er damit geschlagen wurde, dann stürzte und sich der Stein nach dem Sturz unter seinem Kopf wiederfand? Ich meine, es gibt ein paar einfache Gesetze der Logik. Auch in Marsala.«

Jetzt verdüsterte sich die Miene des Commissario, und Luca hätte sich am liebsten auf die Zunge gebissen.

»Na ja, der Täter kann das arrangiert haben. Vielleicht hat er Giacomo Leoni auch über die Mauer gestoßen, und der ist dann auf den Stein gefallen – dann wäre es immer noch Mord! Die Fingerabdrücke Ihres Sohnes befinden sich nun mal überall auf der Leiche – auf dem Gürtel, der Uhr …«

»Aber das habe ich Ihnen doch schon x-mal erklärt, Commissario. Ich habe Giacomo Leoni gefunden und versucht, erste Hilfe zu leisten. Ich dachte doch, er lebt. Natürlich habe ich den Puls gefühlt und versucht, ihn zu beatmen. Und dann habe ich diese Frau gesehen, haben Sie …« Diegos Stimme klang verzweifelt. Er war vollkommen verschwitzt, obwohl im Raum die Klimaanlage auf Hochtouren lief. Anscheinend hatte er in der vergangenen Nacht kaum geschlafen, jedenfalls ließen das die tiefen dunklen Ringe unter seinen Augen vermuten.

»Dass sich eine weitere Person zum Tatzeitpunkt auf der Insel befand, ist nicht bewiesen, und für Ihre Erste-Hilfe-Versuche gibt es keine Zeugen. Warum Sie sich von der Signorina Sciortino entfernt haben, wissen wir auch nicht. Das hat sie sehr verwundert.

Was wir aber wissen, ist …« und er schaute Diego triumphierend an: »Zum Zeitpunkt des Todes wart ihr bereits auf der Insel! So steht es in der Aussage …« Wieder eine lange Pause und ein Suchen in den Papieren »… der Signorina Sciortino.« Im Blick des Commissario lag ein Triumph, der Luca reizte.

»Jetzt passen Sie mal auf: Die Signorina Sciortino wollte unbedingt nach Mozia fahren, nicht mein Sohn. Und woher kommt eigentlich plötzlich dieser Brief? Woher wissen wir, dass *der* echt ist?«

Er hörte, wie Diego sich räusperte und Luft holte.

»Nein, Diego, das muss uns der Commissario erst einmal erklären – woher taucht aus dem Nichts plötzlich dieser alberne Brief auf?«

»Aber gern, Signor Santangelo, das ist schnell erklärt.« Der Commissario machte eine vielsagende Pause, zog einen Zigarrenstummel aus der Brusttasche seiner fleckigen Uniform, auf dem er genüsslich herumkaute. Wieder roch Luca den abgestandenen kalten Zigarrenrauch, der schwer im Raum hing.

»Professor Leoni hat den Brief gefunden, als er gemeinsam mit seiner Frau das Zimmer ihres Sohns in Marsala ausgeräumt hat. Und Signorina Sciortino hat bestätigt, dass sie den Brief geschrieben hat. Sie sehen – an der Echtheit besteht nun wirklich kein Zweifel.«

»Und der Professore unterstellt allen Ernstes, dass mein Sohn seinen Sohn ermordet hat? Wegen dieser dummen Gans? Kaltblütig geplant? Sogar mit Ankündigung? Das ist doch vollkommener Unsinn, Commissario!«

»Signor Santangelo, wir verfolgen hier jede Spur, das ist unsere Pflicht. Und darum auch diese. Der Professore unterstellt überhaupt nichts, er fand nur, ich sollte den Brief kennen, um mir ein vollständiges Bild der Situation machen zu können. Und die Signorina hat bestätigt, wie eifersüchtig Ihr Sohn ist – auch auf Giacomo Leoni.« Mit einer herrischen Handbewegung brachte er Diego, der ihm ins Wort fallen wollte, zum Schweigen.

»Das Verhör ist erst einmal beendet. Ich nehme Ihre Aussage so zur Kenntnis, bis auf Weiteres. Sie können gehen, aber halten Sie sich jederzeit bereit, falls wir weitere Fragen haben.«

»Commissario, wie sieht es denn mit dem Raub des Jünglings aus? Welche Spuren verfolgen Sie da?«

»Ich kann Ihnen dazu keine Auskunft geben, das sind laufende Ermittlungen. Morgen halten wir eine Pressekonferenz dazu ab. Sie sind herzlich eingeladen.«

»Der hat zu viele Krimis im Fernsehen gesehen«, murmelte Luca, als Diego und er das Kommissariat verließen. »Spielt sich auf wie der große Ermittler, ein vollständiges Bild der Situation, wir verfolgen jede Spur. Der hat sich geschmeichelt gefühlt, dass der Professore – ›der Professore‹, jeder Titel reicht, damit sie hier in die Knie gehen – ihn und seine Arbeit so ernst nimmt, dass er ihm ein Beweisstück – ein Beweisstück!! – vorbeibringt.«

»Pa, was bedeutet das jetzt? Können die mich festnehmen?«

»Unsinn, das können sie nicht. Aber vielleicht klärst du mit deiner Giulia, warum sie dich plötzlich belastet. Und falls da irgendwas ist, was ich wissen müsste …«

»*Minchia*, fängst du jetzt auch damit an?«

»Die Bemerkung über Giacomo ist schon merkwürdig, oder?«

»Das war nur so dahingesagt, sollte halt ein Witz sein, und Giulia fand ihn sogar komisch.«

»Aber inzwischen offensichtlich nicht mehr …«

»Ich weiß nicht, was mit Giulia los ist. Was sie mit diesem Giacomo hatte. Die kann mich mal, das ist aus und vorbei – erst betrügt sie mich, und dann glaubt sie, ich hätte den Typen umgebracht!«

»Diego, will sie dir schaden? Habt ihr euch gestritten?«

»Wieso sollte sie, Pa? Ich hab ihr nichts getan, und gestritten haben wir uns auch nicht. Sie ist so komisch, seit das mit Giacomo passiert ist. Und alles rausgekommen ist. Sie geht nicht mehr ans Telefon, und wenn ich bei ihr vorbeifahre, behauptet ihre Mutter, sie ist nicht da. Ich hab das ganze Jahr auf sie gewartet, und jetzt das. Das war's.« Diego war stehen geblieben und fuhr sich nervös durch die dunkelbraunen Locken.

Luca schaute seinen Sohn von der Seite an. »Na ja, du magst zwar gewartet haben, aber anbrennen lassen hast du in der Zwischenzeit auch nichts – oder was war mit der Rothaarigen, dieser Kommilitonin, von der auch alle deine Freunde geschwärmt haben? Mit der habe ich dich vor ein paar Monaten zusammen gesehen – die hat sich auf dem Mofa sehr vertraut an dich geschmiegt.«

»La Rossa? Das ganze Semester ist hinter der her. Pa, das hat doch nichts mit Giulia zu tun!« Diego schien ehrlich entrüstet. »Ich habe Giulia geliebt, La Rossa war nur Ablenkung. Hat sie übrigens genauso gesehen.«

Luca schüttelte den Kopf. Diese Logik hatte ihm noch nie eingeleuchtet, aber für seinen Sohn war sie das Natürlichste auf der Welt.

»Aber Pa, können die mir jetzt was anhängen?« Panik lag in Diegos Stimme.

»Ach was, dieser Dickwanst von Commissario ist so blöd wie er breit ist, das hat mir Silvio schon gesagt. Vergiss es.«

»Bist du sicher, Pa? Wir müssen die Alte finden, die hat Giacomo umgebracht, todsicher! Wieso glaubt mir keiner, nicht mal du?« Diego packte seinen Vater am Ärmel.

»Silvio glaubt dir, der hat da seine eigene Theorie. Aber sag mal, fällt dir außer der Hexe nichts ein? Hast du irgendetwas bemerkt, hast du die Diebe gesehen? Denk nach, Diego!«

Diego schaute ihn an und fuhr sich mit der Hand durch die Locken.

»Nein, die Diebe habe ich nicht gesehen, die waren längst weg, als wir unten an der Bootsanlegestelle waren. Tut mir leid, Pa, da war sonst nichts …«

Luca sah Francesca aus der Bar auf sie zustürzen.

»Ich muss los, Diego, Ada wartet. Einen guten Rat gebe ich dir: Halte deine Mutter da raus, wenn das irgend geht.«

Ob Ada wirklich noch auf ihn wartete oder froh war, mit Silvio allein zu sein, wusste er nicht. Die Eifersucht durchfuhr ihn kalt. Aber was immer ihn bei Ada und Silvio erwartete – hier musste er schleunigst verschwinden, bevor Francesca ihn mit Fragen, die keine waren, Anschuldigungen und theatralischen Deklamationen überhäufen konnte. Schnell drehte er sich um und ging zu seinem Wagen. Er spürte Diegos Blick im Rücken, als er ins Auto stieg. Aber gerade jetzt konnte er ihm nicht helfen.

6

Favignana, 21. Juni 1927

Laut tönte die Glocke über dem Hafen von Favignana, einmal, zweimal, dann schneller und schneller. Ihr Klang war unverwechselbar, verheißungsvoll, Hoffnung für die ganze Insel: Der Rais rief zur Mattanza, morgen in aller Frühe würden die Boote ausfahren. Die Glocke hing im Turm der Tonnara, und ihr Klang war tiefer und voller als der der Chiesa Madre auf der Piazza. Sie gab Favignana den Takt vor, nach ihr richtete sich das Leben hier in den Monaten, in denen die Thunfischschwärme an der Insel vorbeizogen.

Giovanna hob den Kopf und schaute vom Balkon in Richtung Hafen. Antonio sah den feinen Batiststoff in ihren Händen, er konnte auch die Farbe des Garns erkennen, mit dem sie ihn bestickte – korallenrot war der Faden, und von seinem Versteck in dem großen Olivenbaum erkannte er sogar das Muster, verschlungene Ornamente, Schnecken, Spiralen und Kreise. Seit Monaten stickte sie zusammen mit ihrer Mutter und den beiden Schwestern an dem Gewand, jeden Nachmittag ab drei saßen alle vier gebeugt über den kostbaren Stoff auf dem Balkon. Inzwischen war fast das ganze Weiß bedeckt, heute noch musste das Gewand fertig werden. Wann immer Antonio konnte, suchte er das Versteck im Olivenbaum auf und beobachtete sie. Giovanna war klein und zierlich, sie erinnerte ihn an einen Spatz. Wenn sie zusammen mit der Mutter sonntags zur Messe ging, schlug sie die Augen nieder, sobald sie ihn sah. Sie allein irgendwo zu treffen war unmöglich, sogar auf dem Fest des Santo Patrono Santissimo Crocifisso im September war sie in Begleitung einer Tante erschienen, die nicht von ihrer Seite wich. Aber vielleicht heute Abend. Es war Mittsommernacht, und wie jedes Jahr fuhr die *ciurma* raus aufs Meer, dorthin, wo die mächtige Thunfischreuse begann, um der Madonna von Trapani die Ehre zu erweisen. Sie hielt ihre schützende Hand über die Mattanza, lenkte den Strom der Thunfische und behütete die Tonarotti vor dem Meer und den mächtigen Fischen. Nicht Sant'Andrea, der Schutzheilige der Fischer, sondern sie, die Mutter Gottes selbst, war die Schutzheilige der Mattanza. Und jedes Jahr am 21. Juni fuhren die Männer hinaus aufs Meer. Im Boot des Rais hatten sie eine Gipsstatue der Madonna – der wunderschönen Marmorstatue der Madonna von Trapani nachempfunden, die er sich einmal anschauen wollte, zusammen mit Giovanna, vielleicht wenn sie verheiratet wären –, die dort ins Wasser gelassen wurde, wo die Thunfische in die Reuse schwimmen sollten. Das ganze Jahr über wurden ihr Schmuck und ihre Kleider vorbereitet – unzählige Perlen- und Korallenketten, ein Schleier aus aufwendig gearbeiteter Spitze und das Gewand aus schneeweißem Batist, das die Frauen der Familie Guzzetta bestickten, Jahr für Jahr, immer aufs Neue, immer mit der gleichen Sorgfalt. Donna Rosaria Guzzetta war nicht nur auf der Insel bekannt für ihre Stickereien, selbst aus Marsala und Trapani kamen Aufträge. William Philipsons Frau persönlich war eines Tages zu ihr ins Dorf gegangen und hatte ihr zehn Tischdecken gebracht. Das hatte warten müssen, weil die Guzzetta-Frauen erst das Gewand der Madonna von Trapani hatten besticken müssen …

Antonio beugte sich ein wenig vor, um Giovanna besser sehen zu können. Sie war die jüngste der drei Schwestern, sechzehn Jahre alt, und sie wurde behütet wie ein rohes Ei. Ihre beiden älteren Schwestern waren verheiratet, die älteste mit einem Tonarotto, der als *prima voce* die Gesänge während der Mattanza anstimmte, die andere mit dem Sohn des Bäckers. Beides gute Partien, und Antonio wusste, dass für Giovanna eine ebenso gute Partie gesucht wurde. Und das war sicher nicht er, der aus dem Nirgendwo bettelarm nach Favignana gekommen war, gemeinsam mit seinem kleinen Bruder. Erst hatten sie auf der Piazza um Almosen gebeten, dann hatten sie auf dem Bau mithelfen können: William Philipson hatte für seine Arbeiter und Fischer kleine Häuser errichten lassen. Francesco hatte dort mit ihm gearbeitet und war vom Gerüst gestürzt, zwei Jahre war das nun her. Danach war er ganz allein gewesen. Seine Schwester, das Balg, war auch auf der Insel, das wusste er. Aber sie ließ sich kaum blicken, lebte wie ein Tier außerhalb des Dorfes in der Wildnis der Insel. Weshalb sie nach dem Tod der Mutter ihren Brüdern gefolgt war, wusste Antonio nicht. Er hatte das Mädchen immer gehasst, denn sie war verantwortlich für all ihr Unglück, dafür, dass niemand etwas mit ihnen zu tun haben wollte, dass sie ausgestoßen worden waren – und letztlich auch für den Tod der Mutter, die in jenem Winter zu husten begonnen hatte, immer schwächer und schwächer geworden und im Jahr darauf an einem der ersten Märztage gestorben war. Antonio hätte das Biest sofort verjagt, wenn Francesco ihn nicht daran gehindert hätte. Der Bruder hatte ein weiches Herz und ihn beschworen, die Schwester bei ihnen zu lassen, weil sie die Mutter gepflegt und ihr nicht von der Seite gewichen war. Das hatte die Mutter auch nicht gerettet, aber Antonio musste zugeben, dass das Mädchen sie zum Lächeln gebracht hatte, dass sie sie gewärmt hatte, als ihr die Kälte bereits tief in den Knochen steckte, und dass sie sie wie ein Kind in ihren Armen gewiegt hatte, bis auch der letzte schwache Atemzug getan war. Einmal, kurz bevor die Mutter gestorben war, war er unerwartet in die düstere Höhle gekommen. Und hatte sie leise mit der Mutter reden hören. Er war stocksteif stehen geblieben und hatte sich nicht gerührt. Also konnte das Balg doch sprechen, sie wollte nur nicht, fauchte lieber jeden an, der sich ihr näherte. Dann hatte Concetta ihn bemerkt und war augenblicklich verstummt.

Nach Favignana waren sie gegangen, als Antonio klar war, dass sie in Gibellina nicht überleben konnten – für die Großeltern waren sie Luft, und Arbeit gab ihnen hier niemand. Aber auf Favignana, hatte er gehofft, auf Favignana würden sie etwas finden, in der riesigen Thunfischfabrik der Philipsons. Dann war es erst einmal der Bau gewesen, aber Antonio hatte Francesco gesagt, sie müssten nehmen, was kommt. Sie würden sich hocharbeiten, könnten es zu etwas bringen, hier, wo sie niemand kannte. Er hatte keine Rücksicht darauf nehmen können, dass der Bruder nicht schwindelfrei war. Die Schwester hatte er das letzte Mal auf Francescos Beerdigung gesehen, nur von fern, danach nicht mehr. Er kletterte vom Baum und verscheuchte die Erinnerungen. Das alles war vorbei. Heute war ein Festtag und vielleicht endlich seine Gelegenheit, Giovanna anzusprechen. Wenn sie vom Meer zurückkamen, um auf der Piazza die Mattanza zu feiern. Wenn die Kapelle zum Tanz aufspielte und alle Alltagssorgen vergessen waren – und vielleicht auch Donna Rosaria etwas milder gestimmt war … Denn inzwischen war er nicht mehr Hilfsarbeiter auf der Baustelle, er hatte seine Chance bekommen und war in die Mannschaft des Rais Calogero aufgenommen worden. Im Winter hatte er geholfen, die Reuse zu flicken, er war immer zur Stelle gewesen, wenn Hilfe gebraucht wurde, hatte keine Mühen gescheut, um sich den Männern unentbehrlich zu machen. Und schließlich hatte einer der Tonarotti dem Rais vorgeschlagen, es mit ihm als Bootsjungen zu versuchen. Wenn er sich geschickt anstellte, dann könnte er es bis zum Tonarotto bringen. Pfeifend ging er durchs Dorf, er könnte Arringatore werden, einer der Männer mit den langen Enterhaken, die dem sterbenden Thunfisch in der Kammer des Todes in den Leib gerammt wurden, um ihn dann aufs Boot zu ziehen. Erst Arringatore und dann Rais. Rais Antonio, sagte er leise vor sich hin, während er die große, rechteckige Piazza hinter sich ließ, auf der aufgeregtes Treiben herrschte, und weiter durch die engen, staubigen Gassen ging.

Als er Stunden später das letzte Boot der Flotte bestieg, hatte er nur Augen für das Kleid der Madonna. Weiß leuchtete der Stoff in der Abenddämmerung, und das korallenrote Muster schien Antonio das Schönste zu sein, was er je gesehen hatte. Was hätte er darum gegeben, in die Nähe der Madonnenstatue zu kommen, um es anzufassen, den Stoff zu berühren, der so lange in Giovannas Händen gelegen hatte. Aber dazu würde es nicht kommen – die Statue stand im Boot des Rais, weit weg von dem, in dem er hatte mitfahren dürfen. Während sie langsam den Hafen verließen und erst leise, dann lauter und lauter der Rosenkranz gebetet wurde, färbte sich die Dämmerung dunkler, und eine blasse Mondsichel hing über der Insel, deren fahles Licht sich im Meer spiegelte. Es war vollkommen windstill, das Wasser war eine dunkle Fläche. Es roch nach Sommer und Algen, ein leicht fischiger, würzig-salziger Geruch. Auf den Booten brannten lange Fackeln, die einen rötlichen Schimmer auf das dunkle Wasser warfen. Antonio betete mit Inbrunst den Rosenkranz, während er das Boot des Rais nicht aus den Augen ließ. Weiter und weiter ruderten sie aufs Meer hinaus, dorthin, wo sie vor nicht allzu langer Zeit die riesige Reuse ins Wasser gelassen hatten. Der Rais gab die Richtung vor, er kannte das Meer und jede Strömung und wusste, wohin die Thunfische zum Laichen schwammen. Auch in der Dunkelheit, die sich schnell über sie herabsenkte, fand er die Stelle, dort, wo sie die Statue der Madonna ins Meer lassen mussten. Die Jungfrau Maria würde vom Meeresgrund her die Fischschwärme leiten, sie würde dafür sorgen, dass sie ihnen direkt ins Netz schwammen. Jetzt musste Antonio einen der Ruderer ablösen, und er riss sich los vom Anblick der Statue. Der Ruderriemen scheuerte über seinen Handrücken, und er musste sich anstrengen, um in den Rhythmus der anderen zu kommen. Antonio war nicht besonders groß und kräftig, aber zäh. Und er wusste, dass er immer nur eine Chance bekam und diese niemals verspielen durfte. Er biss die Zähne zusammen und starrte auf das dunkle Wasser. Als das Kommando kam anzuhalten, atmete er auf. Sein weißes Hemd – das einzige, das er hatte – war durchgeschwitzt. Jetzt stimmte der Prima voce den Gesang zu Ehren der Madonna von Trapani an:

Diecimila voti lodamula a Maria Regina
Lodamula sempri sia ch'è di Trapani Maria

Ja, zehntausend Mal wollte er die Himmelskönigin loben, die Mutter Gottes von Trapani.

Die sechs Männer auf dem Boot des Rais hoben die Statue der Madonna, die auf zwei Holzplanken befestigt war, auf die Schultern. Und Antonio sang mit – das Lob der Gottesmutter, der heiligen Maria von Trapani.

Siti Bedda Gran Signura, bedda siti ri celu e terra,
li Vostr'occhi su dàu stiddi, la vuccuzza nni cunsola

Lauter und lauter wurde der Gesang, er schwoll an und schallte weit über das Meer, bis zurück nach Favignana und hinaus über die unendliche, metallisch schimmernde Weite des Wassers. Ihr seid schön, hohe Dame, Eure Augen sind zwei Sterne, Euer Mund spendet Trost. Antonio sah Giovannas Augen und ihren kleinen, roten Mund vor sich.

Beddu assai è lu Vostru visu, purtatimi l'anima Mparadisu …

Ein leichter Wind war aufgekommen, und die Fackeln begannen zu flackern. Antonio hatte mit Inbrunst gesungen – die Madonna war wunderschön, die Schönste, und sie würde sie ins Paradies geleiten, aber er sah immer nur Giovannas schmales Gesicht vor sich und ihre schlanke Gestalt.

Vier Männer auf dem Boot des Rais hatten die Holzstangen, auf denen die Statue stand, auf die Schultern gehoben und beugten sich langsam nach vorn, sodass sich die Madonna über den Bootsrand zu neigen begann. Das Boot schwankte, tiefer und tiefer neigte sich die Statue, und als der Gesang seinen Höhepunkt erreichte, glitt sie sanft ins Wasser. Die dunklen Wellen schlugen über ihr zusammen und verschlangen alles – die Perlen- und Korallenketten, den Spitzenschleier, die Brokatschals und das weiße Gewand mit dem korallenfarbenen Muster. Antonio glaubte, es im Schein der Fackeln noch einen Moment rot aufleuchten zu sehen, dann war die Meeresoberfläche wieder dunkel. Der Gesang war verstummt, und nun sprach der Rais ein Gebet und danach die uralte Formel:

»Steigt auf, steigt auf, *sugnu il Rais Calogero …*«

Als Antonio später im Hafen vom Boot stieg, zitterte er am ganzen Körper. Der Wind wehte kühl, und sein durchgeschwitztes Hemd fühlte sich eiskalt an. Quer über die Piazza waren bunte Lichterbogen gespannt, darunter waren dicht an dicht Stände aufgebaut, auf denen sich Berge von Nüssen und Süßigkeiten häuften: Mandeln, Kürbiskerne, Sonnenblumenkerne und Pistazien und natürlich das bunte Marzipan aus Erice. Es duftete nach gebrannten Mandeln und gegrilltem Fleisch. Dichte Rauchschwaden trieben über die Piazza. Der Rais würde später persönlich jedem seiner Männer Wein ausschenken und ein Stück von dem Spanferkel abschneiden, das mitten auf der Piazza an einem mächtigen Spieß steckte. Heute wurde kein Fisch gegessen! In dem Gedrängel schaute sich Antonio suchend nach Giovanna um, konnte sie jedoch nirgends sehen. Er hatte bereits zwei Becher Wein getrunken, als er sie schließlich doch noch zusammen mit ihrer Mutter an einem der Stände entdeckte. Er nahm seinen ganzen Mut zusammen, kippte schnell einen dritten Becher Wein hinunter, dann fischte er die Münze aus der Hosentasche, die er für diesen Augenblick seit Monaten gehütet hatte, und ging entschlossen zu dem Stand. Das Holz des Tisches war bunt bemalt, darauf lagen in riesigen Körben gebrannte Mandeln. Er kaufte eine kleine Tüte und drehte sich zu Giovanna um.

»Hier, für dich!«, sagte er und lächelte sie an. Sie wurde feuerrot und schaute ihm kurz in die Augen. Erkannte sie ihn? Wusste sie, wer er war? Der Anflug eines Lächelns zeichnete sich auf ihrem Gesicht ab, bevor sie die Augen niederschlug.

»Danke«, konnte sie noch murmeln, bevor die Mutter sie wegzog.

Antonios Herz schlug bis zum Hals. Was um ihn herum geschah, nahm er nicht mehr wahr, weder die Musik, die zu spielen begonnen hatte, noch das Gelächter und Geschrei der Tonarotti, die immer ausgelassener wurden. Er drängte sich durch die Menge, er wollte allein sein, wollte sich auf sein Bett legen und sich immer wieder Giovannas Blick vor Augen rufen, der Blick, mit dem sie ihn angesehen hatte und der ihn hoffen ließ. Er ging schnell und hatte bald schon das Dorf hinter sich gelassen. Die Hütte, die Francesco und er sich gezimmert hatten, war in der Nähe der Cala Rossa, jenseits der Tuffsteinbrüche, dort, wo sie niemanden gestört hatten, als sie fremd nach Favignana gekommen waren. Sein altes klappriges Fahrrad lehnte noch immer an einer Hauswand, wo er es Stunden zuvor abgestellt hatte. Zwanzig Minuten würde er über Schotterwege nach Cala Rossa radeln müssen. Als er das Dorf hinter sich gelassen hatte, war es stockdunkel, und das Licht an seinem Fahrrad warf nur einen schwachen Schein auf den schmalen Weg, der einen Hügel hinauf am Tuffsteinbruch vorbeiführte. Er trat in die Pedale, ein wenig drehte sich ihm der Kopf von dem Wein, als die Straße anzusteigen begann, aber er trat kräftig weiter. Dann war die Steigung überwunden, und links von ihm öffnete sich die Schlucht des Steinbruchs. Er sah Giovanna vor sich, ihr Lächeln, die niedergeschlagenen Augen, er legte ihr die Arme um die Hüften und drehte sich im Kreis mit ihr, schneller und schneller, so wie sich die Räder schneller und schneller drehten. Als es rechts von ihm im Gebüsch raschelte und ein lauter Schrei ertönte, riss er instinktiv das Lenkrad nach links und verlor die Kontrolle über sein Rad. Giovanna und er drehten sich weiter, immer schneller, er schrie, als er den steilen Abhang hinunter in die Schlucht stürzte, er musste Giovanna loslassen, die die Hand nach ihm ausstreckte, sie entglitt ihm, und er fiel und fiel in eine Dunkelheit, die tiefer war als alle Nächte seines Lebens, eine Dunkelheit, die alles auslöschte und zum Schluss auch Giovannas Lächeln.

Als der Junge, den sie auf Favignana nur Antonio *u forestieru*, Antonio, den Fremden, nannten, am nächsten Morgen sehr früh am Hafen von Favignana auftauchte, um mit den Tonarotti hinaus aufs Meer zu fahren, hatte er die schwarze Coppola noch tiefer als sonst ins Gesicht gezogen. Wie üblich schlotterten ihm die Kleider, die er wer weiß wo zusammengebettelt hatte, um den mageren Leib, und wie immer war er der eifrigste und der schnellste der Jungen. *»Chistu ave futuru«*, sagte der Capitano des Bootes, auf dem Antonio mitfuhr, der hat eine große Zukunft vor sich. Er sollte recht behalten, denn schon bald stieg Antonio in der Hierarchie auf. So klein und mager er war, so zäh war er und geschickt. Winters mit den Reusen, die geflickt werden mussten, und sommers auf den Booten, bald schon als Tonarotto und dann als Arringatore. Seinem Enterhaken entging kein Thunfisch, er gewann jeden Kampf.

Die kleine Giovanna Guzzetta aber wartete vergeblich auf ein Zeichen von Antonio *u forestieru*. Donna Rosaria beobachtete erst amüsiert, dann besorgt und schließlich bestürzt, wie ihre Tochter sich Sonntag für Sonntag in der Messe nach dem Fremden umschaute und wie sie ihn auf jedem Dorffest nicht aus den Augen ließ. Alle anderen Anwärter wies sie ab, obwohl die Mutter sie bat und bekniete, doch nicht alle guten Partien auszuschlagen. Es war an einem Ostersonntag nach der heiligen Messe, als Giovanna ganz plötzlich auf den Fremden zustürzte, ihm die Coppola vom Kopf schlug und immer wieder schrie: »Wo ist Antonio, du bist nicht mein Antonio, du Betrüger, wo ist mein Antonio …« Donna Rosaria erschrak und zog die Tochter mit Mühe weg, die um sich schlug und immer lauter schrie, bis ihr Schaum vor dem Mund stand. Gemeinsam mit ihren Schwestern brachten sie die schreiende und weinende Giovanna nach Hause, die sich von diesem Anfall nur langsam erholte. »Mein Antonio, mein Antonio«, murmelte sie wieder und wieder.

»Wir können nicht länger warten«, sagte Donna Rosaria zu ihren älteren Töchtern. »Hier auf Favignana wird schon geredet, aber vielleicht finden wir jemanden auf Marettimo. Dort ist es ruhig, das wird ihr guttun.«

Am Abend besprach sich Donna Rosaria lange mit ihrem Mann, der eine Woche später für ein paar Tage verreiste. Im darauffolgenden Jahr heiratete Giovanna den Sohn eines wohlhabenden Fischers auf Marettimo. Auf Favignana wurde hinter vorgehaltener Hand geredet, Giovanna sei verrückt geworden und der Bräutigam sei es ebenfalls. Andere behaupteten, er hätte eine Hasenscharte. Wieder andere wussten zu berichten, dass Giovannas Vater viel Geld gezahlt hatte, damit der Sohn des Fischers seine Tochter heiratete. Es war eine kleine Hochzeitsfeier im engsten Familienkreis auf Marettimo, und Giovanna kehrte nie mehr nach Favignana zurück. Fragte man Donna Rosaria nach ihrer jüngsten Tochter, erzählte sie jedes Jahr von einem neuen Enkelkind. Im neunten Jahr starb Giovanna am Kindbettfieber, und die Familie ihres Mannes schickte ihre Habseligkeiten zurück zu ihren Eltern nach Favignana. Als Donna Rosaria die Kiste mit den abgetragenen, armseligen Kleidern auspackte, zog sich ihr das Herz zusammen. Ganz unten in der Kiste fand sie ein mit Perlmutt verziertes Kästchen, in dem ein abgegriffenes, dreieckiges Stück Papier lag, was sich bei genauerem Hinsehen als eine der kleinen Tüten entpuppte, in denen Nüsse verkauft wurden. Das Papier war hundertmal gefaltet und wieder glatt gestrichen worden, es fühlte sich weich und faserig an. Donna Rosaria schüttelte den Kopf und seufzte. Dann packte sie alles zurück in die graue abgestoßene Kiste, die sie unter das große Bett schob, in dem Giovanna mit ihren Schwestern geschlafen hatte. Danach stand sie lange am Fenster des kleinen Zimmers, das sie sonst nur selten betrat. Irgendwann hörte sie ihren Mann nach Hause kommen, er rief nach ihr. Sie ging aus dem Zimmer und schloss leise die Tür hinter sich.

7

Der raue Stoff des schwarzen Anzugs juckte an seinen Beinen. Luca trug ihn nur, wenn es unumgänglich war – zu Beerdigungen und zu Hochzeiten, nicht einmal zur Taufe seiner Nichte hatte er das Ding angezogen. Schweiß lief ihm den Rücken hinab, und das langsame Tempo, mit dem die riesige Trauergemeinde hinter dem mit Blumen überladenen Sarg herschritt, machte ihn nervös. Wenn es so weiterging, würden sie das Grab erst in einer Stunde erreichen. Luca wusste, wie weitläufig der Friedhof unterhalb der Hänge des Monte Pellegrino war.

Giacomo Leoni wurde in Palermo beigesetzt, und Silvio hatte recht gehabt: Der Ring, den Professor Leoni getragen hatte, trug das Siegel der Albamonte, und Leoni selbst war Römer. Seine Frau aber war Sizilianerin, ihre Großmutter war eine Albamonte gewesen, die einen Philipson geheiratet hatte. Der Professor hatte den Eindruck gemacht, als sei ihm gerade hier auf Sizilien die Zugehörigkeit zu einer der ältesten Adelsfamilien der Insel äußerst wichtig. Und natürlich wurde Giacomo in der Familiengruft der Albamonte beigesetzt. Schmal und gebeugt schritt Delia Leoni hinter dem Sarg ihres Sohnes durch die Hitze des späten Vormittags. Ihr Mann ging drei Schritte hinter ihr her, das wunderte Luca. Es sah so aus, als wollte sie in ihrer Trauer allein sein, als *sei* sie in ihrer Trauer allein. Dann folgten unzählige Verwandte, von denen Luca viele erkannte: Der ganze Adel Palermos erwies dem Jungen die letzte Ehre. Die Albamonte waren ein uraltes sizilianisches Adelsgeschlecht, das seit Jahrhunderten in Palermo residierte. Man hatte immer untereinander geheiratet, wahrscheinlich war bereits die Heirat einer Albamonte mit dem Spross der englischen Kaufmannsfamilie, den Philipsons, ein Skandal gewesen. Wer nicht mit einer der beiden Familien verwandt war, kam aus freundschaftlicher Verbundenheit oder aus Neugier. Dahinter schloss sich eine Gruppe junger Leute an, unter ihnen auch Giulia – Giacomos Kommilitonen. Danach Schaulustige, Journalisten – Luca erkannte ehemalige Kollegen vom *Giornale Siciliano*. Er hatte ein schlechtes Gewissen, weil er hier eigentlich nichts zu suchen hatte, nicht mal beruflich. Aber nachdem Diego entschieden hatte, dass er nicht hingehen würde, hatte Luca das Gefühl gehabt, dass er dabei sein müsse. Vielleicht würde er auf irgendetwas stoßen, das ihnen weiterhalf. Außerdem wollte er Giulia ansprechen. Vielleicht konnte er sie zur Vernunft bringen, bevor sie weiteren Schaden anrichtete.

Unter ihnen glitzerte das Meer in der Sonne, auf der anderen Seite erhoben sich schroff die steinigen Hänge des Monte Pellegrino. Der weiße Marmor der Gräber blendete Luca – Engel, Madonnen, Erzengel mit Schwertern, mächtige Kreuze drängten sich dicht an dicht, eine Statue größer als die nächste, ein Mausoleum größer als das andere, verziert mit kleinen Kuppeln und buntglasigen Fenstern. Er setzte seine Ray-Ban auf und dachte, dass er in dem uralten, etwas zu großen schwarzen Anzug, der Brille und seinem Motorradhelm, der ihm am Arm baumelte, wie ein Mafioso aus einem Fünfziger-Jahre-Film aussah.

Als der Sarg in die Gruft gelassen wurde, brach Giacomos Mutter schluchzend zusammen, und ihr Mann trat vor, um ihr schützend den Arm um die Schultern zu legen. Sie ließ sich widerstandslos wegführen, während die Trauergemeinde langsam an der Gruft vorbeischritt, deren Marmor von Efeu überwuchert war und vor deren Eingang zwei mächtige Marmorengel standen, auf deren Gesichtern eine gottergebene Melancholie lag.

Luca wartete am Ausgang des Friedhofs auf Giulia, die unangenehm überrascht schien, ihn hier zu sehen. Sie trug Schwarz, auch wenn ihr Minirock und ihr weit ausgeschnittenes Top eher auf eine Party als auf den Friedhof gepasst hätten. Aber mit zwanzig hat man kein Kleid für eine Beerdigung, dachte Luca, zum Glück nicht.

»Was machst *du* denn hier?«, fragte Giulia, und ihre Stimme klang unwillig.

»Ich wollte mit dir reden, Giulia, hast du einen Moment? Da drüben ist eine kleine Bar.«

Sie zögerte. »Ich muss weg, Elena wartet auf mich, sie ist mit dem Auto hier.«

»Ich fahre dich nachher heim, komm schon.«

Widerwillig folgte Giulia Luca in die kleine Bar am Friedhofseingang neben dem Blumenladen. Außer ihnen war niemand da, der Barista polierte die Theke, in einer Ecke hing ein Fernseher, auf dem ein Autorennen lief, zum Glück ohne Ton. In der Hitze hatte sich der Schinken auf den Pizzastücken, die sorgfältig in einer Vitrine drapiert waren, gewellt und bräunlich verfärbt. In drei großen Plastikcontainern schwappte träge Granita in bunten Farben, Orange, Grün, Gelb.

»Was ist eigentlich mit euch los?«, fragte Luca, als sie Espresso bestellt und sich auf die weißen Plastikstühle gesetzt hatten.

»Was soll los sein?«, fragte Giulia nervös.

»Komm schon, da stimmt doch was nicht. Wieso glaubst du, dass Diego irgendwas mit Giacomos Tod zu tun hat?«

»Hab ich dem Commissario doch gesagt – er war plötzlich weg, und dann war Giacomo tot.«

»Giulia!« Luca legte ihr die Hand auf den Unterarm und

schaute sie an. Das Mädchen versuchte, seinem Blick auszuweichen.

»Giulia, du weißt genau, dass Diego dazu nicht imstande ist. Er ist eifersüchtig, macht dir Szenen, das ja, aber mehr auch nicht. Woher kommt plötzlich dieser Brief? Und wieso denkst du, dass Diego was von deiner Geschichte mit Giacomo gewusst hat?«

»Ich habe Giacomo den Brief geschrieben, irgendwann im Januar. Er muss ihn aufgehoben haben, er lag wohl in seinem Tagebuch, das die Leonis gefunden haben, als sie sein Zimmer hier in der Jugendherberge ausgeräumt haben. Diego war nach Weihnachten irgendwie anders, ich hatte das Gefühl, dass er was gemerkt hat. Damals wollte ich unsere Beziehung nicht aufs Spiel setzen …«

»Damals? Und heute, ein paar Monate später, tust du alles, um Diego einen Mord anzuhängen?« Er wurde unwillkürlich lauter und merkte, dass der Barista ihn anstarrte.

»Giulia«, er senkte die Stimme zu einem Flüstern, »was ist los?«

»Was los ist? Diego hat sich mit dieser Frau eingelassen, mit La Rossa, hat mich lächerlich gemacht hier in Palermo. Alle reden drüber – tu nicht so, als wüsstest du das nicht! Nur ich hab's erst ganz zum Schluss erfahren.«

Giulia standen Tränen in den Augen, ihre Unterlippe zitterte, und Luca tat sie beinahe leid, obwohl ihn ihr Kleinmädchengesicht sonst eher nervte. Er trank den letzten Schluck Espresso, in dem körnig der Zucker klebte.

»Also ist das ein Eifersuchtsding? Im Ernst? Giulia, hier geht es um Mord. Weißt du, was das bedeutet? Wenn ihr Probleme miteinander habt, dann löst sie anders. Und darf ich dich daran erinnern, dass *du* Diego mit diesem Giacomo betrogen hast? Und das, bevor die geheimnisvolle Rossa auf den Plan getreten ist.«

Giulia hatte zu schluchzen begonnen.

»Giulia, hör zu – kann es sein, dass Giacomo irgendwas gewusst hat? Von dem Raub der Statue?«

Das Mädchen schniefte. »Ich weiß nicht. Also was soll er denn gewusst haben? Giacomo war ein freundlicher Spinner, er hat immer nur von den Ausgrabungen gesprochen. Wahrscheinlich wollte er einfach nur mal allein dort sein, ohne die anderen, die dauernd blöde Witze gemacht und ihn in seinen Träumereien gestört haben.«

»Du hast was von einem Tagebuch gesagt – hast du das gesehen? Wenn wir da rankämen ... Vielleicht hat er was aufgeschrieben, das uns helfen könnte.«

Giulia schüttelte den Kopf. »Ich glaub nicht. Ja, er hat Tagebuch geschrieben, das hat er mir erzählt. Er hätte sonst niemanden, der ihm zuhört und sich für seine Gedanken interessiert, hat er gesagt. Aber dass er irgendwas gewusst hat und dann allein nach Mozia übersetzt, um den Raub zu verhindern – das kann ich mir einfach nicht vorstellen.«

Kurz darauf fuhr Luca zurück in die Stadt. Er fluchte, als der Verkehr immer dichter wurde. Palermo war in den Sommermonaten unerträglich, Smog und Hitze vermischten sich zu einem Dunstschleier, der einem den Atem nahm. Der Asphalt schien flüssig zu werden, und der heiße Scirocco wehte Staub und ein paar Plastiktüten über die Straßen.

Er hatte Diego zum Mittagessen in sein Stammlokal in der Via Emerico Amari bestellt, zu Lo Bianco. Amilcare, der Eigentümer, hatte sich gefreut, Luca und Diego zu sehen, und versucht, sie in ein Gespräch zu verwickeln, was ihm meistens gelang. Diesmal nicht, sie bestellten schnell – Diego eine Portion *salsiccia* und Luca *pasta con le patate al glassé*, Pasta mit cremig gekochten Kartoffeln und etwas Safran, ein Gericht, das ihn immer beruhigte, wenn seine Nervosität unweigerlich auf den Magen schlug.

Dann erzählte Diego die ganze Geschichte – von seiner Eifersucht (nein, er hatte nicht gewusst, dass sie etwas mit Giacomo gehabt hatte) und davon, dass irgendwer Giulia von seiner Affäre mit der Rothaarigen erzählt haben musste. »Aber Pa, das war doch nichts Ernstes … Und sie hat schließlich was mit Giacomo gehabt!« Diego lehnte sich entrüstet auf seinem Stuhl zurück.

»Ja, ich weiß, Diego. Ich habe auch kein Interesse daran, mich mit Giulias verquerer Logik auseinanderzusetzen. Aber diese Geschichte mit La Rossa scheint sie wirklich getroffen zu haben.«

Diego senkte den Kopf. »Es wird eben viel geredet«, sagte er leise.

Luca bestellte einen Espresso und schaute Diego ernst an. »Hör zu, Diego, du bist erwachsen und kannst machen, was du willst. Aber du musst mit Giulia reden, sonst wird aus dieser Geschichte mit Giacomo ein Rachefeldzug. La Rossa hin oder her, Gerede hin oder her. Klärt das irgendwie. Verstanden?«

8

Der kleine Saal des Rathauses von Marsala war gerammelt voll – die Journalisten hatten nicht nur den letzten der schlichten Holzstühle besetzt, sie saßen zudem auf den Fensterbänken und drängelten sich an die Seite der Bühne, auf der neben dem Commissario und dem Bürgermeister von Marsala ein älterer, distinguiert aussehender Herr saß, der aus Palermo angereist war – der Assessore höchstpersönlich aus dem *Assessorato dei Beni Culturali*, dem Amt für das Kulturerbe der Region Sizilien. Das Trio erinnerte Luca an eine Szene aus einer Fünfziger-Jahre-Komödie – der kleine dicke Commissario hatte seine Festtagsuniform angezogen, an der unzählige Orden und Abzeichen baumelten, der Bürgermeister, ein großer hagerer Mann, trug eine breite Schärpe quer über dem Bauch mit den Farben der italienischen Flagge, und beide starrten ängstlich den Herrn aus Palermo an, der mit seinem dunkelblauen Maßanzug neben den beiden vollkommen deplatziert wirkte. Luca entdeckte auch ausländische Journalisten, Italienkorrespondenten, die aus Rom gekommen waren. Der Raub der Statue, gepaart mit einem Todesfall – Unfall oder Mord –, hatte internationales Aufsehen erregt.

Es war stickig in dem Raum, offensichtlich funktionierte die Klimaanlage nicht, und sie hatten über eine Stunde warten müssen, weil sich der Herr aus Palermo verspätet hatte. Jetzt schien es endlich loszugehen, aber noch steckten der Bürgermeister und der Assessore die Köpfe zusammen und berieten sich, während der Commissario nervös in seinen Unterlagen wühlte. Luca sah, dass seine sizilianischen Kollegen gottergeben warteten, während die ausländischen Journalisten zunehmend unruhiger wurden. Auch Silvio, der neben ihm saß, wippte ungeduldig mit dem Fuß. Er trug eine weiße Jeans, ein dunkles Polohemd und weiße Converse und sah aus wie der Fitnesstrainer eines Luxushotels. Luca hatte ihm von Giacomos Beerdigung und Giulias Anschuldigungen erzählt, und Silvio schaute ihn besorgt an.

»Das entwickelt sich ja in eine ganz gefährliche Richtung«, sagte er nachdenklich.

»Ach was, Silvio, Eifersüchteleien unter Kindern, das wird ja wohl niemand ernst nehmen.«

»Hoffentlich hast du recht, Luca. Erst mal sind das keine Kinder mehr, Diego und Giulia sind über einundzwanzig. Und vielleicht passt es irgendwem in den Kram, Diego den Mord anzuhängen. Ich weiß nicht, vielleicht bin ich zu pessimistisch. Warten wir ab, was passiert.«

Luca versuchte, den Gedanken an Giulia und den albernen Brief wie eine lästige Fliege zu verscheuchen, und starrte missmutig auf den Boden.

Jetzt wechselte Silvio das Thema, er hatte wohl verstanden, dass Luca nicht weiter darüber reden wollte.

»Wie geht's Ada?«, fragte er, eine vollkommen harmlose Frage, seine Stimme klang freundlich.

»Gut«, antwortete Luca knapp.

»Eine wirklich wunderbare Frau, Luca. Da hast du großes Glück, so jemanden findet man nicht alle Tage. Sie ist schön und intelligent. Und sie hat ein freundliches Wesen, etwas ...« Er suchte nach dem richtigen Ausdruck. »Argloses. Ein altmodisches Wort, aber ich weiß nicht, wie ich es sonst beschreiben soll. Jedenfalls hat sie mich schwer beeindruckt. Und das kommt in unserem Alter nicht mehr häufig vor.« Er lächelte so offen und vorbehaltlos, dass Luca sich wegen seiner Eifersucht schämte. Wie kam er nur darauf, dass Silvio ihm Ada ausspannen wollte? Und konnte man ihm Ada überhaupt ausspannen? Er war sich nicht einmal sicher, dass das, was sie hatten, eine richtige Beziehung war. Ada entzog sich, aber auf eine natürliche, freundliche Weise, ohne daraus das Spiel zu machen, das er von anderen Frauen kannte. Er wusste nur einfach nicht, woran er bei ihr war.

Jetzt räusperte sich der Bürgermeister ins Mikrofon und begrüßte die Anwesenden mit Grabesstimme. Er sprach von »schwerwiegenden Verbrechen«, »schrecklichen Verlusten«, er war »untröstlich«, so wie ganz Marsala »untröstlich« war. Erneut machte sich Unruhe im Saal breit, als die Begrüßung des für seine Redseligkeit bekannten Bürgermeisters – er war ein eitler Mittsechziger, der sich die wenigen verbliebenen Haarsträhnen sorgfältig über die Glatze frisiert hatte – in eine Folge nicht enden wollender Allgemeinplätze mündete. Endlich übergab er das Wort an den Herrn aus Palermo, der seinerseits begann, einen Vortrag über die Bedeutung der gestohlenen Statue zu halten, und bei den Ursprüngen der phönizischen Kultur im Mittelmeerraum anfing.

»Die Geschwätzigkeit der verschlossenen Sizilianer«, murmelte Silvio, »das hat Tomasi di Lampedusa wirklich treffend beschrieben.«

Als eine Dreiviertelstunde später der kleine Commissario zu Wort kam, war ein Teil der Journalisten weggedämmert, und der Rest beschäftigte sich intensiv mit seinen Smartphones. Nervös blinzelte der Commissario, bevor er hastig herunterhaspelte, dass man »alles tun werde, um den Fall schnellstmöglichst zu lösen«. Und »verschiedene Spuren« verfolge. Dann sah er hilfesuchend den Bürgermeister an, der sich artig für die Aufmerksamkeit bedankte und die Pressekonferenz für beendet erklärte. Die ausländischen Journalisten schauten erstaunt auf, die Sizilianer begannen zu murren.

»Eine Frage, Commissario«, rief ein Journalist aus der letzten Reihe. »Hat der Raub auf Mozia etwas mit denen in Agrigent und in Palermo zu tun?«

»Dazu kann ich noch nichts sagen«, der Commissario zögerte. »Wir ermitteln in alle Richtungen und tauschen uns natürlich mit den Kollegen in Palermo und Agrigent aus.«

»Werden endlich die einschlägigen Kanäle überwacht, über die Antiquitäten schwarz verkauft werden?« Dem Akzent nach war der Journalist aus Sardinien.

»Ich weiß nicht, welche einschlägigen Kanäle Sie meinen«, sagte der Commissario mit dünner Stimme.

»Dann helfe ich Ihnen mal. Hier auf Sizilien werden immer wieder Antiquitäten geraubt, und die Spuren verlaufen im Sande. Oder sie werden gar nicht erst verfolgt. Auf Sardinien ist es nicht anders – im letzten Jahr hatten wir vier Vorfälle dieser Art. Außerdem werden Funde für unecht erklärt, um dann zu verschwinden. Die tauchen auf dem Schwarzmarkt wieder auf und werden sogar Museen angeboten. Hat nicht gerade jemand versucht, die Statue des Jünglings für unecht zu erklären?«

Jetzt richtete sich der Herr aus Palermo zu seiner vollen Größe auf.

»Verschwörungstheorien schätze ich gar nicht, und eine Verbindung zwischen den Diebstählen ist nie festgestellt worden. Unsere Gutachter haben eine hohe Kompetenz, aber auch sie können sich irren. Haben Sie eine Vorstellung, wie schwierig es ist, die Echtheit einer Vase festzustellen? Einer Münze? Zudem, da die Fälscher immer geschickter werden? Es wurden immer wieder Zweifel an der Echtheit der Statue geäußert, und das muss natürlich überprüft werden.«

»Ist es nicht merkwürdig, dass der Tote der Sohn des Archäologen ist, der damals den Jüngling ausgegraben hat?«, rief ein Journalist aus der ersten Reihe.

»Spekulationen, das sind nichts als Spekulationen«, sagte der Commissario unsicher und sah sich hilfesuchend um.

»Könnte der Junge etwas geahnt haben von dem geplanten Raub? Hat man bei seinen Sachen etwas gefunden, ein Tagebuch, einen Brief oder so?«, fragte eine junge Frau.

»Bislang sieht es nach einem unglücklichen Zufall aus«, sagte der Commissario. »Es konnte auch noch nicht geklärt werden, ob es ein Unfall war oder Mord.«

»Wieso kann das nicht geklärt werden?«, meldete sich der Sarde wieder zu Wort. »Ist Ihre Rechtsmedizin genauso schlecht wie die Gutachter für antike Funde?«

»Der Junge ist von einer Mauer gestürzt und hat sich das Genick gebrochen. Ob er gestoßen wurde oder gefallen ist, ist schwer festzustellen. Es waren überdies noch zwei weitere Personen auf der Insel, die nichts mit dem Raub der Statue zu tun haben, eventuell aber mit einem möglichen Mord.« Er räusperte sich wichtigtuerisch und machte eine kleine Kunstpause. »Es ist durchaus denkbar, dass wir es mit zwei verschiedenen Verbrechen zu tun haben – dem Raub der Statue und einem Eifersuchtsdrama.« Als mehrere Journalisten gleichzeitig Fragen in den Raum warfen, brachte der Commissario sie mit einer Handbewegung zum Schweigen.

»Mehr kann ich Ihnen noch nicht dazu sagen. Wir ermitteln wie gesagt in alle Richtungen.«

Luca wurde unruhig und wollte etwas einwerfen, als Silvio sich zu ihm beugte und ihm die Hand auf den Arm legte. »Lass es, hier ist nicht der Ort, das auszudiskutieren.«

»Commissario, der Vater des Opfers hat vor ein paar Wochen kritisiert, dass der Jüngling nach Rom geschickt werden soll.

Hat er den Raub vorausgesehen?«, fragte jetzt ein Journalist, der dem Akzent nach aus Catania kam.

»Die Sicherheitsmaßnahmen auf dem Transport sind bestimmt besser als die auf Mozia, die sind nämlich wirklich erbärmlich. Seit Jahren wird das angeprangert, und nichts geschieht. Jetzt haben wir die Quittung für diese Nachlässigkeit erhalten. Was sagen Sie dazu, Assessore? Ein Versäumnis Ihres Amts ist das!«, mischte sich jetzt Silvio ein, und einige im Raum klatschten.

Der Bürgermeister schlug mit der Faust auf den Tisch, während der Assessore gelangweilt aus dem Fenster sah und eine Handbewegung machte, als wollte er eine lästige Fliege verscheuchen.

»Meine Damen und Herren«, rief der Bürgermeister jetzt aufgebracht, »wir machen Schluss, bevor Sie Lynchjustiz betreiben und unseren Gast aus Palermo weiter beleidigen. Was wir wissen, haben wir Ihnen gesagt. Alles andere sind vage Vermutungen und wilde Verdächtigungen und damit reine Zeitverschwendung. Herzlichen Dank!«

Unter lauten Unmutsbekundungen des Publikums verließ das Trio den Saal. Der Commissario schaute sich noch einmal um. Er sah erleichtert aus, diese Veranstaltung hinter sich gebracht zu haben.

»Wir Sizilianer nutzen wirklich jede Gelegenheit, um uns lächerlich zu machen«, schimpfte Silvio, als sie vor dem Rathaus standen. »Wieso wird überhaupt eine Pressekonferenz abgehalten, wenn es nichts zu sagen gibt und keine Frage richtig beantwortet wird?« Er schüttelte den Kopf. »Aber der Sarde könnte recht haben – vielleicht ist das eine ganze Serie von Diebstählen. Lagioia könnte durchaus eine Rolle spielen – als Gutachter und Vermittler von geraubter Ware. Ich glaube, ich schaue mal bei ihm in Erice vorbei.«

»Und ich nehme mir noch mal Leoni vor«, sagte Luca. »Giulia hat etwas von einem Tagebuch erzählt, das Giacomo geführt hat. Offensichtlich hat Leoni das nicht dem Commissario gegeben. Dabei ist es sicher interessanter als der Brief von Giulia.« Die Sonne blendete ihn, und Luca zog die Ray-Ban aus der Tasche seines Leinenjacketts. Er räusperte sich.

»Silvio, vielleicht hast du recht. Wenn das alles größer ist, als wir denken, wenn der Sarde kein reiner Verschwörungstheoretiker ist, könnte es einigen Leuten gut passen, Diego für Giacomos Tod verantwortlich zu machen, um das wahre Verbrechen zu verschleiern. Ich hab ihm gesagt, er soll sich keine Sorgen machen, aber da bin ich mir inzwischen nicht mehr sicher ...«

Er merkte, wie ihn Panik ergriff. Silvio legte ihm die Hand auf die Schulter. »Es gibt noch eine Spur. Du hast über meine Geschichte von dem Rais und seiner Tochter gelacht – aber ich habe herausgefunden, dass der Mann, der damals auf Santa Maria erschossen wurde, Giacomos Onkel war.«

»Was?« Luca versuchte fieberhaft, dem Freund zu folgen. »Die Tochter des Rais erschießt den Sohn der Philipsons und ...«

»Der damals Ermordete hatte eine Schwester, eine jüngere Schwester. Delia. Und die hat Romolo Leoni geheiratet.«

Luca runzelte die Stirn. »Ist das nicht nur ein sonderbarer Zufall? Was für ein Motiv hätte sie? Wenn sie den Onkel umgebracht hat, weil der entdeckt hat, dass sie eine Frau ist, weshalb sollte sie Jahre später den Neffen ermorden?«

»Aus Rache an der Familie?«

»Ich weiß nicht ...« Luca zögerte. »Aber wir müssen mit ihr sprechen. Vielleicht hat sie irgend etwas gesehen.

Am Abend saß Luca auf seiner kleinen Terrasse, den Laptop vor sich auf dem Tisch. Das Panorama um ihn herum – die

Dächer der Stadt, die Kirchtürme und die mächtige Kuppel des Teatro Massimo, die im warmen Licht der Dämmerung zu leuchten schienen, während das harte Blau des Himmels zu Pastell verschmolz – bemerkte er ausnahmsweise nicht. Dabei nahm er das düstere Treppenhaus, die enge Wendeltreppe, das undichte Dach (bei Regen tropfte es ins Badezimmer), den niedrigen Wasserdruck und den Lärm, der Nacht für Nacht aus den Straßen der Olivella zu ihm aufstieg, gern in Kauf für diesen Blick und diese Terrasse. Die Zigarette, die er sich vor einer Stunde angezündet hatte, war im Aschenbecher längst zu Asche verglüht, und das Glas Weißwein war in der Hitze warm geworden.

Luca starrte gebannt auf den Bildschirm. Im Archiv des *Giornale Siciliano* hatte er eine kurze Meldung über den Mord an jenem Joseph Philipson gefunden. Offensichtlich hatte irgendwer seinen Einfluss geltend gemacht, dass nicht ausführlich darüber berichtet wurde. 1979 war das gewesen, und die Mörderin, »Caterina R.«, wurde nur kurz erwähnt. Silvio hatte Recht – sie mussten nach Santa Maria fahren und mit der Frau sprechen. Falls es die war, die Diego gesehen hatte.

Er rieb sich die Augen, dann gab er einen neuen Suchbegriff ein. Und richtig – für 1979 wurde auch der Fund der Statue auf Mozia gemeldet. Dazu jedoch gab es einen langen Artikel. Mit dem Foto eines viel jüngeren Romolo Leoni, der stolz auf den Jüngling zeigt. Unter dem Foto war noch ein anderes: Ettore Lagioia, damals Professor für Geschichte der Antike in Palermo. Die Bilder waren körnig, aber Luca glaubte, ein schmales Gesicht mit habichtartiger Nase zu erkennen, dazu lange dunkle Haare, die Lagioia über die Ohren fielen.

»Professor Ettore Lagioia bezweifelt die Echtheit des Fundes. Er vermutet, dass es sich um eine Fälschung handelt. ›Ich verstehe die Euphorie der Kollegen aus Rom. Sie graben Jahr für Jahr auf Mozia, und außer einigen Scherben, die nicht viel hergeben, haben sie kaum etwas gefunden. Aber trotzdem müssen wir genau überprüfen, worum es sich bei diesem Jüngling handelt.‹

Professor Romolo Leoni, der Leiter der Ausgrabungen aus Rom, ist fest davon überzeugt, dass die Statue wirklich phönizischen Ursprungs ist. ›Ich schätze meinen Kollegen Ettore Lagioia sehr und widerspreche ihm nur ungern, weil er einer der größten Kenner des griechischen Altertums ist. Aber ich fürchte, hier irrt er. Seit Jahrzehnten liegen die Ausgrabungen in der Hand der Archäologen der Universität Sapienza in Rom. So haben es die Besitzer der Insel und Stifter des Museums, die Familie Philipson, gewollt. Es war eine weise Entscheidung, weil sie für Kontinuität bei den Ausgrabungen sorgt, aber natürlich keine, die von den sizilianischen Universitäten gern akzeptiert wird. Ich hoffe sehr, dass mein geschätzter Kollege angesichts eines solch bedeutenden Fundes das alte Konkurrenzdenken außen vor lässt.‹

Professor Ettore Lagioia ist vom *Assessorato dei Beni Culturali siciliani* dazu bestellt, die Echtheit der Statue zu prüfen. Ein zweites Gutachten wird ein Historiker aus Mailand anfertigen.«

Luca richtete sich auf und spürte, wie verspannt sein Nacken war. Er trank einen Schluck Wein und spuckte ihn sofort wieder aus. Lauwarme Brühe! Er stand auf und holte die Flasche aus dem Kühlschrank. Nach dem ersten kühlen Schluck zündete er sich eine neue Zigarette an und rieb sich den Nacken. Also hatte es damals Unstimmigkeiten gegeben. Aber schließlich war die Statue doch als echt anerkannt worden. Er suchte weiter im Archiv – da war noch ein Artikel, drei Monate später geschrieben: »Ettore Lagioia: Der Jüngling von Mozia ist eine Fälschung!« Zwei Monate später dann ein Artikel über das Gutachten des Mailänder Professors, der der Statue zweifelsfrei Echtheit attestierte. Wenige Wochen später noch ein Artikel: Man hatte schließlich einen Spezialisten aus Athen um ein Gutachten gebeten, der die Authentizität ebenfalls bestätigt hatte. Das *Giornale Siciliano* hatte getitelt: »Endlich bewiesen – Jüngling aus Mozia ist echt!« Es folgte eine lange Erörterung, offensichtlich den Gutachten entnommen. Luca überflog sie, das meiste war bekannt, wenn man eine Schule auf Sizilien besucht hatte. Irgendwann wurde jede Schulklasse nach Mozia geschleppt: schneeweißer Marmor, aus dem fünften Jahrhundert vor Christus, 1,81 groß, entweder ein Wagenlenker oder Herakles. Da stand auch etwas über die Herkunft – die Karthager hatten die Statue aus der dorischen Siedlung Selinunt mitgebracht, gar nicht weit entfernt von Mozia, nachdem sie diese zerstört hatten. Die Arme fehlten, aber man konnte erkennen, dass der rechte Arm erhoben gewesen war, der linke auf die Hüfte gestützt, wo man noch Reste der Hand sah. Es könnte die Pose eines Wagenlenkers sein, der dem Pferd die Peitsche gibt.

»Außergewöhnlich ist die feine Gestaltung der leichten Tunika, die sich an den dem griechischen Schönheitsideal folgenden, perfekten Körper des Jünglings anschmiegt und dessen Form zeigt, dabei aber natürlich in einigen leichten Falten bis zu den Knöcheln fällt.«

Darunter ein Foto des Jünglings von hinten – das erste von vielen, denn der perfekte Hintern war bemerkenswert. Luca erinnerte sich an einen Schulausflug nach Mozia, als er dreizehn war, und daran, wie die Mädchen aus seiner Klasse diesen Hintern angestarrt und gekichert hatten.

Er schaute vom Bildschirm auf. Inzwischen war es dunkel geworden, aber die Lichter der Stadt ließen die Sterne nur blass am Himmel stehen. Er dachte an den Abend, den er nach dem Ausflug ins Kommissariat von Marsala mit Ada bei Silvio verbracht hatte, in dem kleinen Häuschen zwischen Zitronenbäumen, mitten im Nirgendwo. Sie hatten auf der Terrasse gesessen, die

Grillen hatten gezirpt, und die Sterne hatten so hell geleuchtet, als wären sie zum Greifen nah. Sie hatten eine Flasche Wein getrunken und dann noch eine und schließlich für eine Weile den Toten und die geraubte Statue vergessen.

Er wollte gerade die Texte kopieren und in einer Mail an Silvio weiterleiten, als ihm auffiel, dass da noch einer mit den Schlagwörtern Mozia, Jüngling und Ettore Lagioia war, den er nicht angeklickt hatte. Ein kurzer Artikel von vor zwei Monaten, offenbar eine Reaktion auf die Meldung, dass die Statue zu einer Ausstellung nach Rom geschickt werden sollte. »Ettore Lagioia zweifelt immer noch an der Authentizität des Jünglings von Mozia«, hieß es dort. »Der emeritierte Professor und Gutachter des *Assessorato dei Beni Culturali* Siziliens hält die Statue für nicht echt. ›Die Falten seines Gewandes fallen in einer Art, die mit den damaligen Mitteln nicht gestaltet werden konnte. Es handelt sich um eine sehr geschickte Fälschung.‹ Die Kommission wird erneut einen unabhängigen Gutachter bestellen.«

Luca überlegte. Jetzt war die Statue verschwunden, ob echt oder unecht. Keine Ausstellung, kein weiteres Gutachten. Er kopierte auch diesen Artikel in seine Mail an Silvio und schickte sie ab. Dann schaute er auf die Uhr, es war inzwischen kurz vor halb elf. Er schickte Ada eine SMS. »Bist du noch wach?« Spürte, wie sein Herz klopfte, als sein Handy kurz darauf den vertrauten SMS-Ton von sich gab. Zehn Minuten später klingelte er mit der halben Flasche Grillo bei ihr.

9

Sanft schlängelte sich die schmale Straße an den Hängen des Monte Erice entlang hinunter nach Trapani. Oben auf dem Gipfel thronte die Stadt, die die Menschen vor langer Zeit unter Mühen dem Berg abgetrotzt hatten. Die kleinen Häuschen hatten dieselbe Farbe wie der Fels, sie leuchteten in einem zarten Orange in der Sonne und wurden zum Abend hin erst elfenbeinfarben und schließlich hellgrau. Häuser und Kirchen schmiegten sich an die Bergkuppe, sie verschmolzen mit seiner Spitze, so wie der Name Erice beiden galt, Berg und Stadt. An der Nordseite befand sich die uralte Stadtfestung. Atemberaubend war die Sicht von dort oben: In die eine Richtung sah man die Landspitze von San Vito Lo Capo mit ihren schneeweißen Stränden und die Berge der Küste in Richtung Palermo, auf der anderen Seite Trapani und in der Ferne die drei Ägadischen Inseln. Favignana, Levanzo und Marettimo erhoben sich jetzt, am Spätnachmittag, als dunkle Umrisse aus dem in dunklen Blautönen changierenden Meer. Favignana, die größte, sah aus wie ein von der Hitze dunstverhangener Schmetterling, der sich auf dem Wasser niedergelassen hatte.

Eine grün schillernde Eidechse huschte über den heißen Asphalt, hielt dann ruckartig an und verweilte einen Augenblick lang starr in der Sonnenglut. Die Grillen zirpten, es war wie ein wütendes Krächzen, das immer wieder anschwoll, kurz nachließ, um erneut lauter zu werden. Ein Motor dröhnte in der Nähe, tief und voll war das Geräusch. Dann bog der silberne Porsche Carrera um die Kurve. Der Lack glitzerte in der Sonne, das ganze Auto schien zu leuchten, als es schneller und schneller wurde. In der nächsten Kurve begann der Wagen zu schlingern, er konnte gerade noch die enge Kehrtwende bewältigen, kam aber den rostigen Leitplanken gefährlich nahe. Ein Habicht kreiste über den Pinien, die sich spärlich den Hang hinaufzogen. Tief unten im Meer lief eine Fähre in den Hafen von Trapani ein, die wie ein Spielzeugschiff aussah. Sie zog eine weiße Spur durch das dunkelblaue Wasser. Der Motor des Porsche röhrte auf, der Wagen rammte die rechte Leitplanke und beschleunigte immer noch. In der nächsten Kurve drehte sich das Auto einmal um die eigene Achse. Zehn Meter weiter unten riss es die Leitplanke weg und stürzte den steilen Hang hinunter. Es überschlug sich zweimal, kam weiter unten wieder auf die Straße, prallte erneut gegen die Leitplanke und stürzte tiefer und tiefer. Das Motorengeräusch war verstummt, nur das Geräusch von Blech auf Asphalt war zu hören, dann der Knall einer Explosion, und der Wagen ging in Flammen auf, die die dürre, trockene Sommermacchia entzündeten.

Die Eidechse huschte weiter über die Straße und hinein in das trockene Gebüsch neben der Leitplanke. Als es den *Vigili del Fuoco* Stunden später gelang, den Brand zu löschen, war der Westhang des Monte Erice von einer breiten Brandspur gezeichnet.

Am nächsten Morgen ging Ettore Lagioia wie gewöhnlich früh aus dem Haus, lief die schmale Gasse entlang und zählte die kleinen runden Pflastersteine. Er hatte sich das angewöhnt, seit er am Stock gehen musste. So war er gezwungen, sich auf den Boden zu konzentrieren und nicht in Gedanken versunken in die Luft zu gucken und dauernd zu stolpern. Erst als er am Stadttor angekommen war, sah er aufs Meer und den Berghang hinab. Der breite schwarze Streifen ließ ihn stutzen. Er ging in die Bar Turistico, trank wie jeden Morgen seinen Doppio Espresso und aß ein Cornetto.

»Enzo, wann hat es denn gebrannt?«

»Gestern Nachmittag, Professore. Da muss ein Porsche zu schnell gewesen sein und die Kontrolle verloren haben. War wohl ein richtiges Feuerwerk, es hat Stunden gedauert, bevor sie es unter Kontrolle hatten. Der Fahrer war ein Journalist, keine Ahnung, was der hier wollte.«

Ettore Lagioia sah lange aus dem Fenster. Hoch in der Luft kreiste ein Habicht. Irgendwann stürzte er sich in die Tiefe, und der Professor sah ihn nicht mehr. Da ging er langsam zurück zu seiner Wohnung und zählte die Pflastersteine.

10

Favignana, 26. Juni 1935

Das Meer war aufgewühlt wie im Februar, wenn die Winterstürme um die Insel tobten. Hoch schäumte die Gischt, die sich in der Morgendämmerung erst rosa und dann nach und nach tiefrot färbte. In den Wogen glitzerte und glänzte es, wo sich riesige Fischleiber aufbäumten. Der Gesang der Mannschaft schwoll an, wurde immer lauter, und die Boote der Tonarotti schaukelten gefährlich, obwohl das Meer ansonsten spiegelglatt war. Seit Stunden dauerte diese Mattanza, von der der Rais sich viel versprach – sie hatten Hunderte von Thunfischen durch die mächtige Reuse getrieben. Kammer für Kammer hatten sie passiert – den Eingang, die Bocca di nassa, durch die Camera grande, den Bordonaio, den Bastardo und die Bastardella. Nun waren sie in der letzten Kammer, der Kammer des Todes, angekommen.

Ai-a-mola

Ai-a-mola

Immer wieder schallte der uralte Ruf über das Meer, und die Männer in den Langbooten zogen die Reuse der Kammer des Todes enger und enger zusammen. Der Rais auf seinem Boot hatte sich in die Mitte positioniert und wartete. In regelmäßigen Abständen kroch er unter die Plane, die über den Glasboden seines Bootes gespannt war, um die Bewegungen der Thunfische zu beobachten. Es war Zeit, genug Fische saßen in der Falle. Als er sich aufrichten wollte, merkte er, dass sein Rücken schmerzte. Er biss die Zähne zusammen und stand schnell auf.

Keiner seiner Männer sollte diese Schwäche bemerken. Seine Bewegungen waren schon die eines alten Mannes, vorsichtig und unsicher. Er hatte sich in seinen Gedanken verloren und spürte, wie Antonio ihn anstarrte. Es war Zeit, Zeit für das Signal.

»Spara a tunina!«, rief er mit aller Kraft und schaute Antonio an. In letzter Zeit passierte es immer öfter, dass er abwesend war und Antonios Blick ihn zurückholen musste.

»Spara a tunina«, rief er noch mal, und die Arringatori begannen, ihre langen Stecken in das brodelnde Meer zu stoßen. Rais Calogero beobachtete zwei von ihnen – Giuseppe und Antonio. Heute Morgen hatte er sich endgültig entschieden, dies war sein letztes Jahr als Rais. Er war müde, immer häufiger lastete die Verantwortung zu schwer auf ihm, die Verantwortung für seine Mannschaft, für die riesigen Netze, die Verantwortung den Besitzern der Thunfischfabrik gegenüber, den Philipsons.

Rais Calogero war es leid, William Philipson Rechenschaft ablegen zu müssen, in seine wasserblauen englischen Augen schauen zu müssen, ihn mit aufs Meer nehmen zu müssen, weil es dem Herrn gefiel, der keine Ahnung hatte von dem, was sich da abspielte. Er merkte, dass seine Kräfte nachließen, die Kräfte, die er brauchte, um diesem Kampf Tag für Tag über Wochen hinweg gewachsen zu sein. Inzwischen waren die Fische stärker als er, das wusste er. Und auch sie würden es merken, früher oder später würden sie es merken, und eines Tages würde er den Kampf verlieren.

Es war ein heißer Tag geworden, und das Meer um ihn herum schien zu kochen. Er war inzwischen völlig durchnässt, Schweiß mischte sich mit dem Salzwasser und dem Blut der Tiere. Jetzt hatte Antonio den Arringatori neben ihm das Signal gegeben, und alle zusammen rammten sie ihre Stecken in einen der Leiber. Antonio war weder besonders groß noch muskulös, aber er war der schlauste von allen. Wenn sie die riesigen Schwärme Kilometer weiter draußen auf dem Meer in die Reuse trieben, wusste der Junge so gut wie er selbst den Moment abzupassen, an dem die Klappen der Reusen geöffnet und wieder geschlossen werden mussten. Antonio redete zwar kaum, aber was er sagte, hatte Hand und Fuß, und einmal hatte er auf seine Frage, woher er mit den Fischen umzugehen wusste, gesagt, Thunfische seien wie Schafe. Herdentiere. Antonio kam vom Festland, aus einem der kleinen Dörfer, mehr hatte der Rais nie über ihn in Erfahrung bringen können. Dort hungerten die Menschen, das wusste er, während hier auf der Insel die Thunfische allen Arbeit und Brot gaben. Tief steckte Antonios Gaff im Leib des großen Thunfisches. Er wusste genau, wann die Tiere müde wurden, wann sie schwach waren und der Augenblick gekommen war, sie mit dem Stecken an Bord zu hebeln. Nie entging ihm ein Fisch, immer passte er den richtigen Moment ab. Er war immer noch so schmal wie damals, als sie ihn das erste Mal mit raus aufs Meer genommen hatten, und besonders groß war er auch nicht. Das Gesicht war glatt geblieben, er hatte kaum Haarwuchs, aber seine schmalen, kantigen Züge hatten etwas Männliches.

Neben ihm stand Giuseppe, viel größer und kräftiger als Antonio. Ihn liebten die Männer, er war freundlich zu allen und feierte gern die Nächte durch. Lange hatte Rais Calogero überlegt, wen er zu seinem Nachfolger bestimmen sollte. Giuseppe würden alle gern folgen, seine Fröhlichkeit war ansteckend, und in seinen Augen blitzte immer ein schelmisches Lächeln. Er hatte Kraft für drei, stand die Mattanza-Wochen mühelos durch und lud abends seine Freunde zum Wein ein. Für ihn war die Mattanza ein Abenteuer, ein Kräftemessen.

Jetzt schien der riesige silbrig schimmernde Leib, aus dem das Blut floss, von den Gaffs zu rutschen. Antonio schrie seine

Anweisungen und stemmte sich mit aller Macht gegen seinen Stecken. Dann hob sich der Leib höher und höher aus dem Wasser. Giuseppe nahm die Dinge leichter als Antonio, zu leicht. Jedem Rock stieg er hinterher und geriet immer wieder in Streit mit den Männern, deren Frauen er verführte. Im letzten Jahr endete das Fest der heiligen Madonna von Trapani mit einer Messerstecherei, weil einer der Arbeiter aus der Fischfabrik auf Giuseppe losgegangen war. Seine Frau war in der Tat eine Schönheit, und er ließ sie seitdem nicht mehr aus dem Haus.

Nein, Antonio sollte es werden, er würde es gleich in der kommenden Woche William Philipson mitteilen, der sich wieder einmal angekündigt hatte und mit ihnen hinaus aufs Meer fahren wollte. Was den bleichen Engländer an der Mattanza faszinierte, hatte er nie begriffen. Er berauschte sich geradewegs daran und lud die Mannschaft zum Wein ein, wenn sie abends zurückkamen. Immer endeten diese Abende in einem Saufgelage, und am nächsten Morgen war mit den meisten Tonarotti nichts anzufangen.

Antonio stemmte sich gegen das Gaff, das sich bog und zu brechen drohte. Die breite Schwanzflosse des Fischs schoss aus dem Wasser, hätte Antonio um ein Haar getroffen und ins Wasser gedrückt, doch der duckte sich blitzschnell weg. Tiefrote Gischt spritzte auf, das Boot neigte sich zur Seite. Antonio hielt den Gaff so fest, dass seine Knöchel weiß wurden. Seine schwarzen Haare hingen ihm nass ins Gesicht, wieder musste er sich zur Seite drehen, als der Fisch sich gegen den Gaff aufbäumte, dann ließ die Spannung in seinem Körper nach. Antonio stemmte sich gegen die Bootswand und zog mit aller Kraft. Als der Thunfisch auf dem Bootsdeck lag, applaudierten die Männer. Rais Calogero schätzte, dass er mindestens siebenhundertfünfzig Kilo wog. Das kreisrunde, handtellergroße Auge schimmerte bläulich und schien ihn anzustarren. In einer halben Stunde würde es sich milchig weiß färben. Calogero wandte sich ab und atmete tief durch. Seit dreißig Jahren war er Herr der Mattanza. Aber der Thunfisch hatte gewonnen, wenn er ihm nicht mehr ins Auge schauen konnte.

Eine Woche später wehte die blau-gelbe Fahne über der Villa der Philipsons. Am Vortag war die ganze Familie angereist, die Principessa, die der Engländer geheiratet hatte – lange war das inzwischen her –, und die beiden Söhne, dazu zwanzig weitere Personen: Hausmädchen, Küchenpersonal und der Gärtner, denn die Principessa liebte ihren Garten und wollte, dass er genauso prächtig war wie der in Palermo, ihrer Heimat. Schon Tage zuvor war gelüftet und geputzt worden. Der Rais betrat die Villa nie, er traf William Philipson immer auf seinem eigenen Terrain, in der Camparia, wo die Netze und Anker lagerten. Wie oft hatte ihn Philipson schon zum Essen in die Villa eingeladen, zum »Dinner«, wie er das nannte, dann zum »Lunch«, schließlich hatte er aufgegeben. Auch jetzt waren sie in der Camparia verabredet. Antonio sollte später dazukommen.

Philipson war bleich wie immer, und alt war er geworden, fand der Rais. Der helle Leinenanzug war tadellos gebügelt, die Schuhe blank geputzt, aber etwas Staub hatte sich auf ihnen abgesetzt, der kurze Gang von der Villa hierher hatte genügt. Das kleine, rot gepunktete Einstecktuch wirkte auf Favignana fehl am Platz, hier und auch an diesem Mann, dessen Gesicht immer hagerer geworden war und der kaum noch Haare auf dem Kopf hatte. Die wasserblauen, hervorstehenden Augen wurden immer wässriger, die Lider waren rot gerändert. Sie waren wohl zusammen alt geworden, dachte der Rais. Aber William Philipson schien nicht darüber nachzudenken, wer von seinen beiden Söhnen die Geschäfte übernehmen sollte, vielleicht glaubte er, er würde nicht älter, könne einfach immer so weiter machen. Der Rais schaute aus dem kleinen Fenster aufs Meer hinaus. Die weite Fläche schien in den letzten Jahren größer geworden zu sein, ihre Unermesslichkeit nicht mehr fassbar. Irgendwo da draußen in der Tiefe war die mächtige Strömung, die die Thunfische über Tausende von Kilometern hierherführte. Ihn schauderte, wenn er an die zerklüfteten Abgründe dachte, Schluchten, in die niemals ein Sonnenstrahl drang. Dann schaute er wieder den Engländer an, der ihm gerade erzählte, wie sehr er der Mattanza entgegenfieberte. Calogero musste sich auf seine Worte konzentrieren, sie schwammen an ihm vorbei wie die Fische. Dann holte er tief Luft. »Signor Philipson, dieses Jahr ist mein letztes als Rais. Es wird Zeit, das Amt abzugeben und einen Nachfolger zu bestimmen.«

Philipson starrte ihn überrascht an. »Was? Aber wieso denn, Ihr seht prächtig aus, wie ein junger Mann! Uns beide kann so leicht nichts umwerfen, Calogero. So ein Unsinn, ich sehe uns noch viele Jahre lang zusammen aufs Meer hinausfahren.«

Er klopfte ihm leutselig auf die Schulter. Der Rais atmete tief durch. Der Engländer war ein guter Geschäftsmann, er hatte der Insel Reichtum und Wohlstand gebracht, dafür liebten ihn die Menschen. Er gab ihnen Lohn und Brot, ließ Arbeiter sogar aus Trapani und Marsala kommen. Vor drei Jahren, als die Thunfische besonders zahlreich gewesen waren, hatte er Häftlinge aus den Gefängnissen aller Städte der Umgebung nach Favignana bringen lassen, damit der Fang in seiner riesigen Fabrik verarbeitet werden konnte. Thunfisch, Wein, Frachtschiffe – William Philipson hatte sein »Business«, wie er es nannte, fest im Griff, viel besser als sein Vater, der ein Träumer gewesen war. Calogero erinnerte sich noch an John Philipson, einen freundlichen alten Herrn, der nur von den Vögeln sprach, die er liebte, und von Mozia, der Insel in der Lagune. Früh schon hatte der Sohn die Geschäfte übernommen, und er war lange Zeit der Einzige in der Familie mit Geschäftssinn gewesen. Jetzt sah Rais Calogero immer häufiger Edward, den älteren Sohn, an der Seite seines Vaters. Wie ein Schatten folgte er ihm, aber William Philipson schien die Macht nicht aus der Hand geben zu wollen.

Rais Calogero sah Philipson fest in die Augen. »Nein, Signor Philipson, ich bin kein junger Mann mehr, ich bin alt. Zu alt für die Mattanza, zu alt für den Thunfisch. Es wird Zeit für mich aufzuhören. Ihr werdet mit meinem Nachfolger aufs Meer fahren.«

Er sah, dass Philipson nicht nur überrascht war, sondern fast schon traurig. Es schien ihm aufrichtig leidzutun, Calogero als Rais zu verlieren. Damit hatte er nicht gerechnet, mit dieser Sympathie, die aus einem vollkommenen Unverständnis rührte – der Annahme, dass sie beide etwas verband. Aber da war nichts. Einmal, vor vielen Jahren, hatte Philipson ihm erklärt, was ihn an der Mattanza faszinierte: die Macht, die Brutalität, das Blut, und seine Augen hatten geleuchtet. »Besser als jeder Stierkampf«, hatte er gesagt. Eigentlich hatte Calogero ihn danach nicht mehr mit aufs Meer nehmen wollen, und den Respekt hatte er auch vor ihm verloren. Aber natürlich durfte er sich das nicht anmerken lassen; sie waren nun einmal abhängig von dem Engländer und seinem »Business«. Macht, Gewalt, Brutalität – so hatte Calogero das noch nie betrachtet.

Die Mattanza war Teil des Lebens auf Favignana, Teil des ewigen Kreislaufs von Geburt und Sterben. Die Thunfische kamen von Favignana, hier waren die Laichplätze, und die suchten sie nach ihrer Reise durch die Ozeane, die sie weiter weg von Favignana führte, als Calogero sich vorstellen konnte, wieder auf, um selbst zu laichen. Hier wurden sie geboren, hier gebaren und hier starben sie – und gaben damit der Insel Leben.

Brutal war für Calogero die Arbeit von Beppe, dem Schlachter. Wenn der mittwochs sein Vieh tötete, wählte Calogero einen anderen Weg durchs Dorf, weil er die Schreie der Tiere nicht ertragen konnte.

»Ein Nachfolger … der Gedanke daran ist überraschend schmerzlich«, sagte Philipson jetzt langsam. »Etwas geht damit zu Ende, unsere Zeit geht zu Ende. Über einen Nachfolger habe ich selbst noch nie nachgedacht. Aber vielleicht habt Ihr recht, und auch ich habe nicht das ewige Leben.« Nachdenklich schaute er hinüber zu der Villa, auf der die Fahne wehte – ein gelber und ein blauer Streifen, die Farben der Philipsons. Es war kein richtiges Wappen, natürlich nicht. William Philipson hatte sich das ausgedacht, er neidete den Adelsfamilien ihre prächtigen Wappen, war jedoch zu stolz, das Wappen der Familie seiner Frau, der Albamonte, über der Villa wehen zu lassen. Sein eigenes musste es sein. Und er hatte sich etwas ebenso Schlichtes wie Aussagekräftiges überlegt – gelb wie das Geld, das er mit seinem »Business« verdiente, und Blau wie das Wasser des Meeres, das ihm einen großen Teil seines Reichtums bescherte. Jetzt sah es so aus, als würden die wässrigen Augen des Engländers noch ein bisschen wässriger werden. Der Rais stand auf und holte eine Flasche Limoncello, aus der er ihnen beiden einen Schluck einschenkte.

»Signor Philipson, es waren lange und gute Jahre. Lasst uns nicht darauf warten, dass die Jahre schlechter werden. Ich möchte mein Amt aufrecht übergeben. Das bin ich meinen Männern schuldig. Und Euch auch.« Er sah Antonios schmale Gestalt näher kommen und stand auf. »Aber genug von der Vergangenheit geredet, es geht um die Zukunft – das ist Antonio, den ich zu meinem Nachfolger bestimmt habe.«

Antonios Haare waren sorgfältig gescheitelt, er trug den etwas zu großen schwarzen Anzug für besondere Anlässe und schien ruhig wie immer. Sein Mund lächelte, als er Philipson die Hand gab, aber Calogero sah, dass die Augen ernst blieben. Antonios Augen, die eine seltsame Farbe hatten, gelblich wie die eines Raubtiers. Philipson stutzte einen Moment lang.

»Kennen wir uns? Ihr kommt mir bekannt vor.« Er schien zu überlegen.

»Nein, Signor Philipson, bestimmt nicht. Unsere Welten berühren sich nicht.«

Der Rais schaute Antonio überrascht an. Eine eigentümliche Wortwahl, was meinte er damit? Auch Philipson sah den Jungen einen Moment lang erstaunt an und hielt dabei Antonios Blick stand, der so intensiv war, dass er zu brennen schien. Dann wandte er sich zu Calogero.

»Ich vertraue Euch vollkommen. Wenn Ihr glaubt, dass Antonio der Richtige ist, die Mattanza weiterzuführen, dann soll es so sein.« Er schlug Antonio auf die Schulter. »Wir haben einiges zusammen vor, mein Lieber. Seit Jahren versuchen wir, die Tonnara auf Sardinien zu schlagen, meistens ist sie uns um ein paar hundert Thunfische voraus. Ich setze all meine Hoffnungen auf Euch! Das hier ist nicht nur Abenteuer, sondern Business, versteht Ihr?«

Auch Antonios Mund lächelte nun nicht mehr. »Ich weiß, Signor Philipson. Die Mattanza ist kein Abenteuer, aber sie ist auch kein Business, wie Ihr es nennt. Sie gibt Leben, indem sie Leben nimmt. Sie *ist* das Leben hier auf Favignana.«

Calogero schaute aus dem Fenster, damit die beiden anderen nicht merkten, dass er lächelte. Antonio war der Richtige, er war der neue Rais.

William Philipson hatte gar nicht richtig zugehört. Jetzt griff er nach seinem Glas, in dem noch ein Rest Limoncello war. »Rais Calogero, auf unsere letzte gemeinsame Mattanza! Und auf den neuen Rais!«

11

»Was?« Ada schaute ihn verständnislos an. Luca fühlte eine weitere Welle der Übelkeit in sich hochsteigen. Er hatte sich unten vor der Haustür schon übergeben müssen, und die Magensäure brannte ihm noch im Hals.

»Silvio ist tot, Ada. Er … er hat einen Unfall gehabt. Mit seinem Porsche.«

Er sah, dass ihre Unterlippe zitterte und sie nur mit Mühe die Tränen zurückhielt. Dann wandte sie sich ab und ging ans Fenster. Sie standen in Adas Wohnzimmer, und er starrte auf die antike Kommode, die Adas ganzer Stolz war. Sie hatte sie selbst restauriert in ihrem vorigen Leben, wie sie das nannte, als sie als Restaurateurin für alte Möbel gearbeitet hatte. Luca nahm jedes Detail der Kommode wahr, die bauchige Form, die Maserung des Nussbaumholzes, die Intarsien, die kurzen gedrungenen Füße. Er starrte die Kommode an, als könnte sie Silvio wieder lebendig machen.

»Wie ist das passiert?«, hörte er Ada fragen. Noch immer konnte er den Blick nicht von der Kommode lösen.

»Auf der Rückfahrt von Erice. Er hat einen Unfall gehabt. Sein Wagen ist von der Straße abgekommen und den Berghang hinabgestürzt. Vollkommen ausgebrannt.«

Jetzt drehte sie sich um und ging auf ihn zu. »Glaubst du das?«, fragte sie langsam.

Luca verstand nicht. »Wie meinst du das?«

»Ob du das glaubst? Dass es ein Unfall war?«

»Was denn sonst?«, fragte Luca lahm. Die Intarsien auf der Kommode begannen sich zu drehen, und ihm wurde kurz schwarz vor Augen.

»Die Straße nach Erice ist nicht besonders schmal. Ja, sie hat enge Kurven, aber ein halbwegs routinierter Fahrer hat damit kein Problem. Und Silvio hat mir gesagt, dass er nie rast. Dass ihn Geschwindigkeit nicht interessiert. Er liebt das Auto.« Sie stockte. »Er hat das Auto geliebt, aber er ist damit nicht gerast.«

»Ada, Silvio ist tödlich verunglückt. Vielleicht war er kurz abgelenkt. Er muss nicht gerast sein. Es kann hundert Gründe geben.«

»Das Auto ist verbrannt, sagst du? Dann werden wir nie erfahren, was passiert ist.« Adas Stimme klang bitter. Luca hatte sie noch nie so erlebt, wütend, beinahe aggressiv.

»Was hat er überhaupt in Erice gemacht?«, wollte sie wissen.

»Er hat mit diesem Ettore Lagioia gesprochen. Dem Professor. Der bestätigt hat, dass Silvio bei ihm war vor dem Unfall.«

Sie ging noch einen Schritt auf ihn zu und stand jetzt so nah bei ihm, dass er ihren Atem spürte.

»Wieso?«

»Wieso was?« Luca hatte das Gefühl, sich allein unter Wasser zu bewegen. Ada war weit, weit weg, er konnte sich kaum auf ihre Stimme konzentrieren, und auch der Nachmittagslärm, der von der Straße hochdrang, war nur ein fernes Rauschen. Was wollte Ada von ihm?

»Wieso ist er zu Lagioia gefahren? Wieso hat er sich in den Fall reinziehen lassen? Wieso spielst du den Hobbydetektiv? Es ist doch offensichtlich, dass die Sache zum Himmel stinkt. Spätestens auf der Pressekonferenz hättet ihr das kapieren müssen. Und was macht ihr? Ihr macht einfach weiter, spielt Polizei – die ja ihrerseits an der Wahrheit nicht interessiert ist, wahrscheinlich aus gutem Grund. Aber wieso, will ich wissen. Wieso riskiert ihr euer Leben für diese Geschichte?«

Ada war jetzt richtig aufgebracht. Ihre dunklen Augen funkelten wütend. Luca verstand immer noch nicht, ihm war wieder schwindlig. Er versuchte, sich zu konzentrieren, aus dem Wasser aufzutauchen. Jetzt war Ada zu der Kommode gegangen, auf der ihre Zigaretten lagen, und zündete sich eine an. Das Klacken des Feuerzeugs holte ihn zurück.

»Wir spielen weder Polizei noch Detektiv. Es ist unser Job, über solche Verbrechen zu berichten. Vor allem dann, wenn offensichtlich versucht wird, sie zu verschleiern. Und darf ich dich daran erinnern, dass mein Sohn für den Mord an Giacomo Leoni verantwortlich gemacht werden soll? Ich muss Diego schützen, und das kann ich nur, wenn ich weiß, was wirklich passiert ist.«

Ada rauchte in schnellen Zügen, trat zu dem niedrigen Tisch vor der großen dunkelbraunen Ledercouch und machte sich an den Blumen zu schaffen, die dort in einer dunkelgrünen Kristallvase standen. Weiße Lisanthius, ihre Lieblingsblumen. Er ging zu ihr und legte ihr die Hand auf die Schulter.

»Wir wissen nicht, ob es Mord war oder ein Unfall. Ich weiß nicht mal, was Silvio in den letzten beiden Tagen getrieben hat, wo er war und mit wem er gesprochen hat. Ich hatte alle Hände voll mit Diego zu tun, der hat furchtbare Angst. Ada, er hat schon wieder eine Vorladung bekommen. Irgendwer ist wild entschlossen, ihm den Mord anzuhängen. Ich muss gleich mit ihm nach Marsala.«

Jetzt drehte sie sich zu ihm um, und er sah, dass ihr Tränen über das Gesicht liefen. »Es tut mir leid«, sagte sie. »Ich mochte Silvio, ich mochte ihn wirklich sehr.« Sie ließ sich in den Arm nehmen, und Luca drückte sie an sich. Trotz der Hitze fühlte sie sich kühl an, und ihr schmaler Körper zitterte ein wenig. Ihre Lippen suchten seine, und sie küsste ihn. Dann machte sie sich von ihm los und trat einen Schritt zurück. »Wann hast du Silvio das letzte Mal gesehen oder von ihm gehört?«

Luca war einen Moment lang wie benommen, dann erst drang ihre Frage zu ihm durch.

»Lass mich überlegen – die Pressekonferenz war am Dienstag, heute ist Freitag. Dienstagnacht habe ich ihm die Ergebnisse meiner Recherche zu Leoni und Lagioia geschickt. Dann haben wir am Mittwochvormittag telefoniert, da hatte er es eilig, sagte, er hätte eine Spur.«

»Und wann ist der Unfall passiert?«

»Gestern Nachmittag. Ich habe es heute Morgen auf dem Newsticker gelesen – silberner Porsche, genau das Baujahr, Unfall bei Erice. Dann habe ich Deborah angerufen, Silvios Schwester.«

»Weißt du, was er am Mittwoch und am Donnerstagvormittag gemacht hat?«

»Nein, genau weiß ich das nicht. Ich habe erst gestern Nachmittag versucht, ihn anzurufen, als Leoni auf meinen Anruf so merkwürdig reagiert hat. Leoni wollte nicht mit mir reden, hat gesagt, Diego sei der Hauptverdächtige. Ich wollte Silvio bitten, mit ihm zu sprechen. Aber da muss er schon tot gewesen sein.«

Wieder wurde ihm schwindlig. Er sah Silvio vor sich, wie er in seinen Porsche stieg und grinste. »Manche Dinge ändern sich nie«, hatte er gesagt und darauf angespielt, dass Luca immer noch so schnell in Panik geriet wie damals im Studium. Diesmal aber hatte er wirklich allen Grund dazu. Sogar Silvio, der immer die Ruhe behalten hatte, würde ihm da Recht geben. Wenn er es nur noch könnte.

»Wir müssen rausfinden, was er in diesen zwei Tagen gemacht hat. Irgendetwas muss passiert sein.« Ada schüttelte den Kopf. »Jetzt spiele ich auch schon Detektiv. Aber an einen Unfall glaube ich einfach nicht.«

»Willst du mit nach Marsala fahren? Du könntest Deborah treffen und dich ein wenig mit ihr unterhalten.«

»Aber ich kenne sie doch gar nicht.«

»Ich auch nicht, sie hat in Mailand studiert, als Silvio und ich an der Uni in Palermo waren. Sie war ziemlich aufgelöst, als ich sie angerufen habe. Aber sie weiß, dass Silvio und ich befreundet waren, und hat bestimmt nichts dagegen, wenn wir ihr ein wenig Beistand leisten. Sie ist allein hier, Silvio hatte sonst keine Familie mehr.«

»Gut, dann komme ich mit. Wann holst du Diego ab?«

Luca schaute auf die Uhr – es war inzwischen zwölf. »*Cazzo*, wir müssen los!«

Schnell liefen sie die engen Stufen hinunter.

Unten im Hausflur an den Briefkästen stutzte er – aus seinem ragte ein dunkelbrauner Pappumschlag, der nicht durch den Schlitz gepasst hatte. Jemand hatte ihn offensichtlich mit Gewalt hineingedrückt. Der Umschlag sah dick aus. Luca zog daran und fluchte, er hing fest, und als er immer heftiger daran zerrte, sprang die dünne Blechtür des Kastens aus den Angeln.

»Was ist denn das für ein Umschlag?«, fragte Ada.

»Keine Ahnung, komm, wir sind schon zu spät.« Luca klemmt sich den Umschlag unter den Arm. Am Auto angekommen, warf er ihn achtlos in den Kofferraum, wo sich alte Zeitungen, Badehandtücher und ein leerer Bierkasten stapelten. Den alten Fiat Panda, den er sich vor ein paar Monaten gekauft hatte, fuhr er wirklich nur, wenn er sein Motorrad nicht nehmen konnte.

Kurz darauf quälte er sich durch den dichten Vormittagsverkehr aus dem Stadtzentrum hinaus in eines der Neubaugebiete im Osten der Stadt, wo seine Exfrau mit Diego wohnte. Ada war schweigsam, und Luca dachte fieberhaft nach. Wie hing das alles zusammen? Und hatte Ada recht – war Silvio ermordet worden? Wenn ja, von wem? Und weshalb? In Gedanken versunken, hätte er beinahe einen Motorradfahrer gerammt, der ihm gerade die Vorfahrt nahm und wild zu hupen begann. Auch Luca hupte wild, da war der andere schon in der Blechlawine vor ihm verschwunden, und die Autos um ihn herum stimmten aus Gewohnheit ein in das Hupkonzert.

Luca hupte immer noch, als er in die Via dei Nebrodi einbog, wo sein Sohn wohnte – eine der Straßen, in denen ein Hochhaus neben dem anderen stand, alle mit Vorgarten, Parkplatz und Portier, der die Post entgegennahm und kontrollierte, wer wen wann besuchte. Diego verstand nicht, wieso man freiwillig in die Altstadt zog, mitten ins Chaos, ohne Parkplatz, in kleine, halb verfallene Häuser. Der Charme dieser Stadtviertel, das Leben auf der Straße, die Schönheit – trotz Dreck und Müll – erschlossen sich ihm nicht, und Luca und er hatten mehr als einmal gestritten, weil Diego darauf bestand, dass eine Wohnung »bequem« sein müsse, und Luca überhaupt nicht einsah, wieso man mit Anfang zwanzig Bequemlichkeit einforderte. Er dachte dann immer daran, was er selbst alles in diesem Alter gewollt hatte – die Welt verändern oder zumindest Sizilien, schöne Frauen kennenlernen –, aber ganz sicher keine Bequemlichkeit. Jetzt stieg er schnell aus dem Auto und sagte dem Portier Bescheid, dass Diego runterkommen solle. Zwischen den gesichtslosen Hochhäusern stand eine kleine Villa aus dem achtzehnten Jahrhundert, sie sah aus, als hätte sie dort jemand vergessen. Irgendwann hatte es hier statt der ganzen Mietskasernen nur ein paar dieser Villen gegeben und sehr viele Orangen- und Zitronenbäume. Nicht umsonst hieß die Bucht von Palermo Conca d'Oro, das goldene Becken. Vom Gold der Orangen und der Zitronen war nichts mehr übrig – inzwischen war eine graue Zementmuschel daraus geworden …

Diego sah erschöpft aus wie immer in den letzten Tagen. Luca wusste, dass sein Sohn kaum mehr schlief und wenig aß. Die dunklen Locken waren ungekämmt, und als er ins Auto stieg, sagte er nur kurz »Ciao«. In der Hand hielt er den Umschlag mit der Vorladung. Luca versuchte ungelenk, ihm den Arm um die Schulter zu legen, und die Geste misslang.

»Ciao, Diego«, sagte Ada von der Rückbank. Diego drehte sich zu ihr um und begrüßte sie mit einem Kuss auf die Wange. Luca sah, wie er sich bemühte, auf ihr Lächeln zu reagieren.

»Schön, dass du mitkommst«, sagte er jetzt.

Luca fuhr los, hinaus aus dem Häusermeer auf die Stadtautobahn.

»Diego, Silvio ist tödlich verunglückt«, sagte er leise.

»Was? *Cazzo*, was ist passiert?«

Luca erzählte ihm alles, was er wusste, und Diego schwieg.

Irgendwann fragte er: »Glaubst du, dass es ein Unfall war?«

»Ich weiß es nicht. Sein Porsche ist auf der Rückfahrt von Erice von der Straße abgekommen. Komplett ausgebrannt.«

»Wie praktisch«, sagte Diego zynisch. »Und du, Ada? Was glaubst du?«

Ada suchte Lucas Blick im Rückspiegel. »Diego, wir können nur spekulieren«, sagte sie vorsichtig. »Ich weiß es nicht.«

Sie schwiegen alle drei. Dann hatten sie Palermo hinter sich gelassen und fuhren am Meer entlang in Richtung Westen. Links erhoben sich die Berge, dann kam rechts der Flughafen mit seinen Landebahnen direkt am Wasser. Danach ging es weiter in Richtung Trapani, vorbei an Alcamo mit seiner uralten Burgruine auf einem schroffen Felsen direkt neben der Autobahn.

»Weißt du noch, Pa?«, sagte Diego plötzlich. »Wie du mir früher immer erzählt hast, das Geschlecht der Santangelo hätte hier auf der Burg residiert, bis sie vor Hunderten von Jahren zerstört wurde?«

Luca lachte.

»Was für eine schöne Geschichte«, sagte Ada. »Wie lange hast du das geglaubt?«

»Jedenfalls viel länger als die Geschichte mit dem Weihnachtsmann«, sagte Diego.

Anderthalb Stunden später waren sie in Marsala. Luca hatte Ada an der Piazza Addolorata abgesetzt, wo sie sich mit Deborah in einer Bar treffen wollte. Dann fuhr er mit Diego weiter zum Kommissariat.

Der dicke kleine Commissario hatte diesmal noch einen zweiten Polizisten dabei und bestand darauf, Diego allein zu verhören. Sosehr Luca auch mit ihm stritt, er musste draußen warten. Nervös ging er den schmalen Gang auf und ab und starrte auf den grauen Linoleumboden. »Neue Beweismittel machen ein weiteres Verhör erforderlich«, hatte es in dem Schreiben geheißen. Wo kamen denn diese Beweismittel plötzlich her? Silvio hätte ihm helfen können, hätte hier jemanden gekannt, der vielleicht rausgefunden hätte, was dahintersteckte. Silvio … Luca merkte, dass er noch nicht begriffen hatte, dass der Freund wirklich tot war. Dass das kein vorübergehender Zustand war, sondern eine Tatsache, die ab jetzt zu akzeptieren sein würde. Er stützte den Kopf in die Hände. Hatte er Silvio in eine Sache mit hineingezogen, die ihm zum Verhängnis geworden war? War nicht in Wirklichkeit er schuld an diesem Unfalltod? Was hatte Silvio denn mit alldem zu schaffen gehabt? Er merkte, dass diese Gedanken sich tiefer und tiefer in seinen Kopf bohrten, und bald schon spürte er pochende Schmerzen hinter der Stirn.

Als Diego eine Stunde später aus dem Raum kam, war er kalkweiß. Luca hakte ihn unter, und sie verließen schnell das Kommissariat.

»Die wollen mir wirklich den Mord anhängen, Pa. Er hat gesagt, sie hätten meine Fingerabdrücke nun auch auf dem Stein gefunden.«

»Auf welchem Stein?«

»Dem Stein, der die Wunde an Giacomos Hinterkopf verursacht hat. Da haben sie ja erst gesagt, er könnte auch draufgefallen sein. Jetzt haben sie da angeblich meine Fingerabdrücke gefunden und behaupten, ich hätte damit auf ihn eingeschlagen.«

»Aber das ist doch Blödsinn, wenn du das getan hättest, wäre er doch nicht mit dem verwundeten Hinterkopf auf den Boden geschlagen, sondern mit dem Gesicht? Und wieso kommen sie erst jetzt mit den Fingerabdrücken auf dem Stein?«

»Pa, ich weiß nicht …« Diegos Stimme klang dünn. »Glaubst du wirklich immer noch, dass mir nichts passieren kann? Sie haben gesagt, sie beantragen einen Haftbefehl.«

Luca blieb stehen und rieb sich die Augen. Damit hatte er nicht gerechnet. Aber er wusste, dass sich die entsprechenden Beweise schon finden lassen würden, wenn jemand Diego den Mord anhängen wollte und die richtigen Verbindungen hatte. Wie oft war er bei seinen Recherchen auf genau solche Fälle gestoßen. Eine Panikwelle stieg in ihm hoch. Er fischte eine Zigarette aus dem Päckchen in seiner Hosentasche und zündete sie sich an. Dann hielt er Diego das Päckchen hin, der ihn erstaunt ansah. Seinem Sohn immer die Wahrheit zu sagen, das hatte er sich geschworen, als er Diego zum ersten Mal gesehen hatte, ein paar Minuten nach dessen Geburt.

»Wir müssen einen Anwalt nehmen, Diego. Erinnerst du dich an Miro Inzerillo? Ein Freund von mir. Er ist einer der besten in Palermo und hat gute Kontakte. Er findet schnell raus, was da gespielt wird.«

Diegos Hand, in der er die Zigarette hielt, zitterte. »Und wenn ich verschwinde? In die USA oder nach Australien? Bis hier Gras über die Sache gewachsen ist?«

Luca schaute ihn ernst an. »Da wächst kein Gras drüber,

Diego. Du hast zu viele Filme gesehen. Wenn die einen Haftbefehl beantragen, musst du dich jederzeit verfügbar halten. Du kannst froh sein, dass sie dich nicht dabehalten haben. Und wenn du jetzt abhaust, dann bist du dein ganzes Leben lang auf der Flucht. Vergiss es. Diego …« Er packte seinen Sohn an der Schulter. »Hast du Giacomo Leoni umgebracht?«

Wütend schüttelte Diego seine Hand ab. »Nein, Pa, hab ich nicht. *Cazzo*, ich hab ihm nichts, aber auch gar nichts getan.« Jetzt standen ihm die Tränen in den Augen.

»Na also, dann kannst du auch hierbleiben. Miro kriegt das hin.« Nicht anlügen, aber optimistisch sein konnte er.

Dann klingelte sein Handy.

»*Pronto*, Ada?« Er hörte ihre Stimme, die aufgeregt klang.

»Luca, Deborah und ich sind zu Silvios Haus gefahren. Hier ist eingebrochen worden, alles ist verwüstet. Komm schnell!«

12

Tausend Augen schienen Luca anzustarren – auf unzähligen Fotos, die den Boden bedeckten. Silvio hatte immer wieder Porträts von Menschen gemacht, Fischer – nicht nur die Männer der Mattanza, auch Fischverkäufer, Straßenhändler, Kinder, immer wieder Kinder in den armen Vierteln Palermos, die auf der Straße aufwuchsen und mit fünf Jahren bereits uralte Augen hatten und abgeklärt in die Kamera blickten, alte Frauen aus den Dörfern im Hinterland, die dreißig, vierzig Jahre lang Schwarz trugen, wenn ihr Mann oder eines der Kinder gestorben waren, Bräute auf dem Weg zur Kirche, Männer, die bei Prozessionen mächtige Heiligenstatuen auf den Schultern trugen. Auf dem Fototisch lag das großformatige Bild einer Frau, die Silvio als Medusa fotografiert hatte – ihr standen die Haare wild um den Kopf, und der Mund war zum Schrei geöffnet.

Die Eindringlinge hatten in Silvios Arbeitszimmer, seinem Heiligtum, den Archivschrank umgestürzt, in dem er alle Bilder sorgfältig inventarisiert nach Thema, Ort und Zeit aufbewahrte. Entsetzt schaute Luca sich nach Ada und Deborah um: »Was haben die bloß gesucht?«

»Es können auch einfach Einbrecher gewesen sein«, sagte Deborah zögernd.

»Wäre das nicht ein merkwürdiger Zufall?«, warf Ada zu Recht ein.

»Und weshalb haben sie das Fotoarchiv auf den Kopf gestellt? Sehr unwahrscheinlich, dass jemand sein Erspartes zwischen Fotos aufbewahrt«, sagte Luca.

»Unwahrscheinlich, aber nicht ausgeschlossen. Und sie sind systematisch vorgegangen – jeder Raum ist durchsucht worden«, erwiderte Deborah und fuhr sich müde durch die langen Haare, die sie offen trug. Silvios Schwester war eine attraktive Frau Ende dreißig. Sie trug ein schlichtes, aber elegantes dunkelblaues Kleid. Sie hatte dieselben hellen Augen wie Silvio, war blond und für eine Sizilianerin recht groß. Wie Silvio war auch sie gleichmäßig gebräunt, aber trotz der Bräune sah man ihr die Erschöpfung an. Ihre Augen waren vom Weinen gerötet, und immer wieder zitterte ihre Stimme, wenn sie sprach.

Luca ging langsam durch das kleine Haus. Die Möblierung war so spärlich, dass man nicht erkennen konnte, worauf sich die Eindringlinge konzentriert hatten. Im Wohnzimmer waren das abgewetzte Sofa und die Sessel aufgeschlitzt. Im Schlafzimmer hatten sie das Bettzeug von der Matratze gerissen und diese zerschnitten. Silvios Kleider waren alle aus dem großen, dunkelbraunen Holzschrank gezogen worden und lagen auf dem Boden verstreut. In der Küche waren die wenigen Schubladen und Fächer der Küchenmöbel geöffnet, Geschirr, Gläser, Töpfe und Besteck lagen teils in Scherben auf dem Boden.

Luca trat durch die Terrassentür nach draußen. Die Scheibe war in tausend Stücke zersprungen und glitzerte auf den rostroten Kacheln in der Nachmittagssonne.

»Aber das Geld haben sie nicht mitgenommen«, rief jetzt Deborah aus der Küche. Mit einem grauen Umschlag in der Hand kam sie aus dem Haus. »Was sein Geld anging, war Silvio nicht sonderlich kreativ. Es ist nicht viel, zweitausend Euro, die er unter der Spüle versteckt hat. Ein Klassiker. Wenn das richtige Einbrecher gewesen wären, hätten sie den Umschlag doch auf jeden Fall gefunden, oder?« Sie lächelte traurig.

»Das heißt, sie haben was anderes gesucht.«

Unruhig wanderte Luca durch das kleine Haus. Diego stand auf der Terrasse und rauchte eine Zigarette nach der anderen.

»Kommt mal her«, rief Ada eine Stunde später aus Silvios Arbeitszimmer. Luca hatte gesehen, dass sie sehr konzentriert den gesamten Archivschrank durchgegangen war. Woher nahm sie nur die Geduld und Konzentration in einer solchen Situation? Er ging zu ihr, gefolgt von Diego.

»Jetzt habe ich es begriffen: Silvio hat seine Fotos systematisch geordnet. Nach Thema und Datum. Porträts, die Salinen von Trapani, die Mattanza auf Favignana und Mozia und die Lagune. Er hatte solche braunen Hängeordner« – sie hielt einen hoch –, »auf denen genau vermerkt ist, worum es sich handelt und wann die Fotos aufgenommen wurden.«

»Ja und?« Luca sah sie ebenso erwartungsvoll wie ungeduldig an.

»Schaut euch mal um, hier liegen Hunderte von Fotos – Porträts, hier« – sie zeigte auf einen Packen mit Bildern von der Mattanza –, »die Mattanza, die Salinen, da, zu jeder Jahreszeit, aber es fehlen alle Fotos von Mozia. Ich suche seit zehn Minuten – es ist kein einziges Bild mehr da.«

»Aber wer bricht denn irgendwo ein, um ein paar Fotos zu klauen?«, fragte Diego. »Vielleicht hat er die einfach woanders abgelegt. Oder er hat auf Mozia nicht fotografiert.«

»Doch, das hat er, denn die entsprechenden Hängeordner liegen noch hier. Schau mal, ›Mozia‹, ›Jüngling‹, es muss also Fotos gegeben haben, wenn es Ordner dazu gibt«, sagte Ada triumphierend.

»Also war es kein Zufall«, sagte Deborah langsam. »Was auch immer passiert ist – jemand wollte die Bilder verschwinden lassen.«

»Und es ist sehr wahrscheinlich, dass es dieselben Leute sind, die Silvio aus dem Weg geräumt haben. Wir müssen rekonstruieren, was in den letzten beiden Tagen passiert ist. Irgendwas muss er entdeckt haben. Deborah, wann hast du Silvio zum letzten Mal gesprochen?«

»Lass mich nachdenken – Dienstagvormittag.«

»Das war vor der Pressekonferenz«, überlegte Luca. »Fallen dir Freunde von Silvio ein, irgendwer, den er getroffen und dem er was erzählt haben könnte? Versuch, dich zu erinnern«, sagte er noch, als Deborah den Kopf schüttelte.

»Ich weiß niemanden. Mailand ist weit weg, ich habe nicht mehr mitbekommen, mit wem er sich abgegeben hat, wer ihm wichtig war. Ich weiß nicht mal, ob er gerade eine Freundin hatte«, sagte sie langsam. Nach dem Studium war sie nicht nach Sizilien zurückgekehrt, sondern hatte sich in Mailand als Anwältin niedergelassen.

»Ich kümmere mich um Silvios Beerdigung, dann fahre ich zurück nach Mailand. Ich habe hier nichts mehr verloren, Silvio war der Letzte aus unserer Familie, der noch hier gelebt hat. Alle anderen sind tot oder weggegangen. Seid bloß vorsichtig. Es sieht mir sehr danach aus, als wäre das hier größer, als wir denken. Sizilien eben. Es war kein Fehler wegzugehen. Das ist mir jetzt noch einmal klar geworden. Es war nur ein Fehler, Menschen zurückzulassen, die ich liebe …«

Ada, Diego und Luca waren ins Auto gestiegen, und Luca hatte im Rückspiegel Deborah unbeweglich in der Tür stehen sehen, wie sie ihnen nachblickte. Alle drei schwiegen, jeder in seine Gedanken versunken. Die Beerdigung sollte am nächsten Tag in Marsala sein, und Luca graute davor, an Silvios Grab zu stehen. Es war wie ein dunkler Traum, aus dem er endlich erwachen wollte.

Müde rieb er sich die Augen und schaute auf die schmale

Landstraße in Richtung Trapani. Er wollte auf dem Rückweg nach Palermo unbedingt noch in Erice vorbeifahren, um Ettore Lagioia zu treffen. Als sie bei Trapani auf die schmale Straße hoch nach Erice abbogen, sah er von der Seite, dass Ada Tränen in die Augen traten. Die Spuren des Unfalls waren deutlich zu sehen, die Leitplanken kaputt und die Macchia vom Brand gezeichnet. Immer noch schweigend erreichten sie Erice, stellten das Auto vor dem Stadttor ab und verabredeten sich für später auf der Piazza – Luca wollte den Professor allein besuchen.

Ettore Lagioias Arbeitszimmer sah aus wie eine Gelehrtenstube aus dem neunzehnten Jahrhundert – hohe, dunkle Bücherregale säumten die Wände, daneben Vitrinen mit Funden: Steine, Werkzeug, Münzen, Schmuck. In der Mitte ein großer Holztisch, auf dem aufgeschlagen ein riesiger, in Leder gebundener Foliant lag. Lagioia selbst wirkte auf Luca wie ein Reptil, das bewegungslos im Halbdunkel seines Verstecks lauert. Sein faltiges Gesicht mit den scheinbar lidlosen Augen zeigte keinerlei Gemütsregung. Er hatte sich weder über Lucas überraschenden Besuch gewundert noch über seine Fragen nach Silvio. Ja, Silvio Alajmo war bei ihm gewesen und hatte ihm ein paar Fotos gezeigt. Von Mozia, von dem Jüngling. Dann war er weggefahren und tödlich verunglückt. Ungerührt trank er seinen Espresso – Luca hatte er auch einen angeboten und dann in seinen einen Schluck Grappa gekippt, den Luca höflich ablehnte – und starrte den Besucher ausdruckslos an. Sein etwas zu großes dunkelgraues Jackett war mit Schuppen übersät, und die Haare, die ihm fast bis auf die Schultern fielen, sahen fettig und ungepflegt aus.

»Was wollte Silvio Alajmo von Ihnen wissen?«

»Was alle wissen wollen, die sich mit dem Jüngling befassen – ob die Statue echt ist. Um es gleich zu sagen: Sie ist es nicht.«

»Das war alles – er wollte nur noch einmal von Ihnen hören,

dass Sie die Statue nicht für echt halten? Eigentlich ist das bekannt.«

»Ja, seit 1979, als mein geschätzter Kollege aus Rom sie ausgegraben hat.« Er räusperte sich. Luca starrte ihn an. Das konnte doch nicht alles gewesen sein, Silvio musste noch etwas anderes gefragt haben. Vielleicht konnte er Lagioia provozieren.

»Sie haben ihm das nicht gegönnt, oder? Der Römer, der auf Sizilien dem Sizilianer den bedeutendsten Fund wegschnappt. Und damit berühmt wird.«

Lagioia holte umständlich ein großes, weißes Taschentuch aus der Jackettasche und putzte sich geräuschvoll die Nase. Dann verzog er die schmalen Lippen zu einem spöttischen Lächeln.

»Heute recherchiert keiner mehr. Es gab einmal eine Zeit, da haben Journalisten Interviews vorbereitet. Wussten Bescheid, mit wem sie gesprochen haben. Waren Gesprächspartner.« Er seufzte theatralisch.

»Ich bin kein Archäologe, junger Mann. Ich bin Historiker. Leoni kann mir nichts vor der Nase wegschnappen. Ich habe ihn erst kennengelernt, als er die Statue gefunden hatte und ich ihre Echtheit bestätigen sollte. Was ich nicht getan habe. Aber zumindest das wissen Sie ja.«

»Geglaubt hat man Ihnen aber nicht.«

»Leoni hat einflussreiche Freunde. Familie.«

»Ich dachte, Sie kennen ihn gar nicht.«

»Inzwischen schon, mein Lieber. Natürlich kenne ich ihn. Er hat eine meiner Cousinen geheiratet.«

Luca schaute ihn erstaunt an. »Dann wird Sie die Nachricht vom Tod seines Sohnes getroffen haben.«

Lagioia stand mühsam auf, griff nach dem Stock, der an seinem Sessel lehnte, und ging langsam durch den Raum.

»Ich habe Delia gewarnt«, murmelte er. »Ein Fremder, einer aus der Hauptstadt, der keine Ahnung hat von unseren Angelegenheiten. Kommt hierher, wühlt in unserer Erde herum, nimmt sich, was ihm passt.« Lagioia war immer lauter geworden. Seine farblosen Augen blitzten jetzt wütend. »Giacomo war der Erstgeborene. Was hatte er auf Mozia zu suchen? Die Phönizier sind ermordet und verjagt worden, aber ihre Gottheiten nicht. Baal kann man nicht verjagen, Baal ist ein gieriger, grausamer Gott. Die Phönizier haben ihn durch Menschenopfer besänftigt. Romolo Leoni hat das Schicksal herausgefordert! Seinen Sohn hätte er in Rom lassen sollen.«

Der Alte hatte den Verstand verloren. Was nur hatte Silvio von ihm gewollt?

»Professor Lagioia, wieso haben Sie dann vor ein paar Monaten eine neue Untersuchung der Statue gefordert? Und wieso ist dem Antrag stattgegeben worden?«

»Seit einiger Zeit bekleide ich das Amt eines Gutachters für das *Assessorato dei Beni Culturali*. Das gibt mir die Möglichkeit, einiges zu überprüfen.«

»Und für falsch zu erklären. Dann verschwindet das Zeug und erzielt auf dem Schwarzmarkt hohe Preise. Ja, ich hörte davon«, sagte Luca.

»Auch ich kann mich irren, falls Sie auf die Totenmaske der Elymer aus Segesta anspielen.«

»Aber als man Ihren Irrtum bemerkte, war die Maske bereits weg. Man vermutet, sie hat Rekordpreise erzielt.«

Lagioia war nur aus seiner Starre erwacht, als er von Baal erzählt hatte. Jetzt sah er wieder aus wie ein regloses Reptil.

»Sie finden den Weg, junger Mann«, sagte er und ging langsam aus dem Raum. Die schwere Tür schlug hinter ihm ins Schloss, und Luca stand allein in der Bibliothek. Frustriert warf er einen letzten Blick auf die Bücherregale, in denen die einzelnen Bände dicht an dicht standen, und verließ dann das Gebäude durch den hohen, dunklen Flur.

Auf der Fahrt zurück nach Palermo fasste er für Ada und Diego, die auf ihn in einer kleinen Bar an der Piazza gewartet hatten, das Gespräch zusammen. »Das Einzige, was wir noch nicht wussten, ist, dass Lagioia mit Giacomos Mutter verwandt ist. Hilft uns auch nicht weiter.« Unruhig trommelte er mit den Fingern auf das Lenkrad.

Eine Stunde später hatten sie Palermo erreicht. Inzwischen war es nach sieben, und nach einem weiteren Hitzetag atmete die Stadt auf. Die Berge, die Palermo umgaben, waren pastellfarben gesäumt. Luca brachte erst Diego und dann Ada nach Hause, duschte rasch, zog ein frisches weißes Leinenhemd und eine graue Leinenhose an und setzte sich wieder ins Auto. Er hatte noch in Marsala seinen Freund Miro Inzerillo angerufen, ihn grob über alles informiert, und sie hatten sich für acht in der Bar der Villa Igieia verabredet.

Villa Igieia war das beste Hotel der Stadt, etwas außerhalb direkt am Meer gelegen. Von der Terrasse der Bar aus hatte man den schönsten Blick über die Stadt und den Golf von Palermo. Beinahe friedlich sah die Stadt von dort aus. Miro und er trafen sich sporadisch hier und tranken Gin Tonic. Jetzt saß Luca nervös an einem der Tische und schaute auf den zum Hotel gehörenden Jachthafen. Dahinter lag der deutlich weniger elegante Industriehafen, dessen hohe, rostige Kräne in den hellen Abendhimmel ragten. In der Stadt gingen die ersten Lichter an, schwach schimmerten sie am Rand des Meeres. Luca atmete auf, als er Miro auf sich zukommen sah. Er trug einen maßgeschneiderten Anzug, rahmengenähte Schuhe und am Handgelenk die alte Rolex mit dem schwarzen Zifferblatt, die er von seinem Vater geerbt hatte. Wie immer kam er direkt aus der Kanzlei, und sein schmales Gesicht sah müde aus. Dass Sommer war, sah man ihm nicht an, Miro verbrachte seine Wochenenden nicht am Strand, und Urlaub machte er sowieso nicht, soweit Luca wusste. Sein Gesicht sah von den Bartstoppeln grau aus, jetzt rieb er sich die Augen.

»Blöde Geschichte, Luca«, sagte Miro. »Romolo Leoni hat einen Bruder in der Politik, der Druck macht. ›Keine sizilianischen Verhältnisse‹, muss der nach Palermo und Marsala durchgegeben haben. Die haben es richtig eilig. Wieso hast du dich jetzt erst gemeldet? Diego hätte das Verhör heute nicht ohne Anwalt machen sollen, ich werde das gleich morgen anfechten.«

»Ich hab's vollkommen unterschätzt, Miro. Es fing harmlos an, seine Freundin wollte ihm eins auswischen, Eifersucht. Außerdem war und bin ich fest davon überzeugt, dass Giacomos Tod was mit dem Raub der Statue zu tun hat. Von der ist aber plötzlich keine Rede mehr. Als wollten die das unter den Teppich kehren.«

»Und das gelingt ihnen, wenn sie Diego des Mordes überführen.«

Luca schaute in den Aschenbecher, während er sich eine weitere Zigarette anzündete. Fünf Kippen lagen da, und Miro rauchte nicht.

»*Cazzo, cazzo, cazzo,* ich Idiot. Hat Diego eine Chance? Kriegst du das hin?«

Da war die Panik wieder, und sosehr Miro sich auch bemühte, wollte es ihm nicht gelingen, Luca zu beruhigen.

Als sie eine Stunde später die Bar verließen, war das Wasser eine weite, schwarze Fläche, und die Lichter der Stadt funkelten orange und gelb. Die Straße am Meer entlang in Richtung Osten lag wie eine Perlenkette um die Bucht von Palermo. Schwarz zeichneten sich die Berge gegen den Nachthimmel ab. Über allem stand jetzt der Mond, dessen kaltes Licht auf dem Wasser glänzte.

13

Favignana, 10. Juni 1937

Die Principessa schloss das hohe Fenster, zog die schweren Brokatvorhänge vor, um sich vor der Vormittagssonne zu schützen, und klingelte nach dem Mädchen. Sie hatte sich selbst angezogen und frisiert. Die Zeiten hatten sich geändert, und schon seit Jahren versuchte sie, Personal zu entlassen. Sie erinnerte sich an das Heer von Dienstboten, Köchen, Stallburschen, Kutschern, Gärtnern, Zofen und Küchenhilfen aus ihrer Kindheit. An Monsù, den Küchenchef – in jedem sizilianischen Palazzo gab es einen »Monsù«, die Abkürzung von »Monsieur«, denn wer als Küchenchef etwas auf sich hielt, hatte in Paris gelernt –, an die verschiedenen »Miss« aus Irland, die die *nursery* beaufsichtigten. Damals war alles aufwendiger gewesen. Sie hatten Kutschen für alle Anlässe besessen und neben den Pferden eine riesige Voliere voller Papageien im Vestibül sowie das unvermeidliche Affengehege, wie es damals Mode war. Zwei stinkende Paviane, die in einer Ecke des weitläufigen Gartens lebten. Tiere und Menschen – das riesige Haus in Palermo war immer voll gewesen. Jetzt waren die Tiere verschwunden, die Kutschen sowieso, und von dem ganzen Heer der Angestellten war nur noch ein Bruchteil übrig. Ihr Mann lachte trotzdem über sie und hielt ihr vor, dass man in England längst alles selbst machte. Aber die Verwandten ihres Mannes in London hatten auch diese kleinen modernen Stadthäuser, in denen so etwas möglich war. Kaufleute, auch sie ein Produkt der neuen Zeit, die diejenigen belohnte, die Ideen hatten und fleißig waren.

Das Mädchen kam und brachte ihr eine Brioche mit Granita di Caffè und Sahne, alles aus Palermo mitgebracht oder in der Küche der Villa in Marsala zubereitet, denn hier auf Favignana gab es außer Thunfisch in allen Formen, stinkendem Käse und Orangen und Zitronen rein gar nichts.

Die Principessa schüttelte sich bei dem Gedanken an den Fischgestank. Ihr Mann bestand darauf, dass die ganze Familie im Mai nach Marsala zog und dann im Juni, wenn die Mattanza begann, nach Favignana. Dann hing über der Insel der Geruch des Todes, faulig und fischig. Niemals hätte sie Thunfisch angerührt, weder frischen noch den, der in der Fabrik der Philipsons verarbeitet wurde. Noch Monate nach ihrer Abreise hatte sie den Geruch in der Nase. Ihr Mann lachte auch darüber und sagte, das sei Einbildung.

Sie wäre am liebsten das ganze Jahr über in Palermo in der Villa Albamonte geblieben. Dort war ihr Zuhause, dort gehörte sie hin. Eigentlich hatte sie William Philipson geheiratet, um die Villa zu retten. Seit Jahrzehnten schwelte darum ein komplizierter Erbstreit: Achtunddreißig Personen der Familie Albamonte, Fürsten von Falconara und Barone der Salinen von Trapani – Cousinen und Cousins ersten, zweiten und dritten Grades – hatten Anspruch auf einen Teil der Villa, der mit jedem neugeborenen Kind kleiner und immer kleiner wurde. Aber Geld hatte keiner mehr. Die Principessa erinnerte sich an die rauschenden Feste, die gefeiert wurden, als sie klein war. Fleiß war damals kein Kriterium, und Geschäftsideen galten als banal. Man überbot sich gegenseitig mit dem Menü bei den Bällen, zehn, zwölf, vierzehn Gänge, man ließ einen Gelatiere aus Ragusa kommen oder einen Konditor aus Catania. Die Garderobe kam aus Paris, und zu jeder Saison wurden neue Kutschen angeschafft. Man lebte so elegant und großzügig wie möglich, man schwelgte im Luxus, man zeigte den anderen, was Savoir-vivre war, egal, was es kostete. Ob das Land genug abwarf, um diesen Lebensstil zu finanzieren, war egal – es wäre ebenfalls banal gewesen, genau nachzurechnen. Nachrechnen taten die Landaufseher, und immer öfter wirtschafteten sie in die eigene Tasche, da ihre dekadenten Herren sich sowieso nicht für das Land interessierten. Dann war das Geld alle, und niemand konnte die anderen auszahlen. Der Rest, der geblieben war, fiel den Anwälten zu, die sich in langwierigen Auseinandersetzungen um die Villa stritten. Derweil verfiel die Villa Albamonte mit ihrem riesigen Garten und den beiden steinernen Löwen vor dem Haupteingang, das Dach wurde undicht, im Winter waren die großen Räume kaum mehr beheizbar, und so zog man schließlich aus, in eine der kleineren Villen in Bagheria vor den Toren Palermos. Das war auch der Moment, in dem die Affen abgeschafft wurden und die Voliere verschwand. Vittoria hatte gemerkt, wie die Eltern besorgt schauten, wie sie verstummten, wenn sie den Raum betrat. Abends hörte sie sie lange im gemeinsamen Schlafzimmer konferieren. Irgendwann war der Engländer zu Besuch gekommen. Die Mutter hatte ihn in einem der kleineren Salons willkommen geheißen, aber natürlich hatte er nicht verstanden, dass dahinter schon die erste Herabwürdigung steckte, denn einen Bürgerlichen empfing man eben nicht in den großen Repräsentationsräumen. William verstand vieles nicht. Darum war für ihn das Leben hier auf Sizilien so leicht, er konnte nicht beleidigt sein, obwohl er dauernd Grund dafür gehabt hätte. Er war hier geboren, blieb aber ein Fremder, so wie auch sein Vater, der aus London hergekommen war, um sein Glück zu versuchen.

Vittoria erinnerte sich, wie ihr Vater sie in die Bibliothek gebeten hatte. Sie war damals achtzehn Jahre alt und mit Abstand die schönste junge Frau des palermitanischen Adels. Die Eltern wussten, dass sie dieses Pfund schnell nutzen mussten, solange ihr langes, schwarzes Haar glänzte, ihre Taille schmal war und die haselnussbraunen Augen unter den langen, schwarzen Wimpern den scheuen, schüchternen Blick eines jungen Mädchens hatten. Ihr Vater erklärte ihr nur kurz die Lage. Mit Philipson waren sie übereingekommen, dass er die Schulden beglich, die Verwandten auszahlte und die Villa Albamonte wieder instand setzte. Die Eltern würden dort bis zu ihrem Lebensende in einem Seitenflügel wohnen.

Vittoria hatte sich eine Woche zuvor auf dem traditionellen Sommerball der Alliata verliebt, in einen jungen Baron aus Syrakus, der eine Leidenschaft für Rennpferde hatte. Sie hatte sich eine Nacht Bedenkzeit erbeten und am nächsten Morgen ja gesagt. Und eigentlich hatte sie diesen Entschluss nie bereut. Philipson blieb ihr fremd, aber er behandelte sie mit Respekt wie ein exotisches Tier, dessen Launen man akzeptieren muss. Geldsorgen hatte sie keine mehr. Ihre Garderobe, ihr Schmuck und seit Jahren die Automobile waren die schönsten und teuersten Palermos. Sie reisten viel, und Philipson war ein liebevoller Vater.

Sie mischte die weiße Sahne unter die dunkelbraune Granita und aß den ersten Löffel. Ihren Schwiegervater hatte sie lieb gewonnen, ein freundlicher Herr, der sich für Vögel und für Mozia interessierte, so sehr, dass er die Insel schließlich sogar kaufte – die Philipsons kauften alles, wofür sie sich interessierten, und machten ein »Business« daraus. Er hatte viele Ruinen ausgegraben, und sie war gern mit ihm dorthin gefahren und hatte sich alles zeigen lassen. Die Geschichten von den Phöniziern faszinierten sie, und ihr Schwiegervater hatte gut erzählen können. Zum Ende seines Lebens war er allerdings wunderlich geworden und die Geschichten düster – von Tanit und Baal hatte er berichtet, den Göttern der Phönizier, von den Kriegen, die sie geführt hatten, und davon, wie Dionysios von Syrakus ein wahres Blutbad auf Mozia angerichtet hatte. Dann hatten die Karthager die Insel zurückerobert, und wieder war viel Blut geflossen …

Inzwischen war ihr Schwiegervater seit langem tot, und nur ihr jüngerer Sohn George interessierte sich für die kleine Insel. George hatte wenig von seinem Vater geerbt und interessierte sich auch nur mit jener gedankenlosen Leichtigkeit und Nonchalance für das Vermächtnis des Großvaters, die niemals in echte Leidenschaft umschlagen würden. *Che fortuna* – das war auch besser so, dachte sie.

Die Principessa war aufgestanden und schaute durch einen Spalt in den Vorhängen aus dem Fenster. Morgen wollte William mit den Männern hinaus aufs Meer fahren, und Edward, ihr Ältester, wollte ihn begleiten. Auch er war begeistert von dem Thunfischschlachten, wie sie es bei sich nannte, ihr ältester Sohn mit den Sommersprossen und den rötlichen Haaren, der immer ernst war und sich seit Jahren ganz dem Geschäft widmete. Untypisch für einen Albamonte, aber das war er ja auch nicht – er war ein echter Philipson. Sie dachte kurz an den Baron aus Syrakus, in den sie sich damals verliebt hatte. Er hatte immer mehr Rennpferde gekauft, hatte angefangen zu wetten, den Rest des Familienvermögens verspielt und war eines Nachts auf dem Heimweg von der Oper erstochen worden, mit nicht einmal vierzig Jahren. Er war nun bald zwanzig Jahre tot …

Am späten Nachmittag, als die Hitze nachließ, begleitete die Principessa wie bei jedem Besuch auf der Insel ihren Mann, um die Arbeiter in der Thunfischfabrik zu begrüßen. Die Möwen schrien ohrenbetäubend über dem Hafen, und der Gestank in den hohen Fabrikhallen drehte ihr den Magen um. Danach musste sie auch dem Rais in der Camparia einen Besuch abstatten, das gehörte sich so. Ihr Mann schwitzte, sie sah, wie ihm der Schweiß über die Stirn lief, aber er selbst schien es nicht zu bemerken. Er erzählte ihr von der diesjährigen Mattanza, von den Rekordzahlen, und schwärmte wieder einmal von dem neuen Rais. Sie versuchte, sich auf seine Worte zu konzentrieren, sah aber nur die Schweißperlen auf seiner geröteten Stirn und überlegte, ob sie für ihn einen Strohhut hatte einpacken lassen. Ihr Mann hasste Kopfbedeckungen aller Art, aber bei diesen Temperaturen und seiner bleichen Haut war es fahrlässig, ohne zu gehen.

»Antonio ist ein Glücksfall, Vittoria. Ich weiß, du kannst ihn nicht leiden, aber er ist einfach genial – so viele Thunfische haben wir nie gehabt unter Calogero! Wieso will er bloß nicht zu uns zum Abendessen kommen? Wie oft habe ich ihn eingeladen, ich verstehe das einfach nicht. Wir sind doch gute Freunde geworden, und das, obwohl er so verschlossen ist.«

Vittoria sagte nichts. Ihr Mann blieb ein Fremder. Niemals würde ein Rais ihr Haus betreten, er stand außerhalb jeder sozialen Ordnung, und in dem Augenblick, in dem er über ihre Schwelle trat, war er – ja, was eigentlich? Ein Arbeiter? Ein Fischer? Der Rais war der Herr von Favignana, das wusste sie. William mit seiner Fabrik stand erst an zweiter Stelle. Und dieser Rais war sonderbar. Sie teilte Williams Begeisterung überhaupt nicht. Nachdem Calogero sich zurückgezogen hatte, hatte sie Erkundigungen eingeholt, aber Antonio Rizzo schien aus dem Nichts zu kommen. Keiner kannte seine Familie – alle tot, hieß es –, keiner erinnerte sich an seine Eltern. Er selbst hatte keine Frau, nie ein Mädchen oder eine Liebschaft, soweit sie wusste oder gehört hatte. Und dann diese unheimlichen Augen, Augen, die zu brennen schienen, lodernde Blicke, die sie und ihren Mann trafen. Freunde hatte er keine – und bestimmt nicht William Philipson, den er akzeptierte, vielleicht schätzte, mehr aber nicht.

Langsam gingen sie zum Büro des Rais in der Camparia. Am liebsten hätte sie sich ein Taschentuch vor die Nase gehalten, so störte sie der Geruch nach Algen, Fisch und Blut – jedenfalls bildete die Principessa sich ein, dass es nach Blut roch.

Antonio Rizzo erwartete sie schon an der Tür, er deutete eine Verbeugung an und bat sie hinein. Schmal sah er aus, und seine Züge waren mit den Jahren härter geworden. Die Haut war jetzt, im Juni, schon dunkelbraun, eine Farbe, wie sie die Principessa noch bei niemandem gesehen hatte – außer bei den indischen Prinzen, die sie in London im Claridge beim *Afternoon Tea* gesehen hatte. War dieser Rais ein Findelkind? Die Gedanken der Principessa schweiften wieder ab, sie dachte an den großen Hafen in Palermo und die seltsamen Fremden, die dort herumliefen, Menschen aus Ländern, deren Namen sie nicht einmal kannte.

Auf dem einfachen Holztisch standen drei Gläser und eine Flasche Marsala – natürlich Wein von den Weingütern der Philipsons.

»Es ist mir eine Ehre, Principessa«, sagte Antonio. Vittoria dachte, dass es ihm eben keine war, so, wie er es sagte und sie dabei anschaute. Sie versuchte, seinem Blick standzuhalten, und ärgerte sich, als sie wegschaute. Diese Augen waren gelb und irgendwie leer.

William Philipson begann, über die Mattanza zu reden, und die Principessa gähnte verstohlen.

»Was meint Ihr, wie viele es morgen werden? Vergangene Woche waren es siebenhundertachtundsechzig, nicht wahr?«

»Mehr, denke ich. Es ist ein großer Schwarm, der da kommt, ich glaube, wir werden über tausend in die Kammer des Todes treiben können.«

An der weißen Wand hinter dem Tisch hingen Fotos von der Mattanza und Bilder von Antonios Vorgängern. In der Ecke lagen ein Stück Reuse und ein uralter Anker, einer von denen, wie sie schon lange nicht mehr benutzt wurden.

»Darum geht es – wie viele in die Reuse getrieben werden, und da seid Ihr einfach geschickter als Calogero. Es ist eine Frage der Intelligenz«, wandte sich William jetzt triumphierend an die Principessa, »es ist kein Schlachten, wie du sagst, sondern ein Kräftemessen.«

»Vergesst nicht, dass der Thunfisch immer stärker ist«, sagte Antonio langsam. Er hatte an seinem Wein nur genippt, während William sich nachschenkte.

»Edward und ich können es kaum erwarten, Rais Antonio.«

»Signore, wir hatten selten so viele Fische in der Kammer des Todes. Das wird ein harter Kampf, und die Thunfische werden das Meer toben lassen. Ich halte es für besser, wenn Ihr nicht mit auf meinem Boot fahrt, sondern außerhalb der Kammer des Todes bleibt. Ihr werdet immer noch genug sehen …«

Vittoria wurde nervös. Noch nie hatte sie von so vielen Thunfischen auf einmal gehört. Am besten blieb William zu Hause, fuhr nicht mit hinaus aufs Meer. Dann sah sie, wie ihr Mann das Kinn vorreckte.

»Aber gerade diesmal will, muss ich dabei sein! Und nicht nur dabei sein – mitmachen, ich bin einer von euch! Das ist ein neuer Rekord, und es ist meine Mattanza!«

Vittoria sah, wie sich die Augen des Rais entzündeten und zu lodern begannen. Ruhig sagte Antonio: »Wie Ihr wollt. Natürlich nehme ich Euch mit. Nur vorsichtig müsst Ihr sein.«

Vittoria war immer noch unruhig, als sie nach Hause kamen, und sie rief Edward zu sich, um ihm einzuschärfen, vorsichtig zu sein. Die Principessa wusste, dass ihr Mann nicht auf sie hörte, dass er waghalsig und stur war.

»Maman, es ist nicht unsere erste Mattanza«, sagte Edward auf ihre Bitte, und sie sah, dass er mit den Gedanken woanders war, bei irgendeiner Buchung, einer Lieferung oder einer Bestellung. Seine hellen blauen Augen schauten sie nachsichtig an.

»Ich muss zurück ins Bureau«, sagte er eilig, »bitte entschuldige mich, Maman. Wir müssen eine große Lieferung verbuchen, die Japaner haben bestellt.«

Als die Tür hinter ihm ins Schloss fiel, stand Vittoria vom Sofa auf, ging zum Grammofon und legte eine Platte auf. Sie liebte die von Caruso gesungenen Opernarien und erinnerte sich noch immer, wie sie ihn als kleines Mädchen 1897 im Teatro Massimo in Palermo gehört hatte. Es war ihr erster Opernbesuch gewesen, ihr Großvater hatte sie mitgenommen. Die Macht dieser samtweichen warmen Stimme hatte sie verzaubert. Viel später hatte sie verstanden, dass dies auch für Enrico Caruso eine Premiere gewesen war, dass seine Karriere in Palermo begonnen hatte.

Müde legte sie sich auf die mit dunkelrotem Samt bezogene Chaiselongue. Die Hitze und diese Geschäftigkeit, das ständige Planen und Rechnen langweilten und erschöpften sie gleichermaßen. Als George eine halbe Stunde später in den Salon kam, war sie eingeschlafen und schreckte erst hoch, als er sich zu ihr auf die Chaiselongue setzte und ihr einen Kuss auf die Stirn gab.

»*Mon cher*, wie schön, dass du da bist«, murmelte die Principessa benommen.

»Heute früh bin ich schon gegen sieben ausgeritten«, erzählte ihr George fröhlich, »aber es war ja viel zu heiß. Dann habe ich in Großvaters Aufzeichnungen gelesen – die über Mozia. Maman, das ist unglaublich …«

»Du fängst jetzt aber nicht so an wie dein Großvater, oder? All diese grausamen Gottheiten, die dauernd Opfer fordern und Blut schmecken wollen.«

Sie fuhr ihrem Sohn durch die dunklen Locken. George sah ihr ähnlich, und von der ersten Minute an hatte sie gewusst, dass er ein typischer Albamonte war – den schönen Seiten des

Lebens zugetan. Stundenlang hatte er bei der Amme an der Brust gelegen, nie geschrien, während Edward hektisch trank, immer zappelte und viel weinte. Er schien immer etwas zu wollen – mehr, weiter, etwas anderes.

Als George dann zwei Jahre alt war und sie in seinen dunklen Augen den Gleichmut der Albamonte entdeckte, fand sie, sie habe ihrer Pflicht Genüge getan und ließ William gar nicht mehr in ihr Schlafzimmer. Ihr Mann hatte auch das akzeptiert. Sie wusste, dass er ab und zu ins Bordell ging oder eine Nacht mit einer der Arbeiterinnen verbrachte. Das Bordell war ihr lieber – die Huren waren klug und wurden nicht schwanger. Die jungen Mädchen bei der Wein- oder Mandellese hingegen waren dumm und unerfahren, und sie hasste es, wenn geredet wurde.

Jetzt lachte George. »Ach ja, du kannst dich für die Phönizier und Mozia genauso wenig begeistern wie für Favignana und die Mattanza. Die ganze Gegend ist dir zuwider. Darf ich dich daran erinnern, dass du eine Baronin der Salinen von Trapani bist? Wie schön die weißen Salzberge in der Sonne glitzern, wenn man durch die Lagune fährt.«

Die Principessa schnaufte. »Ich glaube, mit den Salinen hat sich einer unserer Urahnen zum letzten Mal im Jahr 1564 befasst. Salz, Fisch, Ruinen, was für eine Tristesse …«

»*Mais non, Maman*. Ich finde es hier wie immer amüsant. Stell dir vor, was ich entdeckt habe, hier auf Favignana: Es gibt ein Gefängnis nur für Mörder, die einen Familienangehörigen umgebracht haben – Mutter, Vater, Geschwister, Kinder. Sie bringen Gefangene aus ganz Sizilien hierher, weil in den anderen Gefängnissen keiner was mit ihnen zu tun haben will.«

Die Principessa schauderte. Trotz der Hitze fröstelte es sie. »George, das ist ja furchtbar!«

Die Augen ihres Sohnes blitzten schelmisch. Sosehr ihn das

Thema jetzt interessierte – in ein paar Tagen würde er es vergessen haben. »Weißt du, das ist das phönizische Erbe, das habe ich heute früh in Großvaters Aufzeichnungen nachgelesen – die Phönizier haben ihre erstgeborenen Söhne doch Baal geopfert. Also haben sie Kindesmord begangen. Und knapp zweitausend Jahre später ist ganz in der Nähe so ein Gefängnis. Ausgerechnet hier! Das kann kein Zufall sein.« Er stand auf. »Das ist der Genius Loci, *chère Maman*. Der Geist, der über dem Land schwebt, der es erfüllt und prägt. Ich sollte einen Essay darüber schreiben. Vielleicht meine Studien etwas vertiefen, einen Vergleich ziehen …«

Die Principessa sah, wie seine Begeisterung kurz aufflammte. Dann ließ George sich in einen der tiefen Ledersessel fallen.

»Ach was, viel zu heiß. Was scheren mich die Kindsmörder. Komm, wir trinken eine Limonata, das ist jetzt genau das Richtige. Lass uns einen Plan schmieden, wie wir Papà überreden können, schon früher zurück nach Palermo zu reisen. Ich würde zu gern die kleine Tagliavia wiedersehen. Ihre Sommersprossen sind allerliebst, vielleicht bin ich sogar ein winziges bisschen verliebt …«

Den ganzen Nachmittag über ging der Principessa das seltsame Gefängnis nicht mehr aus dem Kopf. Und Georges Worte, die er selbst sicher längst vergessen hatte: der Geist, der über dem Land schwebt. Als William und Edward zum Hafen aufbrachen, hätte sie sie am liebsten gebeten dazubleiben. Sie schalt sich, nun wurde sie auf ihre alten Tage auch noch abergläubisch. Es musste an der Hitze liegen, die Hitze und dieser Gestank schlugen ihr aufs Gemüt. William küsste sie zum Abschied auf die Stirn, und seine Augen glänzten.

Keiner wusste hinterher zu sagen, wie genau es passiert war. William Philipson war in eine Art Rausch geraten. Das brodelnde schäumende Meer, das sich tiefrot färbte, das spritzende Blut, das die Gesichter der Männer zeichnete, die wild um sich schlagenden Schwanzflossen hatten ihn besoffen gemacht. Die Boote schwankten bedrohlich in der aufgewühlten See, und die Arringatori mussten immer wieder einen Thunfisch vom Gaff lassen, weil sie sonst das Gleichgewicht verloren hätten. William hatte irgendwann Santino den Stecken aus der Hand gerissen. Das war noch nie passiert, bislang waren die Philipsons, wenn sie mit aufs Meer fuhren, Zuschauer gewesen. So war die Absprache, und immer hatten sie sich daran gehalten. Keiner wusste zu sagen, was in William Philipson gefahren war. Aber als einer der mächtigen Leiber auftauchte, hatte er ihm die Spitze tief in die Flanke getrieben. Und Edward hatte es seinem Vater nachgemacht, er hatte erst die Skepsis, dann die Furcht in den Augen der Männer gesehen, dem neben ihm stehenden Gaetano das Gaff abgenommen und es ebenfalls in den silbrig glänzenden Fischkörper gerammt. Bedrohlich neigte sich das Boot zur Seite, der riesige Fisch bäumte sich auf, Santino versuchte, William Philipson das Gaff aus der Hand zu reißen, aber der wehrte sich, sodass Santino nichts anderes übrig blieb, als auf die andere Seite des Bootes zu springen, um das Gleichgewicht zu halten. Und mancher fragte sich hinterher, wieso der Rais, der das Tempo und den Rhythmus vorgab, sich nicht eingemischt hatte. Hätte er Philipson stoppen können? Oder hätte er die gesamte Bootsbesatzung damit in Gefahr gebracht? Hätten der Fremde und sein Sohn auf den Rais gehört? Keiner erinnerte sich danach daran, was der Rais gesagt, was er getan hatte. Als William und Edward Philipson über Bord gingen, versuchten die Männer, sie aus dem Wasser zu ziehen, ihnen ein Gaff hinzuhalten. Aber die Kammer des Todes war voller Fische, unzählige Thunfische im Todeskampf, und die beiden Männer wurden sofort unter Wasser gedrückt und waren in der rot schäumenden See nicht mehr zu sehen. Dann handelte der Rais, blitzschnell gab er das Signal, die Reuse zu zerschneiden. Und ohne eine Miene zu verziehen, zerschnitt er selbst die Reuse, die er im Winter über Monate hatte flicken lassen. Es war die einzige Möglichkeit, Raum zu schaffen und die Tiere ins offene Meer zu entlassen. Aber da war es schon zu spät, und obwohl zwei der Männer wenige Minuten später nach ihnen tauchten, konnten Vater und Sohn nur noch tot geborgen werden, zerquetscht von den großen Fischen.

Die Principessa reiste so schnell wie möglich ab und ließ die beiden Leichname nach Palermo überführen. Bis an ihr Lebensende blieb sie in Palermo und verließ die Villa Albamonte nur, wenn es unumgänglich war. Ein Neffe ihres Mannes kam aus London, um die Geschäfte zu führen, für die George sich nur sporadisch interessierte. Wenn er nach Favignana oder Marsala fahren musste, wurde Vittoria unruhig und schlief nicht. Sie verbat sich in der Villa Albamonte jede Form von Thunfisch und wollte nichts hören von den Geschäften der Familie in jenem Teil der Insel, wo die bösen Geister umgingen. Und bis an ihr Lebensende verfolgte sie der Blick des Rais Antonio am Grab ihres Mannes und ihres Sohnes. Die gelben Flammen hatten gelodert, als er ihr sein Beileid aussprach.

»Ich konnte sie nicht schützen, sie hielten sich für stärker als den Gegner«, hatte er gesagt. Und wieder hatte sie vergeblich versucht, seinem Blick standzuhalten.

14

Giulia?«

»Diego – was machst du denn hier?«

»Ich muss mit dir reden!«

Giulia sprang auf – sie war anscheinend vollkommen in ihre Grabungen vertieft gewesen, hatte wohl seit Stunden akribisch die trockene, bräunliche Erde durchsiebt. Diego hatte sich immer darüber gewundert, dass sie, die sonst so ungeduldig war, pedantisch Zentimeter für Zentimeter Dreck durchsuchen konnte – nach Scherben und Splittern, denn mehr war es ja nicht, was sie zutage beförderte. Die Sonne stand hoch und brannte ihr direkt auf den Kopf, um den sie ein Tuch gebunden hatte. Zwei ihrer Kommilitonen gruben zehn Meter entfernt, die anderen waren weiter weg.

»Diego, ich will nicht mit dir reden!« Sie wischte sich mit dem Handrücken den Schweiß von der Stirn. Ihre Finger waren voller Erde, die nackten Beine in den Jeansshorts von Mücken und der Macchia zerstochen, und das T-Shirt klebte ihr am Körper.

Diego machte einen Schritt auf sie zu, und sie wich zurück. Jetzt packte er sie an der Schulter.

»Giulia, hör zu, die haben einen Haftbefehl gegen mich beantragt. Verstehst du? Es kann sein, dass ich in den Knast wandere …« Verzweiflung lag in seiner Stimme. Giulias Miene war undurchdringlich, er sah nur Unwillen und Ärger in ihren Augen.

»Diego, ich kann dir nicht helfen.«

»Hör zu, sag, du hast dich geirrt, wir waren die ganze Zeit

zusammen, und du hast mir nur eins auswischen wollen!« Er schaute sie flehend an. »Es ist scheißegal, was gewesen ist, wir waren doch glücklich miteinander, Giulia. Giulia?«

Sie machte sich los und trat einen Schritt zurück. »Du bist verrückt, das tue ich nicht. Ich weiß nicht, wo du gewesen bist, das ist die Wahrheit, und die sage ich.«

»Aber du glaubst doch nicht im Ernst, dass ich Giacomo umgebracht habe. Glaubst du das? Sag mir, ob du das glaubst, los, sag es mir!«

Jetzt hatte er sie wieder an der Schulter gepackt und schüttelte sie. Als sie versuchte, sich loszumachen, wurde er wütend und hielt sie fest. Giulia begann zu schreien, erst leise, dann immer lauter, sie zappelte und wehrte sich, aber er war stärker, er hielt sie fest, denn er musste mit ihr reden, sie musste sich beruhigen und ihm zuhören, nur fünf Minuten ... Dann waren plötzlich ihre Kommilitonen bei ihr, und aus dem Nichts tauchte der Ausgrabungsleiter aus, ein grauhaariger älterer Mann mit sorgenvoll zerfurchtem Gesicht und einem beigefarbenen Poloshirt, das vollkommen verschwitzt war. Sie umringten Diego, der versuchte zu erklären.

»Ich wollte nur mit ihr reden, mehr nicht.« Er trat zurück und hob die Hände, er versuchte zu lächeln, aber keiner lächelte zurück.

»Er hat mich bedroht«, schrie Giulia hysterisch, sie weinte jetzt, und der Ausgrabungsleiter packte ihn am Arm. Als Diego versuchte, sich loszumachen, wurde der Griff eisern, und dann kam schon der durch das Geschrei aufgeschreckte Marcello, der Museumswärter, den der Ausgrabungsleiter anwies, die Polizei zu rufen. Diego zitterte vor Wut und Angst, er versuchte immer noch zu erklären und gab irgendwann auf, als er merkte, dass ihm keiner zuhörte und er die Sache nur noch schlimmer machte. Giulia schluchzte weiter, sie rieb sich den

Arm und die Schulter, eine Kommilitonin führte sie schließlich weg und schaute ihn im Vorbeigehen böse an. Diego war beinahe erleichtert, als eine Stunde später der kleine, dicke Commissario auftauchte und ihn mitnahm.

»Hitzewelle auf Sizilien. Scirocco lässt nicht nach – zwei Rentner in Trapani der Hitze erlegen. Es wird empfohlen, zwischen elf und siebzehn Uhr im Haus zu bleiben.«

Luca wischte sich den Schweiß von der Stirn, als er in der Zeitung auf dem Nachbartisch die Schlagzeile las. Die warme Luft lag wie ein heißes, nasses Handtuch um seinen Körper. Den ganzen Vormittag hatten sie in der Agentur Nachrichten über den Ticker geschickt, die mit der Hitzewelle zu tun hatten – Rekordtemperaturen, dehydrierte Menschen, die ins Krankenhaus eingeliefert werden mussten, Waldbrände, die überall um Palermo aufflackerten. In Castellammare war eine Frau angeblich von einer durch die Hitze verrückt gewordenen Bulldogge angefallen worden. Und aus Sciacca kam die Meldung, dass riesige Möwen sich auf ein Kind gestürzt hätten – auch das wurde der Hitze zugeschrieben. Luca schüttelte den Kopf. Er saß beim Mittagessen bei Lo Bianco und hatte keinen Appetit. Er schob die Spaghetti auf seinem Teller – *alle vongole*, mit Venusmuscheln, Petersilie und einem Hauch Knoblauch – von einer Seite auf die andere und ignorierte die besorgten bis ärgerlichen Blicke des Wirts Amilcare.

Gestern war in Marsala Silvios Beerdigung gewesen, und es war ihm schwergefallen, Abschied zu nehmen. Er wurde das Gefühl nicht los, dass ihn eine Schuld traf – er hatte Silvio in den Fall verwickelt, er hatte das, was da geschah, vollkommen unterschätzt. Deborah war auf dem Friedhof in Tränen ausgebrochen, sie hatte am ganzen Körper gezittert und sich kaum beruhigen können.

Er merkte gar nicht, wie er die Spaghetti weiter von einer Seite auf die andere schob, bis Amilcare vorwurfsvoll den Teller abräumte. War er wirklich an Silvios Tod schuld? Und saß Diego in einer Falle? Es war wie ein Puzzle, dessen Teile einfach nicht zusammenpassten. Giacomos Tod, der Raub der Statue, der seltsame Professor in Erice, der mehr wusste, als er zugab, Silvios sogenannter Unfall, der Einbruch in Silvios Haus, die verschwundenen Fotos, der Versuch, den Mord Diego anzuhängen, Romolo Leoni, der erst mit ihm hatte reden wollen und dann nicht mehr ... Er war sich sicher, dass das alles irgendwie miteinander zusammenhing. Aber wie?

Vor zwei Tagen war er bei Silvios Automechaniker in Marsala gewesen, er hatte sich daran erinnert, dass Silvio ihm von dem Mann vorgeschwärmt hatte. Wie Luca für seine BMW hatte auch Silvio für seinen Porsche einen Spezialisten gehabt, dem er blind vertraute und zu dem er öfter fuhr, als nötig gewesen wäre. Denn nichts war schöner als Fachsimpeln über Motoren, vor allem, wenn sie alt waren und manchmal Rätsel aufgaben. Silvios Automechaniker hatte ihm bestätigt, was er schon ahnte – Silvio hatte das Auto regelmäßig warten lassen, er selbst hatte vor zwei Monaten die Bremsen kontrolliert und konnte sich nicht vorstellen, dass sie so kurz darauf versagt hatten. Luca hatte dann Deborah angerufen und sie gebeten, zur Polizei zu gehen. Sie hatte ihm versprochen, darüber nachzudenken, aber überzeugt klang sie nicht. »Das bringt Silvio nicht zurück«, hatte sie gesagt. Und dass sie nicht ohne Grund in Mailand lebte und nicht mehr hier – den Glauben an die sizilianische Justiz hatte sie vor langer Zeit verloren.

»Aber vielleicht hilft es Diego«, hatte Luca insistiert. »Nur wenn wir alle Zusammenhänge verstehen, kann er seine Unschuld beweisen.«

»Wenn ich Diego damit helfe, mache ich das natürlich«, hatte

Deborah gesagt. »Aber ich glaube nicht daran. Ich glaube nicht, dass ernsthaft versucht wird, den Fall aufzuklären. Das ist ein Machtspiel, und einer wird es gewinnen. Miro Inzerillo wird Diego raushauen, Luca, keine Sorge. Aus Mangel an Beweisen. Er ist der Beste. Und dann vergiss es einfach. Hör auf mich, du verschwendest nicht nur deine Zeit, du riskierst dasselbe Schicksal wie mein Bruder!«

Luca hatte nicht lockergelassen. »Deborah, hast du irgendetwas bei seinen Sachen gefunden, irgendeinen Hinweis? Ein Handy?«

»Das Handy hatte er bei sich, das ist verbrannt. Aber seinen Laptop habe ich mitgenommen. Ich kann es untersuchen lassen, einer meiner Kollegen kann mir helfen.«

»Rufst du mich an, wenn du vor dem Computer sitzt? Mich interessieren die letzten Mails und die letzten Dokumente, die er geschrieben hat.«

»Ist gut, Luca. Ich melde mich.«

Luca trank den letzten Schluck Wein, er hatte ein Viertel von Amilcares Hauswein bestellt, der ihm mittags eigentlich zu schwer war, und gab Amilcare ein Zeichen, dass er bezahlen wollte, als sein Handy klingelte.

»Miro?«

»Luca, hör zu, Diego ist festgenommen worden. Er hat Giulia bedrängt, ihre Aussage zurückzuziehen. Passenderweise auf Mozia, da konnte der Commissario aus Marsala ihn gleich mitnehmen.«

Eins, zwei, drei, vier, eins, zwei, drei, vier. Luca zählte die Schritte von einer grauen Wand zur anderen. Das kleine Fenster hoch oben an der Kopfseite der Zelle war ein strahlend blaues Quadrat, aber es war ein kleines Quadrat, und in dem Raum herrschte ein schwüles Halbdunkel. Seine Zigaretten hatten sie ihm weggenommen, und Luca meinte, sich noch nie so stark nach einem Zug gesehnt zu haben, nach dem Rauch, der sich in der Lunge ausbreitete. Eins, zwei, drei, vier, eins, zwei, drei vier.

Miro hatte ihm eingeschärft, keinen Unsinn zu machen und ihm alles Weitere zu überlassen. Man konnte sagen, dass Miro recht gehabt hatte, wie üblich. Und Luca hatte es gewusst, er hatte es gewusst, als er auflegte, Amilcare zwanzig Euro auf den Tisch warf, aus der Trattoria rannte, auf sein Motorrad sprang und Gas gab. Er hatte es auch gewusst, als er in das Büro des Commissario stürmte und eine blasse Sekretärin, die aussah, als würde sie seit fünfzig Jahren auf dem Kommissariat arbeiten, ihm sagte, der Commissario sei bei Tisch. Er hatte sie am Arm gepackt – ihre beigefarbene Bluse war genauso farblos wie ihre Haut und ihre Haare –, sie geschüttelt und gefragt, wo »bei Tisch« war. Sie begann zu stottern – ihre Zähne waren gelblich und schief, ein wenig Lippenstift klebte daran –, dann nannte sie eine Pizzeria ganz in der Nähe. Er hatte es gewusst, als er aus dem Zimmer rannte und sie hinter ihm herrief, als er aus dem Kommissariat im blendenden Sonnenlicht über die Piazza zur Pizzeria Gallo d'Oro lief, die Tür aufriss und an den Tisch des Commissario stürzte. Der war der einzige Gast gewesen, es war nach drei, der Sondereinsatz auf Mozia hatte fast seine gesamte Mittagspause über gedauert, und nachdem er »den Mörder auf frischer Tat ertappt« hatte, wie er gerade dem Koch berichtete, musste er sich stärken. Egal, ob die Mittagspause vorbei war oder nicht. Luca sah die rot-weiß karierte Tischdecke, die riesige Pizza des Commissario – Capricciosa mit gekochtem Schinken, Artischocken, Pilzen und schwarzen Oliven –, das Viertel Rotwein, er sah die Spur von Tomatensauce im Schnurrbart des Commissario, seine gelblichen Finger, mit denen er wild in der Luft herumfuchtelte, die Flecken auf der Uniform, die Schweißtropfen, die ihm über das Gesicht rannen, und er wusste noch besser als vorher, dass er gerade einen Riesenfehler machte. Er sah sich dabei zu, wie er ihn machte, es war, als stünde er neben sich, neben seinem wütenden kopflosen Selbst, das sich auf den Commissario stürzte und ihn anschuldigte, mit wem auch immer gemeinsame Sache zu machen und seinen Sohn als Bauernopfer zu verheizen.

Der Commissario hatte sich noch einen großen Bissen Pizza in den Mund geschoben und kaute nun eilig mit hochrotem Kopf darauf herum. Der Bissen war erst halb hinuntergeschluckt, als er den Mund öffnete. »Basta! Basta! Sie können hier nicht einfach reinstürmen und mich anschreien. Ich verbitte mir das, das ist Beleidigung einer Amtsperson …«, setzte der Commissario an, und Luca ging noch einen Schritt auf den Tisch zu, zog den Teller mit der riesigen Pizza beiseite, schob das Rotweinglas weg und wurde noch lauter. »*Cazzo*, lasst meinen Sohn in Ruhe, wenn du schon deinen Job nicht machst, dann versau ihm nicht noch sein Leben!«

Der Commissario hatte sich umständlich erhoben, er war zwischen dem Tisch und dem kleinen strohbezogenen Holzstuhl eingeklemmt. Jetzt fiel der Stuhl polternd um. »Ihr Sohn hat die Hauptzeugin bedroht und angegriffen«, sagte er gewichtig.

Da war Luca durchgedreht. »Die Hauptzeugin ist eine kleine intrigante Kuh, die meinem Sohn eins auswischen will!« Er packte den Commissario bei der Uniform. Der wollte zurückweichen, stolperte über den viel zu kleinen Stuhl und fiel hin. Und da Luca ihn fest an der Uniform gepackt hatte und gar nicht daran dachte loszulassen, fiel er mit hin. Nun begann der Commissario zu brüllen wie ein Schwein, das abgestochen wird. Luca sah aus dem Augenwinkel die Tür aufgehen und drei Polizisten in die Pizzeria stürmen. Im Nu waren sie bei ihm gewesen, hatten ihm Handschellen angelegt und ihn abgeführt.

Eins, zwei, drei, vier, eins, zwei, drei, vier. Er hatte dann den berühmten Anruf machen dürfen, und Miro war nicht einmal erstaunt gewesen, er hatte nur geseufzt. »Gib mir zwei Stunden«, hatte er gesagt, und Luca schaute auf seine Uhr. Zwei Minuten waren vergangen, seit er das letzte Mal draufgeschaut hatte, und es fühlte sich so an, als sei er schon seit Stunden in der engen Zelle eingesperrt. Er begann erneut zu zählen, als er Schritte hörte und das Klappern von Schlüsseln. Dann ging die Tür auf, und Miro winkte, ihm zu folgen.

15

Miro Inzerillo drehte sich nicht um, sondern ging so schnell vor ihm die langen, grauen Gänge entlang, dass Luca Mühe hatte, ihm zu folgen. Sie passierten immer neue Türen, dann musste Luca unterschreiben, dann noch eine Tür, und endlich traten sie aus dem Gebäude in das gleißende Licht des Nachmittags. Luca blinzelte, er brauchte einen Augenblick, um sich nach dem Halbdunkel der Zelle an das Tageslicht zu gewöhnen, und da kam Ada auf ihn zu und umarmte ihn. Jetzt erst merkte er, dass er zitterte und wie sich seine Anspannung in ihren Armen löste. Einen Moment lang vergaß er alles um sich herum, Diego, den Commissario, die Stunden in der Zelle, und war ganz bei ihr, konnte sie riechen – ein ganz leichter Duft nach Seife, Shampoo, frischer Wäsche und etwas undefinierbar Holzignussigem, ihr ganz eigener Geruch. Ada benutzte kein Parfüm, Luca wäre auch keines eingefallen, das zu ihr passen würde.

Dann löste er sich aus ihren Armen und drehte sich zu Miro um.

»Miro, wo ist Diego? Ich muss zu ihm, muss …«

»Luca Santangelo, *ti prego, basta.*« Miro packte ihn am Arm. »Es war nicht leicht, dich da rauszuholen und mit Diego überhaupt zu sprechen. Jetzt hörst du mir gut zu und tust genau das, was ich sage: Du kannst nicht mit Diego sprechen, bis er übermorgen dem Haftrichter vorgeführt wird. Außerdem hat Giulia Sciortino verfügt, dass weder du noch Diego sich ihr bis auf zweihundert Meter nähern dürfen. Also lass sie in Ruhe, verstanden? Du selbst musst abwarten, ob der Commissario Anklage gegen dich erhebt wegen Beleidigung einer Amtsperson. Dir bleibt also nichts anderes übrig als abzuwarten und dich rauszuhalten, *hai capito*? Ist das klar?«

Miro hatte streng gesprochen, und Luca musste schlucken. »Aber … aber ich kann doch nicht nichts tun, ich muss doch rausfinden …«

»Luca, was du rausfinden musst oder kannst, weiß ich nicht. Ich mache meinen Job, und der besteht darin, Diego da rauszuholen. Dazu brauche ich deine Recherchen nicht, ich brauche auch keine Informationen oder Erkenntnisse, wer der Mörder sein könnte. Der Haftrichter wird die Anklage fallen lassen, aus Mangel an Beweisen. Dafür sorge ich. Und ich würde dich sehr bitten, es mir mit irgendwelchen wilden Aktionen nicht noch schwerer zu machen. Ist das klar?«

»Aber Miro, wie kannst du dir da so sicher sein? Solange wir nicht wissen, wer es war …«

»Ich bin Rechtsanwalt, kein Privatdetektiv. Du kennst mich seit dreißig Jahren, du weißt, wie ich arbeite. Ich halte mich an die Regeln, auch wenn es sonst keiner tut. Und bin damit bis jetzt immer gut gefahren. Ich werde das nicht ändern. Aber ich verspreche dir, dass ich Diego auf diese Art und Weise freibekomme.«

»*Cazzo*, woher weißt du das?« Luca wurde laut. »Du kannst es nicht wissen. Hier geht es nicht um dich und deine verdammte Genialität als Anwalt. Keine Ahnung, wer dahintersteckt. Wer Diego den Mord anhängen will. Wenn die mächtig genug sind, kannst auch du nichts ausrichten.«

Panisch suchte er in seinen Hosentaschen nach der Zigarettenschachtel, dann fiel ihm ein, dass man sie ihm abgenommen hatte. Dankbar nahm er die Zigarette, die Ada ihm hinhielt. Miro Inzerillos sture Geradlinigkeit, die er immer so bewundert hatte, nervte ihn jetzt, er hielt sie kaum noch aus.

»Ich interessiere mich auch nicht für Verschwörungstheorien. Du hast gewusst, worauf du dich einlässt, als du mich gebeten hast, Diegos Verteidigung zu übernehmen. Wir ändern uns nicht mehr, Luca, also erwarte nichts von mir, was ich nicht tun kann. Und hör auf mich – fahr zurück nach Palermo, du kannst Diego jetzt und hier nicht helfen. Ich muss noch mal aufs Kommissariat. Ada, pass bitte auf Luca auf, ja?«

Ein Lächeln huschte über seine harten Züge, dann winkte er ihnen zu, drehte sich um und ging.

Ada nahm seine Hand und lächelte ebenfalls. »Wo hast du geparkt?«

»*Cazzo*, wo hab ich geparkt, wo hab ich geparkt?« Luca fuhr sich durch die Haare, schaute sich ratlos um, versuchte, sich zu erinnern. Sie liefen sämtliche Gässchen, die von der Piazza abgingen, ab, bevor sie Lucas BMW an einer Straßenecke fanden. Die Fahrt zurück nach Palermo tat ihm gut, der Wind, die Geschwindigkeit, die Landschaft, die an ihnen vorbeiflog, beruhigten ihn und fegten die Gedanken aus seinem Kopf, die sich wie wild im Kreis gedreht hatten. Ada hatte eine Hand um seine Hüfte gelegt. Als er von der Umgehungsstraße in das Straßenlabyrinth der Stadt abbog, lehnte sie sich zu ihm vor und rief ihm zu: »Fahr nicht nach Hause, fahr weiter zum Meer.« Er fragte nicht nach, sondern lenkte die BMW den Corso Vittorio Emanuele entlang immer weiter nach Norden, bis vor ihnen die Porta Fenice und dahinter das Meer auftauchten. Sie parkten am Foro Italico, überquerten die ausgedörrte Rasenfläche an der erst vor ein paar Jahren angelegten Uferpromenade, die um diese Uhrzeit verlassen war. Schweigend liefen sie nebeneinander am Wasser entlang, das in der frühen Abendsonne glänzte. Hinter ihnen war der Lärm der Stadt ein fernes Rauschen. Das Meer breitete sich friedlich vor ihnen aus, links ragten die Kräne des Hafens in den heller werdenden Himmel, gen Osten zeichnete sich das Capo Zafferano gegen den Himmel ab und dahinter die Küstenlinie, die nach Cefalù führte. Irgendwann zündete Ada sich eine Zigarette an.

»Wir brauchen einen Plan, Luca.«

Sein alter Radiowecker zeigte 3:43 an, als Luca den Versuch einzuschlafen aufgab. Er ging barfuß zum Kühlschrank, holte eine Flasche Wein heraus, nahm ein Glas und ging auf die Terrasse. Die Nacht war kaum kühler als der heiße Tag, wie eine Ölschicht legte sich die Wärme auf seine Haut. Die Stadt war ein dunkles Meer aus Dächern, über denen wie ein Heiligenschein die erleuchteten Kuppeln schwebten.

Luca dachte an Diego. Sein kleiner Junge, der im Gefängnis saß und dem er nicht helfen konnte. Francesca hatte im Zehn-Minuten-Takt angerufen, irgendwann hatte er sein Handy ausgeschaltet. Dann hatte er sich geschämt, denn diesmal verstand er sie. War genauso verzweifelt wie sie.

Ada hatte ihn überrascht. Sie überraschte ihn häufig, nie ließ sich voraussehen, wie sie reagieren würde. Er korrigierte sich in Gedanken: *Er* wusste nie, wie sie reagieren würde.

Luca hatte sie für weltfremd gehalten, vergraben in ihre Simenon-Romane, mit den Gedanken bei Maigret und irgendwelchen sprachlichen Wendungen, die sich nicht ins Italienische übertragen ließen. Doch vorhin hatte sie die Situation genau analysiert und dann pragmatisch entschieden, wie sie die Zeit, bis Diego dem Haftrichter vorgeführt wurde, nutzen konnten. Es ging um zwei Tage – und Ada hatte dafür gesorgt, dass ihm währenddessen keine Zeit blieb, nachzudenken oder eine weitere Dummheit zu begehen. Dann hatte sie ihn geküsst und sich verabschiedet: Simenon wartete, und sie musste ihr Kapitel zu Ende übersetzen.

16

Wo ist er?«

»Wer?« Ettore Lagioia sah, dass sich sein Gegenüber nur mühsam beherrscht hatte, bis die Tür der Bibliothek, in der er Besuch empfing, hinter ihnen ins Schloss gefallen war.

»Professore, wer schon – der Wagenlenker, der Jüngling, wie immer Sie die Statue nennen wollen!«

»Wenn ich das wüsste, mein lieber Assessore … Ehrlich gesagt, interessiert es mich nicht besonders. Nein, ich korrigiere mich, es interessiert mich überhaupt nicht, wo die billige Fälschung hin ist, die seit dreißig Jahren für eine phönizische Skulptur gehalten wird.«

Der Assessore atmete schwer, seine sorgfältig manikürten Hände fuhren durch den ebenso sorgfältig frisierten Haarschopf. »Was sage ich bloß meinem Klienten?«

Jetzt wurde er auch noch theatralisch. Ettore Lagioia goss sich einen Grappa ein. Er hatte den Assessore schon immer verachtet, ein zügelloser Mensch, habgierig, maßlos und obendrein spielsüchtig. Und immer herausgeputzt, als wollte er zu einer Opernpremiere um 1920 gehen. Maßgeschneiderte Anzüge, rahmengenähte Schuhe, ein Lackaffe. Ab und zu hatte er ihm geholfen, wenn es ihm zweckmäßig erschien.

»Mein Lieber, ich bin Sachverständiger, kein Detektiv. Weder weiß ich, wo die Statue ist, noch, wie sie mit Ihrem Klienten verfahren sollen. Sie könnten ihm sagen, dass er viel Geld gespart hat – die Statue ist unecht und daher wertlos.«

Der Assessore stöhnte. »Ich kann es nicht mehr hören, sie ist unecht, sie ist wertlos, seit Jahren und Jahrzehnten.«

»Genau. Zum Glück passte es Ihnen nach Jahrzehnten endlich in den Kram, dass sie unecht ist.«

»Ja, verdammt, das tut es – und jetzt ist sie weg! Gestohlen!«

»Da wird noch jemand Geld gebraucht haben. Oder Ihr Klient hat die Dinge selbst in die Hand genommen.« Er trank noch einen Schluck von dem Grappa und entschied, dass es Zeit für den Assessore war zu gehen.

»Wissen Sie etwas darüber? Dieser Journalist, der bei Ihnen war, bevor er den Unfall hatte? Was wollte der?«

Ettore Lagioia erhob sich und nahm seinen Stock, der an seinem Sessel lehnte.

»Darf ich Ihnen einen Rat geben? Meiden Sie in nächster Zeit die Spielcasinos. Das tut Ihrem Konto, Ihren Nerven und Ihrer Ehe gut.«

»Lagioia, sparen Sie sich den Zynismus. Haben Sie etwas mit dem Raub zu tun? Haben Sie einen gefunden, der mehr zahlt als ich?«

»Ich brauche kein Geld. Und jemand anderem hätte ich genau dasselbe gesagt – die Statue ist unecht.«

»Sie war Ihnen immer schon ein Dorn im Auge, Sie waren besessen davon, dass sie unecht ist – Sie haben sie zerstören lassen!«

Ettore Lagioia lachte, dann musste er husten. Es reichte. Er wollte sich hinlegen, die Vorhänge zuziehen und im Halbdunkel seines Schlafzimmers auf den Abend warten. »Bei Ihrem Klienten wäre sie auf Nimmerwiedersehen verschwunden. Was will ich mehr? Nein, mein Lieber, damit habe ich nichts zu tun. Aber ich kann ein paar Münzen oder Armreifen für unecht erklären, um einen Teil Ihrer Schulden zu finanzieren. Wenden Sie sich jederzeit gern an mich.«

Er drehte sich um und ging aus dem Raum.

17

Was wollte die Frau von ihr? Delia beobachtete Marina Di Leo, wie sie staunend vor den Tapisserien im Großen Salon stand. Riesige, schwere Stoffe, vor denen sich Delia als Kind gefürchtet hatte: Da waren kleine Boote inmitten haushoher Wellen; scheuende Pferde und Menschen mit schreckgeweiteten Augen richteten ihre Lanzen auf Fabelwesen, die aus dem Meer auftauchten. Später hatte ihr Vater ihr die Odyssee anhand der Tapisserien erzählt – die Landung des Äneas auf Sizilien. Die dunkelhaarige Frau, die sich als Journalistin aus Messina vorgestellt hatte und einen Artikel über die Villa Albamonte schreiben wollte, war anscheinend wirklich beeindruckt. Sie studierte die Tapisserien eingehend und entdeckte auch sofort die Stelle, an der eine der beiden größten ausgebessert war. Einer von Delias Großonkeln hatte sie dort mit einer Zigarette fast in Brand gesteckt. Die Frau sah wirklich hin, sie suchte nicht nur Stoff für einen Artikel. Schon als Delia ihr die Tür aufgemacht hatte und die schmale Gestalt mit den exakt zum Bob geschnittenen pechschwarzen Haaren ganz besonders klein vor der Tür hatte stehen sehen – schuld war der überdimensionale steinerne Löwe, neben dem alle Besucher zu Zwergen schrumpften –, hatte sie sich gewundert über diese Person, die nicht nach einer Journalistin aussah, zu verträumt war und gleichzeitig zu interessiert.

Marina Di Leo aus Messina hatte sie freundlich angelächelt – es war das erste Lächeln, das Delia nach dem Tod ihres Sohnes wirklich erreichte. Für den Bruchteil einer Sekunde hatte sie das Gefühl, das Gewicht, das auf ihr lastete, würde ihr von den Schultern gehoben.

Gemeinsam waren sie durch den Garten gegangen, und die Journalistin hatte jeden Baum und jeden Strauch erkannt, selbst die exotischsten. Den riesigen Ficus hatte sie lange bewundert und ganz vorsichtig über den mächtigen Stamm und die Luftwurzeln gestrichen. Jasmin, Hibiskus, Stechapfel, die chilenischen Araukarien – auch davor hatte sie lange gestanden. Dann hatte Delia sie in den alten Obstgarten geführt, der längst verwildert war, aber Marina Di Leo hatte noch Mispelbäume, Bananenstauden, den alten Pampelmusenbaum und den kleinen Zitronenhain bestaunt.

Delia sah, dass sie sich keinerlei Notizen machte. Als sie nach der Ausrichtung des Artikels fragte, antwortete Marina Di Leo ausweichend.

Jetzt führte Delia sie in den großen Sommersaal, den sie schon lange nicht mehr benutzten. Die unzähligen Spiegel waren dunkel angelaufen, und sie hatte schon vor einiger Zeit alle Möbel aus dem Raum schaffen lassen. Nur die Kristalllüster hingen noch und schwebten merkwürdig opulent über der Leere des riesigen Saals.

Mit einem Ruck war Delia stehengeblieben und hatte sich zu der Frau umgedreht. »Was möchten Sie hier, Signora Di Leo?«, fragte sie. Die dunkelhaarige Frau schaute sie erschrocken an.

»Ich … ich schreibe diesen Artikel über …«

Delia schaute ihr fest in die Augen. »Nein, Sie schreiben keinen Artikel. Ich selbst habe Dutzende von Journalisten durch die Villa Albamonte geführt, und ich erinnere mich, wie meine Mutter und Großmutter ganzen Horden das Haus gezeigt haben. Keiner von denen hat so hingeschaut wie Sie. Das ist kein professioneller Blick, sondern ein staunender. Sie sind keine Journalistin.«

Die dunkelhaarige Frau war erst blass und dann rot geworden. Delia sah Unschlüssigkeit in ihrem Gesicht, dann hatte sie offensichtlich eine Entscheidung getroffen.

»Es tut mir leid, Signora Leoni. Sie haben recht, ich bin keine Journalistin. Ada Pellegrino ist mein Name …«

Eine Stunde später saßen sie in einem der kleinen Salons und tranken Tee. Irgendetwas an Ada Pellegrino flößte Delia Vertrauen ein, ein Vertrauen, das sie lange schon nicht mehr gespürt hatte im Umgang mit anderen Menschen. Sie lebte zurückgezogen, geschützt von ihrem Mann und ihrer »Krankheit«, von der er mit sorgenvoller Miene immer und überall sprach, dem »Nervenleiden«, sie war »anfällig«, man musste »vorsichtig mit ihr umgehen«. Und manchmal fragte sie sich, wann sie und die Welt aufgehört hatten, überhaupt miteinander umzugehen. Giacomo war der Einzige, mit dem sie sprach, aber Giacomo war an der Universität, lebte sein eigenes Leben. Und jetzt war Giacomo tot …

Als Ada Pellegrino ihr sagte, wer sie war und was sie wollte, war Delia kurz erstarrt. Aber Adas Züge waren offen und freundlich, ihre Worte warm und mitfühlend. Gleichzeitig vermittelte sie Delia, dass auch ihr Freund, der Vater des Jungen, den sie eingesperrt hatten, in einer Notlage war, und am Ende entschloss Delia sich zu helfen.

»Es hieß, dass Ihr Sohn ein Tagebuch geführt hat. Vielleicht lässt sich rekonstruieren, weshalb er nach Mozia gefahren ist.«

»Ja …« Delia dachte nach. »Wir haben seine Sachen abgeholt dort in Marsala. Mein Mann hat alles zusammengepackt. Ich erinnere mich an ein Heft, das wird das Tagebuch gewesen sein.«

»Wissen Sie, wo es ist?«

»Eigentlich müsste es in seinem Zimmer sein. Wir haben die Sachen aus Marsala in sein Zimmer gelegt und sie seitdem nicht mehr angerührt. Ich konnte nicht …« Ihre Stimme wurde leiser, und sie schloss einen Augenblick lang die Augen. Dann hatte sie sich wieder im Griff. »Wir schauen nach. Kommen Sie mit, wir gehen in Giacomos Zimmer.«

Ada legte ihr die Hand auf den Unterarm. »Sind Sie sicher?«

»Ja, das bin ich. Ich weiß nicht, was Giacomo auf Mozia wollte, und mein Mann weiß es auch nicht. Für ihn ist die Sache klar, nachdem er Giulias Brief an unseren Sohn gefunden hat. Aber eigentlich erklärt das gar nichts. Woher soll Diego gewusst haben, dass Giacomo in dieser Nacht nach Mozia gefahren ist? Und was hat das mit dem Raub der Skulptur zu tun? Mich hat es nicht interessiert, weil mein Kind nicht lebendig wird, wenn wir die Wahrheit herausfinden. Aber …«

Sie stand auf und winkte Ada, ihr zu folgen. »Ihr Freund hat einen Sohn, der vielleicht unschuldig verurteilt wird.«

Sie stiegen die breite Treppe in den ersten Stock hinauf. Giacomos Zimmer war das erste auf der linken Seite. Die Fensterläden waren geschlossen, und ihre Augen mussten sich an das Dämmerlicht erst gewöhnen. Neben dem Bett und einem Schreibtisch aus dunklem Holz standen dort ein großer Globus und ein Teleskop, außerdem ein Regal voller Bücher. Auf der Fensterbank lagen ein paar antike Münzen und einige Tonscherben. Alles war von einer dünnen Staubschicht überzogen.

»Hier«, Delia ging zum Bett, auf dem ein Stapel Kleidungsstücke und eine Tüte lagen. »Hier müsste es eigentlich sein.« Sie öffnete die Tüte. Darin waren ein Buch über Mozia, einige Notizzettel und zwei alte Flugtickets von Rom nach Palermo. Delia legte die Tüte beiseite und durchsuchte den Stapel Kleidungsstücke – Jeans, T-Shirts, Boxershorts, ein dünner hellblauer Baumwollpullover. Nichts. Sie schaute sich suchend um.

»Das verstehe ich nicht. Ich war mir sicher, das Heft mit in die Tüte getan zu haben. Es war ein dickes braunes, fadengebundenes Heft …«

Sie ging zum Bücherregal und dann zum Schreibtisch. Nichts. Wo war das Heft hin? Sie versuchte, sich zu erinnern. Die ersten beiden Tage nach Giacomos Tod waren ein Albtraum gewesen, der in dichtem grauen Nebel verschwand. Ein Nebel von Beruhigungstabletten, die ihr Mann ihr gegeben hatte. Hatte sie etwas vergessen, brachte sie Dinge durcheinander? Romolo würde jetzt den Arm um sie legen, sie trösten und ihr sagen, dass sie Dinge vergaß, ihr »Zustand« sei schuld. Sie schüttelte den Kopf und spürte, wie ein Anflug von Wut in ihr aufstieg.

»Ich bin mir sicher, dass das Heft dabei war. Wissen Sie was? Ich spreche mit meinem Mann, und dann rufe ich Sie an. Das Tagebuch kann ja nicht weg sein.«

»Danke, das würde uns sehr helfen. Eine Frage habe ich noch: Diego sagt, er hätte auf der Insel eine alte Frau gesehen, die verwahrlost aussah. Keiner glaubt ihm so recht, außer einem Freund von uns, ein Fotograf, der vor kurzem tödlich verunglückt ist …« Adas Stimme zitterte. »Er hat von einer Frau erzählt, die zurückgezogen auf Santa Maria lebt. Und die …«

Delia merkte, dass die andere zögerte. Sie räusperte sich. »Caterina Rizzo meinen Sie.«

Sie bemühte sich, ruhig zu bleiben. Seit Jahren hatte niemand mehr von Caterina Rizzo gesprochen, aber ihr war klar gewesen, dass sie irgendwann aus dem Gefängnis entlassen worden sein musste. Hatte *sie* Giacomo umgebracht?

Ada Pellegrino sah sie fragend an.

»Die Tochter eines Rais von Favignana, der noch unter meinem Vater die Mattanza angeführt hat. Als Rais Antonio zu alt war, hat er Santa Maria, die kleine Insel neben Mozia in der Lagune gekauft, um dort zurückgezogen seinen Lebensabend zu verbringen. Er hatte einen Sohn, so dachte man jedenfalls, der Tonarotto wurde. Mein älterer Bruder ist irgendwann mit ein paar Freunden nachts nach Mozia gefahren, ähnlich wie Ihr

Diego mit seiner Freundin. Sie sind dann weiter nach Santa Maria und haben eine Frau beim Baden beobachtet. Als sie sie entdeckt hat, ist sie …« Delia zögerte. »Sie muss durchgedreht sein und hat um sich geschossen – dabei ist mein Bruder ums Leben gekommen.«

»Und das war …«

»Die, die man ihr Leben lang für Caterino Rizzo, den Sohn des Rais, gehalten hat. Er oder sie muss den Vater besucht haben. Sie wurde dann verurteilt und kam ins Gefängnis. Aber inzwischen hat sie die Strafe sicher abgesessen. Und die Insel gehört jetzt ihr, von ihrem Vater habe ich nichts mehr gehört, er muss längst tot sein.«

Delia sah, dass Ada Pellegrino noch eine Frage stellen wollte, sich aber nicht traute.

»Ada, ich weiß nicht, ob diese Frau ein Interesse daran haben könnte, meinen Sohn umzubringen«, sagte sie leise. »Vielleicht … ach, ich weiß nicht.« Delia verstummte. Sie hatte dieser Unbekannten schon so viel erzählt, noch offener konnte, durfte sie nicht sein. Ob sich Caterina Rizzo rächen wollte? Von den Vätern der jungen Männer, die damals in der Unglücksnacht mit ihrem Bruder auf Santa Maria gewesen waren, war viel Geld für Anwälte ausgegeben worden, damit man Caterina Rizzo des Mordes für schuldig befand. Caterinas Anwalt hatte auf Notwehr plädiert. Darüber geredet wurde in der Familie damals nicht, ihre Mutter war stumm in ihrer Trauer, und der Vater war bald darauf gestorben.

Ada Pellegrino räusperte sich, und Delia schreckte aus ihren Gedanken hoch.

»Selbst wenn diese Frau es nicht war, hat sie vielleicht etwas gesehen, was Diego entlastet. Wir fahren hin und reden mit ihr. Wir dürfen nichts unversucht lassen.«

Als Delia Ada Pellegrino später nachsah, wie sie aus der Tür zur Straße ging, war sie merkwürdig froh und traurig zugleich. Langsam ging sie durch die großen Zimmer in den Garten hinter dem Haus zu einem der Kapokbäume. Den hatten sie gepflanzt, als Diego geboren wurde. Vorsichtig strich sie über die stachelige Rinde des grauen Stamms. Sie wunderte sich über sich selbst – sie hatte dieser Fremden viel erzählt, ihr instinktiv vertraut. Sie würde versuchen, ihr zu helfen. Dann dachte sie an ihre Großmutter, Nonna Vittoria, die sie immer gewarnt hatte vor dem Land der Geister und Dämonen, wie sie es nannte – dem Westen Siziliens. Den sollte sie meiden, sie und vor allem ihr ältester Sohn, sollte sie einmal einen haben. Delias Mutter hatte nicht viel dazu gesagt, sie hatte geschwiegen, wie üblich, und ihren Vater angeschaut. Der hatte über die »Spinnereien«, wie er es nannte, gelacht. Nonna Vittoria war dann zum Glück noch vor dem Tod von Delias Bruder gestorben. Und ihrem Vater war das Lachen im Halse steckengeblieben, als Delia ihn kurz nach Josephs Tod an die Worte der Großmutter erinnert hatte.

Als Delia sich die Tränen aus dem Gesicht wischen wollte, sah sie, dass sie an der Handinnenfläche blutete – sie hatte die Hand zu fest gegen die Dornen auf der Rinde des Baums gedrückt.

18

Favignana, 24. September 1946

Die elegante Gestalt von George Philipson – trotz der Hitze im hellen Dreiteiler, mit Hut und dem in der mediterranen Kulisse etwas albern wirkenden Spazierstock – wurde immer größer auf dem Kai. Charles Courtenay winkte dem Freund fröhlich zu, fröhlich und erleichtert. Es war eine Weltreise gewesen von Oxford nach Favignana, ein Irrsinn so kurz nach dem Krieg, wer fuhr da nach Sizilien? Seine Eltern hatten ihn für verrückt erklärt, sie sprachen gut Italienisch und waren vor dem Krieg jedes Jahr nach Italien gefahren, aber natürlich nur in die Toskana. Florenz und Siena, San Gimignano, das war Italien, nicht der Süden, von dem seine Mutter eine vage Vorstellung hatte, die nichts Gutes verhieß: Schafe, Hitze, Gestank und Räuberbanden. Aber er konnte nicht anders – nachdem George ihm monatelang von der Mattanza erzählt hatte, von den Traditionen auf Favignana, von den Tonarotti und vor allem von der sagenhaften Figur des Rais, hatte sein Entschluss festgestanden: Darüber wollte er seine Doktorarbeit schreiben.

Charles Courtenay hatte sein Studium der Ethnologie mit Bravour absolviert, es fehlte bloß noch eine ungewöhnliche Doktorarbeit, um ihm die Anerkennung der Wissenschaftsgemeinde zu verschaffen. Mit der Idee, die er gehabt hatte, würde er sich diese Anerkennung auf jeden Fall verdienen: Er wollte die Figur des Rais bei der Mattanza vergleichen mit der Figur des Kapitäns auf einem Walfänger der nördlichen Meere. Der Kapitän Ahab des Südens. George war Feuer und Flamme gewesen wie immer.

Nächtelang hatte er erzählt und die Insel beschrieben, die Boote der Tonarotti, ihre Bräuche, den Kampf gegen die riesigen Thunfische. Dann hatte der Freund zwischenzeitlich das Interesse verloren – das war in den drei Wochen gewesen, in denen er sich den Kommunisten angeschlossen hatte und beinahe der Universität verwiesen worden wäre, weil er in jeder Vorlesung aufstand und Sätze von Karl Marx verlas. Zum Glück hatte er sich kurz darauf verliebt und Karl Marx und Friedrich Engels und das Kommunistische Manifest vollkommen vergessen. Sizilien war ihm wieder eingefallen, und er hatte Charles eingeladen, sich Favignana und die Männer der Mattanza anzusehen.

Charles Courtenays Professor hatte ihn erst erstaunt und dann bewundernd angeschaut – eine solche Arbeit war ihm noch nie angetragen worden. »Mein junger Freund, ich freue mich sehr auf Ihre Erkenntnisse. Und ich werde persönlich dafür sorgen, dass Sie sie der Royal Anthropological Society vortragen können.«

Aufgeregt hatte er George von der Reaktion des Professors berichtet. Der hatte sich mit ihm gefreut und sofort Reisepläne zu schmieden begonnen. »Du musst unseren Rais kennenlernen, er ist der beste, den wir jemals hatten. Er weiß alles über die Tradition …«

Charles Courtenay hatte sich dagegen entschieden, in den heißen Sommermonaten zu reisen, Georges Schilderungen der sizilianischen Hitze hatten ihn abgeschreckt. Charles wollte sich von den Traditionen ja nur berichten lassen, er musste nicht dabei sein bei der Mattanza. Alles, was er darüber gehört hatte, war ihm sowieso zu blutig. Er zog das Erzählen der Wirklichkeit vor, das war schon immer so gewesen. Sein Leben stellte er sich im Halbdunkel großer Bibliotheken vor, weitab von der Wirklichkeit, die in dieser neuen Zeit in ein gleißend hartes Licht getaucht schien.

Und so hatte Charles sich auf den Weg gemacht, durch das kriegszerstörte Frankreich in Richtung Süden, nach Genua, von dort aus mit dem Schiff nach Palermo, wo er zwei Tage geblieben war, dann weiter nach Trapani, um dort die Fähre nach Favignana zu besteigen. Nach fünf beschwerlichen Reisetagen, in denen er sich immer wieder gefragt hatte, ob dieses Vorhaben eine gute Idee war, legte die kleine Fähre nun schwerfällig in Favignana an, und da war auch schon das vertraute Gesicht des Freundes, der ihm fröhlich zuwinkte. Charles hatte seinen weißen Strohhut tief ins Gesicht gezogen, das Licht tat ihm weh, das Licht und die Farben, die ihm grell ins Auge stachen – üppige Blüten, das Blau des Himmels, das Türkis des Meeres, die bunten Kleider der Menschen. Die Farben der englischen Felder und Wälder, der kleinen Grafschaft, in der Charles aufgewachsen war, waren gedeckt – alle Schattierungen von Braun und Grün, viel sattes Grün, aber alles gedämpft, auch das Licht. Hier schrien die Farben und das Licht, allein das Schauen erschöpfte, und abends war man froh, die Augen zumachen zu können. Palermo hatte ihn überwältigt, die Villa Albamonte, wo ihn Georges Mutter empfangen hatte. Eine Principessa – zu Georges Mutter passte dieser Titel: Charles war zuerst befangen gewesen, diese Frau war so anders als die englischen Mütter seiner Freunde oder seine Tanten, überhaupt adlige Engländerinnen dieses Alters. Mit ihren mindestens sechzig Jahren war sie nicht nur schön, sondern sinnlich. Diese Befangenheit hatte sich aber sofort gelegt, denn die Principessa hatte ihn überschwänglich empfangen und wie einen lange verlorenen Sohn begrüßt. Die sagenhafte Gastfreundschaft der Sizilianer, das mächtige Essen und die Villa Albamonte in all ihrer Pracht hatten Charles in ihren Bann geschlagen, die Hitze – er war heilfroh, dass er nicht im Hochsommer hergekommen war – hatte ihn träge gemacht, und nur widerwillig war er zwei Tage später nach Trapani aufgebrochen. Aber als ihm George nun auf die Schulter schlug und sich mit seiner wie immer ansteckenden Fröhlichkeit nach der Reise und dem Befinden von »Madame la Principessa« erkundigte, freute er sich, den Freund zu sehen. Die Trägheit schien wie weggeblasen – endlich am Ziel, auf Favignana! Charles schaute sich neugierig um.

»Was ist denn das – eine Kirche direkt am Hafen?«

Er zeigte auf ein großes Gebäude, das mit seinen gewölbeartigen Hallen einer mehrschiffigen Kirche glich.

»Das ist die Thunfischfabrik, mein Lieber. Erbaut von einem Architekten aus Palermo, da haben sich meine Vorfahren nicht lumpen lassen. Hier wird das Geld verdient, das in Palermo ausgegeben wird. Du hast ja die Villa Albamonte gesehen.«

»Unglaublich!« Charles machte einen Schritt nach vorn und wäre beinahe über einen der kleinen Jungen gestolpert, die auf dem Kai mit einem alten Ball spielten. Er drehte sich zu George um.

»Und der Rais? Wo ist der? Ich kann es kaum erwarten, ihn zu sehen.«

»Nun ruh dich erst einmal aus, du musst doch von der Reise erschöpft sein. Heute Abend gibt es dir zu Ehren ein Festessen, Cousin James ist froh, eine zivilisierte Person aus England im Hause zu haben.« George lachte sein ansteckendes Lachen. »Der Ärmste hat sich immer noch nicht an die Sizilianer gewöhnt, nach all den Jahren.«

»Aber morgen, gleich in der Früh, stellst du mir den Rais vor, versprochen?«

Charles streckt seinem Gegenüber zögernd die Hand entgegen und deutete eine Verbeugung an. Erst war er erstaunt und ein wenig enttäuscht gewesen, als George zielstrebig auf einen kleinen Mann zuging, der über einen Haufen zu flickender Netze gebeugt saß. Aber als Rais Antonio aufgestanden war und ihnen entgegentrat, hatte er gestutzt. Plötzlich war der Mann gar nicht mehr klein und unscheinbar.

Die Hand, die der andere ihm reichte, war schmal und fühlte sich hart an. Hart und kühl. Seine Augen hatten eine merkwürdige Farbe, ein Gelb, das jetzt zu brennen schien. Charles konnte den Blick nicht von dem Gesicht lösen, der glatten, dunklen Haut. Es war ein fein gezeichnetes Gesicht mit einem harten Zug um den Mund. Der Rais hielt seinem Blick stand. Er war viel jünger, als Charles ihn sich gedacht hatte, konnte höchstens Mitte dreißig sein. Charles hatte sich immer einen alten Mann mit weißen Haaren und Bart vorgestellt, wenn er an den Rais gedacht hatte. Eben einen Kapitän Ahab des Mittelmeers.

»Rais Antonio, ich weiß, Sie sind nicht der Gesprächigste, aber für meinen Freund Charles Christopher Courtenay, den achtzehnten Earl of Devon, müssen Sie eine Ausnahme machen. Er hat eine Weltreise hinter sich, nur um Sie zu sehen und alles über die Mattanza zu erfahren.« George lachte und schlug Charles auf die Schulter.

Charles räusperte sich, es war ihm peinlich vor diesem Mann, der nicht mitlachte und nicht zu verstehen schien oder verstehen wollte, was George meinte. Plötzlich kam ihm sein Vorhaben albern vor, hier vor diesem Mann, der ein Leben führte, von dem er keine Ahnung hatte.

»Was möchten Sie wissen, Charles Christopher Courtenay, Earl of Devon?«, fragte der Rais, und ein Anflug von Spott lag in seiner Stimme, die einen leicht nasalen Ton hatte.

Charles fühlte, wie ihm der Schweiß ausbrach. Später gingen ihm immer wieder die Worte durch den Kopf, die er hervorgebracht hatte, mehr ein Stottern als zusammenhängende Sätze, obwohl er sich sonst im Italienischen sicher fühlte. Irgendwie war er auf Moby Dick und Kapitän Ahab gekommen, hatte von den traditionellen Walfängern auf den Meeren des Nordens und von der Jagd nach dem weißen Pottwal erzählt. Da hatte der Rais reagiert und gefragt, wer das sei, Ahab und Moby Dick. So waren sie ins Gespräch gekommen oder besser gesagt, der Rais hatte ihm zugestanden, dass sie sich am kommenden Morgen treffen könnten.

Am nächsten Tag nahm Charles die zerlesene Ausgabe von *Moby Dick* mit in die Camparia. Der kleine Mann mit den sonderbaren Augen erwartete ihn schon in seinem karg eingerichteten Büro und wies auf den einfachen Holzstuhl vor seinem Schreibtisch. Er schien Charles kaum zuzuhören, vorsichtig glitten seine schmalen Finger über das zerlesene Buch.

Charles fragte sich, ob er wohl lesen könne. Nicht dieses Buch, eine englischsprachige Ausgabe, sondern überhaupt. Im nächsten Moment schämte er sich für diesen Gedanken, sie lebten im Jahr 1946, in Europa, natürlich konnte er lesen. Beinahe zärtlich strichen die Finger des Rais über das Buch, und er fragte noch mal nach der Geschichte von Ahab und dem Wal. Da begann Charles zu erzählen, von den nördlichen Meeren, von der Insel Nantucket, der Fahrt über die Weltmeere um das Kap der Guten Hoffnung und weiter bis nach Japan, von grauen Wellen und Stürmen, von den Walen und den Männern, die Jagd auf sie machten.

Antonio schien alles um sich herum zu vergessen, und seine Augen nahmen die weiche Farbe von Honig an. Charles sprach zu diesen Augen und zu den Händen, die weiter über das Buch strichen. Als ein kleiner Junge in den Raum lief und ihnen zwei Tassen mit Kaffee brachte – winzige Tassen mit einer zähen schwarzen Flüssigkeit, die Charles später ungenießbar fand –, erwachte sein Gegenüber wie aus einer Trance.

»Rais Antonio, die Geschichte von Ahab und Moby Dick ist lang. Wie wäre es, wenn ich sie Ihnen erzähle und Sie mir im

Gegenzug von der Mattanza berichten? Ich störe Sie nicht lange, jeden Morgen eine Stunde …«

Antonio willigte ein.

Und so fand sich Charles jeden Morgen um sieben in der Camparia ein und erzählte, als ginge es um sein Leben. Er ließ sich Zeit mit der Geschichte, kostete jedes Detail aus, beschrieb den Walfänger und die Männer aus aller Herren Länder, die Ozeane, die so anders waren als das Mittelmeer, und natürlich Kapitän Ahab und seine Besessenheit von dem weißen Pottwal, der ihm einst ein Bein abgerissen hatte.

Zögernd begann Antonio im Gegenzug von der Mattanza zu erzählen. Zuerst beantwortete er Charles' Fragen einsilbig, aber am vierten Morgen brach das Eis, als er von der Ankunft der Thunfische vor Favignana erzählte, von ihren silbrigen Leibern, die durch das türkisfarbene Wasser glitten. Charles zückte sein Notizbuch und schrieb mit, er schrieb und lauschte gebannt der leisen, nasalen Stimme, folgte dem Blick des Rais, der beinahe verträumt auf das Meer gerichtet war.

Und so vergingen die Wochen. George hatte schon bald das Interesse an dieser merkwürdigen Freundschaft und ihren Früchten verloren, er wollte zurück nach Palermo und versuchte, den Freund zu überreden, mit ihm zu kommen – es warteten die ersten Bälle der Saison, Konzerte, und auch das Opernhaus hatte erstmals nach dem Krieg geöffnet. Aber Charles wollte davon nichts hören. Von Tag zu Tag wurden die morgendlichen Treffen mit dem Rais länger, und die restliche Zeit verbrachte er damit, sich zu überlegen, was er am kommenden Tag erzählen wollte. Irgendwann hatte George aufgegeben, er war abgereist, und Charles blieb allein mit Cousin James auf Favignana zurück, der sich über die Gesellschaft freute.

Nachts konnte Charles häufig nicht schlafen. Dann stand er am Fenster seines geräumigen Schlafzimmers und schaute hinaus auf den Hafen, die Thunfischfabrik, die Tonnara und die Camparia und wartete darauf, dass der neue Tag anbrach. Seine Unruhe und das Fieber, mit dem er das nächste Treffen mit dem Rais erwartete, schrieb er seinem Forschergeist zu. Nur manchmal, wenn er sich in den frühen Morgenstunden unruhig im Bett hin und her wälzte oder aus einem zu leichten Schlaf hochschreckte, überkam ihn wie ein Blitz die Erkenntnis, dass es längst nicht mehr um seine Doktorarbeit ging oder um die Forschung oder sein wissenschaftliches Ansehen, sondern einzig und allein um den Mann mit den honigfarbenen Augen, den schmalen Händen und der nasalen Stimme. Er verjagte den Gedanken, fiel erneut in einen unruhigen Schlaf, aus dem er am nächsten Morgen erschöpft erwachte, um in die Camparia zu laufen. Sein in braunes Kalbsleder gebundenes Notizbuch hatte er immer dabei, aber er machte sich schon lange keine Notizen mehr. Gebannt hing er an den Lippen des Rais, der von den Thunfischen erzählte, die für ihn keine Feinde waren, sondern das Leben, sein Leben, das einzige, das er sich vorstellen konnte.

So vergingen drei Wochen. Zu Beginn der vierten traf ein Telegramm aus England ein – sein Vater schrieb, dass die Mutter bei einem Ausritt vom Pferd gefallen sei und schwer verletzt, Charles möge umgehend zurückkommen. Benommen packte er seinen Koffer. England war weit weg, schien zu einem Leben zu gehören, das nicht mehr seins war. Als er sich ein paar Stunden später von Antonio verabschieden wollte, war der nicht da, aber man gab ihm eine Nachricht des Rais.

»Ich musste aufs Festland, zurück in mein Dorf. Ich hole dich an der Fähre ab und bringe dich nach Palermo. Auf dem Weg zeige ich dir, wo ich herkomme.«

Charles spürte, wie sein Herz zu klopfen begann. Nie hatte Antonio von sich erzählt, allen Fragen nach seiner Herkunft und seiner Familie war er ausgewichen. Auf der Fähre kühlte ihm der Wind die heiße Stirn. Es war inzwischen Ende Oktober und das Meer unruhig. Schon bald wurden die Umrisse von Favignana inmitten der schaumgekrönten Wellen kleiner, und Charles schaute nicht zurück, er schaute nach vorn, in Richtung Trapani, dort, wo ihn Antonio abholen würde.

Am Hafen wartete Antonio in einem kleinen schwarzen Fiat auf ihn. Sie schwiegen die Fahrt über, und Charles fühlte sich seltsam scheu – sie hatten keinen Modus, wie sie außerhalb ihrer morgendlichen Stunden in der Camparia miteinander umgehen sollten, wenn sie sich nicht gegenseitig die gewünschten Geschichten erzählten. Charles' Blick ruhte auf Antonios Händen, die schmal auf dem Lenkrad lagen. Sie verließen schnell die Landstraße, Antonio bog auf kleine, mit weißem Schotter bedeckte Wege ein, auf immer kleinere Wege, die ins Hinterland führten, vorbei an Ziegen und Schafen, die auf dem ausgedörrten Boden nach etwas Essbarem suchten. Als er in der Ferne ein Dorf sah, bog Antonio noch einmal ab und hielt vor einem Hügel an.

»Hier – komm!«

Suchend schaute Charles sich um, aber der Rais war schon aus dem Auto gestiegen und auf den Hügel zugegangen. Da erkannte Charles eine Art Loch, den Eingang zu einer Höhle. Unsicher folgte er Antonio, der in dem Loch verschwunden war. Die Höhle war dunkel, und er brauchte eine Weile, um etwas erkennen zu können. Die Wände waren schwarz von Ruß, auf dem Boden sah man den Rest einer alten Feuerstelle. Antonio winkte ihn zu sich.

»Hierher kommst du?«, fragte Charles leise.

Antonio antwortete nicht, sondern strich ihm ganz sanft erst über die Haare und dann über das Gesicht. Und Charles wusste, dass er sich nach nichts anderem gesehnt hatte als nach dieser Berührung, seitdem er Antonio das erste Mal gesehen hatte. Als sie sich zu küssen begannen und Charles' Hände über Antonios Körper glitten, war in ihm kein Erstaunen über die weiblichen Formen, die kleinen Brüste, die Scham, die schmalen Fesseln. Hatte er es geahnt? Er wusste es nicht, es war ihm egal, er vergaß alles um sich herum und versank im Honig dieser Augen, gab sich ganz den Berührungen der schmalen Hände hin. Es war wie ein Traum, und viel später fiel er in einen leichten Schlaf.

Als Charles aufwachte, war Antonio verschwunden. Er schaute sich suchend um, da blitzte es silbern auf, und er konnte nicht mehr schreien, bevor es um ihn herum endgültig dunkel wurde.

19

Tesoro, weißt du, wo Giacomos Tagebuch ist?« Delia bemühte sich, mit fester Stimme zu sprechen. Sie saßen beim Abendessen in dem viel zu großen Speisezimmer an dem viel zu großen Tisch. Ihr Mann bestand darauf, hier zu essen, so wie er darauf bestand, dass die Haushälterin das Essen servierte. Wenn es nach Delia gegangen wäre, hätten sie in der Küche gegessen. Jetzt erst recht, wo sie zu zweit waren. Sie schob den Teller weg. Saltimbocca, das Fleisch schmeckte zäh, der Salbei war bräunlich verfärbt und schmeckte pelzig. Sie hatte keinen Hunger.

Delia erinnerte sich noch an die Zeit, als sie zu viert, zu fünft und mit viel Besuch hier gegessen hatten. Als ihr Vater Freunde eingeladen hatte, auch Archäologen, die auf Mozia gruben. Romolo war einer von ihnen gewesen.

Romolo Leoni schien in Gedanken versunken, wie so oft, und der Raum kam Delia noch größer vor. Romolos Ausgrabungen und Forschungen beherrschten all seine Gedanken, sie hatte häufig das Gefühl, dass er sie gar nicht bemerkte. Und seit Giacomos Tod brütete er ständig vor sich hin, hatte tiefe Augenringe und war in Gedanken versunken. Wieso redete er nicht mit ihr? Sie wusste, wie sehr er litt, wieso versuchte er, das vor ihr zu verbergen? So lange hatten sie auf dieses Kind gewartet und hatten eigentlich die Hoffnung schon aufgegeben, als Delia endlich schwanger wurde. Romolo hatte ihren Sohn abgöttisch geliebt, von Anfang an. Hatte ihn überallhin mitgenommen, schon als kleinen Jungen.

»*Tesoro?*«

»Was denn, mein Liebes?«

»Das Tagebuch, dieses braune Heft? Haben wir das nicht in Marsala bei seinen Sachen gefunden?«

Ihr Mann schaute sie fragend an. Er schien nachzudenken. »Liebes, ich weiß nicht. Da waren seine Sachen …« Er zählte alle Kleidungsstücke auf, die sie mitgenommen hatten. »Dann ein Buch und die alten Flugtickets. Aber ein braunes Heft? Bist du sicher?«

Delia war sich sicher gewesen. Doch jetzt fiel ihr wieder ein, wie viele Tabletten sie an dem Tag, als sie nach Marsala gefahren waren, und dem davor, geschluckt hatte. Beruhigungstabletten, ihre Antidepressiva. Schlafmittel. Ein Schleier lag über der Erinnerung.

»Ich war mir ganz sicher, aber ich weiß nicht …«

Ihre Stimme zitterte. Romolo Leoni stand auf und ging um den großen, dunklen Tisch herum zu ihr. Fürsorglich legte er ihr den Arm um die Schultern und küsste sie auf die Stirn.

»*Piccola*, das waren furchtbare Tage für dich. Wieso ruhst du dich nicht aus? Ich sehe doch, dass es dir nicht schmeckt. Weißt du was, leg dich ins Bett, ich mache dir noch einen Ingwertee. Genau so, wie du ihn magst.«

Er lächelte sie an und schaute auf die Uhr. »Es ist Zeit für deine Tabletten. Geh dich hinlegen, ich bringe sie dir.«

Langsam ging Delia die Treppe hoch. Oben zögerte sie einen Moment lang. Hätte sie ihm von Ada Pellegrino erzählen sollen? Sie schaute hinunter. Ihr Mann hatte die Tür zum Speisezimmer geschlossen, sie hörte ihn telefonieren. Nein, es war besser, wenn sie ihm nichts sagte. Romolo war überzeugt davon, dass dieser Junge Giacomo ermordet hatte. Es würde ihm nicht passen, dass sie mit der Frau geredet hatte. Und Caterina Rizzo? Wieder lief es ihr kalt den Rücken hinunter. Diese Frau, die damals schnell für viele Jahre im Gefängnis verschwand. Ihre Eltern hatten nie darüber gesprochen, niemand hatte mehr darüber gesprochen. Was war damals eigentlich genau passiert? Sie ging langsam in ihr Schlafzimmer. Romolo hatte ihr die Tabletten bereits hingelegt, musste das schon vor dem Essen getan haben, er hatte immer Sorge, dass sie sie vergaß oder nicht alle nahm. Sie setzte sich an ihren Frisiertisch, ein Erbstück ihrer Großmutter.

Und das Tagebuch? Sie dachte nach, versuchte, sich zu konzentrieren. Aber je stärker sie die Erinnerung an das braune Heft in dem kleinen Zimmer in Marsala heraufbeschwor, umso weniger sah sie es. Vielleicht hatte sie sich geirrt. Sie musste Ada Pellegrino anrufen und es ihr sagen.

20

Sie war freundlich, eine schüchterne Frau. Nein, das stimmt nicht. Verschüchtert trifft es besser …« Ada schaute konzentriert auf das Wasser der Lagune, eine glatte, tiefgrüne Fläche, in der sich nichts spiegelte. Sie zündete sich eine Zigarette an und blies den Rauch des ersten Zuges in den heißen Sommermorgen. Dann drehte sie sich zu Luca um:

»Sie wirkte so, als würde sie schon lange niemand mehr ernst nehmen. Und sie sich selbst auch nicht. Aber es gab immer wieder Momente, in denen ein anderer Mensch zum Vorschein gekommen ist. Sie hat gemerkt, dass ich geblufft habe, und hat mich direkt darauf angesprochen. Und dann hat sie mich nicht weggeschickt, sondern zugehört.«

»Das passt alles nicht so recht zusammen. Ihr Mann hat ja gesagt, dass sie psychisch krank ist. Glaubst du, Delia Leoni wird uns das Tagebuch geben?«

»Ich denke schon. Wenn sie es findet. Sie hat mir versprochen, sich zu melden.«

»Na hoffentlich. Ich habe das Gefühl, wir drehen uns im Kreis.« Er fuhr sich ungeduldig durch die Haare und begann, am Bügel seiner Ray-Ban zu spielen.

Sie waren am Vormittag aufgebrochen, um nach Santa Maria zu fahren und mit Caterina Rizzo zu reden. Die Motorradfahrt hatte Luca abgelenkt, der Wind ihm wenigstens für anderthalb Stunden die Sorgen und Ängste aus dem Kopf geblasen. Jetzt setzte er die Sonnenbrille wieder auf, steckte den Motorradschlüssel in die Tasche seiner Jeans und sah sich suchend um. Irgendwo musste doch der Bootsverleih sein.

»Da drüben ist der Bootsverleih, Luca. Und sei nicht so ungeduldig …«

»Ich habe allen Grund, ungeduldig zu sein, Ada, diesmal wirklich. Morgen wird Diego dem Haftrichter vorgeführt. Und ich bin nicht so sicher wie Miro, dass die Anklage fallen gelassen wird …« Er biss auf dem Nagel seines rechten Mittelfingers herum, bis Ada ihm sanft die Hand aus dem Mund zog.

»Ich weiß. Aber wir nutzen die Zeit, so gut wir können.«

Er versuchte, ihr Lächeln zu erwidern. Sie hatte ja recht, und zum Glück war sie da. Luca kannte sich – allein würde er in einer solchen Situation vollkommen durchdrehen. Er war noch pessimistischer als sonst: Wieso sollte die alte Frau mit ihnen reden? Wenn die Geschichten über sie stimmten, dann sagte sie am besten gar nichts. Und einen Grund, ihnen zu helfen, hatte sie nicht. Wieso war Ada so sicher, dass sie sich über das Foto ihres Vaters, das sie dabei hatten, freuen würde? Seine Gedanken begannen, schneller und schneller zu kreisen, und er musste sich zwingen, dem Sog nicht nachzugeben.

Er folgte Ada, die auf den kleinen, unscheinbaren Holzverschlag zuging, wo man einfache ehemalige Fischerboote mit Außenbordmotor mieten konnte. In einer halben Stunde wären sie auf Santa Maria.

Als sie wenig später langsam durch die Lagune fuhren, war Ada schweigsam. Sie hatte die Lederjacke, die sie auf dem Motorrad getragen hatte, ausgezogen und saß in schwarzem T-Shirt und Jeans auf der schmalen Holzbank des Bootes. Abwesend blickte sie über das Wasser.

Irgendwann räusperte Luca sich. »Silvio hatte also recht mit seiner Geschichte. Jedenfalls, was die Tochter des Rais angeht.«

»Ich glaube ihm auch die Geschichte über die Raissa.«

»Klar, das ist eine literaturtaugliche Figur.« Luca musste grinsen.

»Aber bleiben wir mal bei der Tochter«, fuhr Ada fort. »Ist das nicht schrecklich? Alle halten sie für einen Mann, und dann entdeckt Delia Leonis Bruder sie beim Baden. Damit ist ihre Existenz zerstört, und in ihrer Panik erschießt sie ihn. Ihr Leben – das einzige, das sie kennt – ist vorbei. Sie muss von da an als Frau leben. Im Gefängnis. Diese Caterina Rizzo wollte sich vielleicht rächen.«

Luca schüttelte den Kopf. »Woher soll sie gewusst haben, dass Giacomo genau in dieser Nacht auf die Insel fahren würde? Und wieso ihn umbringen und noch mal ins Gefängnis gehen?«

»Stimmt auch wieder.« Ada beugte sich über den Rand des Bootes und hielt die Hand in das dunkle Wasser. Luca sah, dass ihr Gesicht leicht gerötet war, obwohl sie schon braun war. Die Sonne schien heiß vom Himmel herunter, sie mussten aufpassen, dass sie sich keinen Sonnenbrand holten. Inzwischen waren sie an Mozia vorbeigefahren. Er sah die Touristen, die im Sommer in Scharen über die Insel liefen. Vor ihnen lag Santa Maria, baumbestanden, völlig unberührt und unbewohnt sah die kleine Insel aus.

»Vielleicht fehlt uns irgendeine Information. Vielleicht von diesem Lagioia? Der hat doch auch was von Baal und Rache und den erstgeborenen Söhnen erzählt.«

Luca runzelte die Stirn. »Delias Bruder war der Erstgeborene. Und Giacomo war Einzelkind. Also auch der Erstgeborene. Ach was, so kommen wir nicht weiter … Inzwischen ist mir jeder Aberglaube recht.«

»Wir brauchen das Tagebuch von Giacomo, Luca. Das ist der Schlüssel, da bin ich mir sicher. Delia Leoni muss es einfach finden!«

Sie hatten die Insel erreicht, und Luca schaute sich nach einer Stelle um, wo sie an Land gehen konnten. Er entdeckte eine Art Bucht, steuerte dorthin und stieg in das knietiefe Wasser, um das Boot an Land zu ziehen. Luca rümpfte die Nase, das Lagunenwasser roch brackig und abgestanden. Zudem war es lauwarm, die erhoffte Abkühlung blieb aus. Ada sprang von Bord, und er zog das Boot an Land. Dann schauten sie sich um. Die Insel war schmal und lang gezogen, viel kleiner als Mozia, und verlief parallel zur Küstenlinie. Die Macchia sah unberührt aus – das typische, niedrige Gebüsch, Ginster, wilder Rosmarin, dazwischen Kaktusfeigen und Agaven, ein paar Zwergpalmen und niedrige Kiefern. Einige schmale Trampelpfade waren zu sehen, und Luca und Ada entschieden sich, auf gut Glück dem größten zu folgen. In weniger als einer halben Stunde wären sie die Insel ohnehin abgegangen und würden das Haus der alten Frau gefunden haben.

Inzwischen stand die Sonne hoch am Himmel, die Macchia duftete intensiv und schwirrte vor Insekten. Der Lärm der Grillen und Zikaden war ohrenbetäubend, Vögel stoben auf, die Luca noch nie gesehen hatte.

»Hier in der Lagune und drüben in den Salinen gibt es viele ganz besondere Vogelarten«, sagte Ada jetzt. »Man müsste mal mit einem Ornithologen herkommen …«

Hinter ihnen knackte es, sie fuhren herum und blieben erschrocken stehen. Da stand tatsächlich die Frau vor ihnen, die Diego beschrieben hatte. Sie war schwarz gekleidet und sah abgerissen aus. Und sie hatte eine Pistole auf sie gerichtet.

»Stehen bleiben. Das ist ein Privatgrundstück. Betreten verboten. Verschwindet.«

»Signora Rizzo? Wir möchten nur kurz mit Ihnen sprechen, bitte …«

»Ich spreche mit niemandem. Haut ab, sonst schieße ich!«

Luca sah, dass die Frau nicht so alt war, wie Diego angenommen hatte. Ja, das Haar stand ihr weiß und wirr um den Kopf, das Gesicht war hager, aber sie schien höchstens sechzig, vielleicht fünfundsechzig Jahre alt zu sein. Ein sonnengegerbtes Gesicht mit hellen, wachen Augen. Ihr fehlten ein paar Zähne, deshalb hatte Diego sie wohl für uralt gehalten.

»Signora«, Adas Stimme klang ganz ruhig und freundlich. »Wir möchten mit Ihnen über Rais Antonio reden.«

»Was wisst ihr von meinem Vater? Verschwindet!«

Ada ließ sich nicht beirren und machte ganz langsam einen Schritt auf die Frau zu. Sie zog ein paar Fotos aus der Tasche und hielt sie ihr hin. »Wir kennen Ihre Geschichte. Und würden gern mehr über Sie und Ihren Vater erfahren. Wir haben wirklich einzigartige Bilder bei einem Freund gefunden, sehen Sie mal.«

Caterina Rizzo senkte die Pistole nicht, machte aber nun ebenfalls einen Schritt auf Ada zu und griff nach den Fotos. Als sie sie anschaute, veränderten sich ihre Züge, wurden weicher. Dann ließ sie endlich die Pistole sinken.

»Wo habt ihr die her?« Ihre Stimme klang jetzt heiser.

»Ein Freund von uns, ein Fotograf, hat sie von seinem Onkel geerbt. Er selbst hat auch immer wieder die Mattanza fotografiert. Jetzt ist er tot. Ermordet, glauben wir.«

»Und was hat das mit mir zu tun?« Sie schaute misstrauisch von den Fotos hoch.

»Vielleicht können Sie uns helfen. Bitte hören Sie uns wenigstens an. Wir brauchen Ihre Hilfe!«

Adas Stimme klang immer noch freundlich, doch jetzt hatte sie mit mehr Nachdruck gesprochen, und Caterina Rizzo sah sie prüfend an. Dann strich sie mit der Hand vorsichtig über eins der Fotos. Sie schien unschlüssig, rang sich aber schließlich zu einer Entscheidung durch. »Gut, kommt mit. Aber ihr müsst die Insel verlassen, wenn ich es euch sage. Ich dulde hier niemanden.«

Schnell verschwand sie zwischen den Büschen, und Ada und Luca hatten Mühe, ihr zu folgen. Zehn Minuten später kamen sie an eine kleine Lichtung, auf der ein einfaches Haus stand, ein kleiner quadratischer Klotz, der weiß getüncht war. Luca sah die Wassertonne auf dem Dach. Also stimmte es wohl, es gab weder Wasser noch Elektrizität auf Santa Maria.

Caterina Rizzo öffnete ihnen die Tür, und sie gingen hinein – ein einziger Raum, in dem ein Bett, ein Tisch, zwei Stühle und ein einfacher Schrank standen. Durch ein großes Fenster fiel Licht hinein. Die Wände waren über und über mit Netzen verkleidet, großmaschige und ganz feine. Das Meer hatte sie verfärbt, an einigen Stellen war das straff gedrehte Seil grünlich, an anderen fast weiß, dazwischen alle Schattierungen von Braun. Die grellen Strahlen der Sonne malten ein Muster aus Licht und Schatten über die Netze. Luca strich vorsichtig mit der Hand über den Strick.

»Kokosfaser. Die Reusen mussten teils jährlich erneuert werden, weil das Meerwasser sie angegriffen und brüchig gemacht hat. Das sind alte Netze, irgendwann haben sie dann Nylon benutzt.« Caterina Rizzo ging an die Wand und roch an dem Netz. »Das Meer, die Sonne, die Algen und die Fische, das alles riecht man noch. Was von meinem alten Leben übriggeblieben ist. Papà hat die Netze mitgebracht, als er das Haus gebaut hat.«

»Wann ist Ihr Vater gestorben?«

»Fünf Jahre nach meiner Verhaftung.« Sie schaute sie herausfordernd an. »Ich bin eine Mörderin.« Jetzt kicherte sie.

Luca fühlte sich unwohl. War die Frau verrückt? Gefährlich? Aber Ada bewegte sich vollkommen natürlich in dem seltsamen Haus, lächelte ihr freundlichstes Lächeln und sagte: »Wir maßen uns kein Urteil an, Signora Rizzo. Außerdem sind wir nicht deswegen hier.«

Die andere schaute sie prüfend an und wies dann auf die beiden Stühle, während sie sich mit den Fotos auf das schmale Bett setzte. Luca sah, wie sie bei der Betrachtung der Bilder völlig in ihren Gedanken versank und weit weg zu driften schien. Er wurde unruhig und wollte etwas sagen, aber Ada legte ihm eine Hand auf den Arm und gab ihm ein Zeichen zu schweigen.

Er wusste nicht, wie lange sie so dasaßen. Es kam ihm wie eine Ewigkeit vor, bis Caterina Rizzo aufstand und Ada die Bilder zurückgab.

»Danke«, sagte sie leise.

»Behalten Sie sie«, sagte Ada.

Überrascht schaute Caterina Rizzo auf, dann huschte ein Lächeln über ihr Gesicht.

»Das bedeutet mir viel – nochmals danke. Was wollt ihr von mir?«

»Signora Rizzo, vor ein paar Tagen ist auf Mozia ein Junge umgekommen …«, begann Luca.

Caterina Rizzo zuckte mit den Schultern. »Ja und? Was habe ich damit zu tun?«

»Sie waren auf der Insel, nicht wahr?«

»Wer will mich dort gesehen haben?« Sie schaute Luca misstrauisch an.

»Nur mein Sohn – und dem glaubt sowieso niemand. Was immer Sie uns erzählen, behalten wir für uns.«

Sie schüttelte wieder den Kopf.

»Bitte – es ist wichtig, jede Kleinigkeit kann uns nützen.«

»Was ich weiß oder sage, nützt niemandem. Man hält mich ohnehin nur für eine verrückte Alte, und das ist mir recht so.«

Luca stand von seinem Stuhl auf. »Bitte. Man hält meinen Sohn für einen Mörder. Er soll den Jungen umgebracht haben.«

»Dein Sohn ist der Junge mit den dunklen Locken? Der war

es nicht, der ist später gekommen«, sagte Caterina Rizzo langsam. »Da war ein Mann.«

Luca hielt den Atem an. »Welcher Mann? Wie sah er aus? Und was ist passiert?«

»Keine Ahnung, ich hab ihn nur von hinten gesehen. Aber er war nicht mehr jung, hat sich bewegt wie ein älterer Mann.«

»Dein Sohn ist kein Mörder«, wiederholte Caterina Rizzo nur. »Mehr kann ich nicht sagen.«

»Bitte, wenn Sie eine Aussage machen …«

»Du hast ja keine Ahnung«, sagte Caterina Rizzo leise. »Ich erzähle euch jetzt eine Geschichte, und dann müsst ihr gehen. Ich war mein Leben lang Caterino, der Tonarotto. Keiner hat sich mit mir angelegt, ich war stark. Papà hat mich immer gewarnt, aber ich habe nicht auf ihn gehört. Halte dich zurück, hat er gesagt, je weniger die anderen von dir wissen, umso besser lebst du. Ich habe ihn oft ausgelacht, seine Sorge um mich, seine ständige Selbstbeherrschung. Wer sollte ihm oder mir etwas anhaben können? Papà war der Rais, der König von Favignana. Und ich war sein bester Mann. Dann kam ein neuer Rais, Papà hat sich zurückgezogen, ist hierher nach Santa Maria gegangen. Auch der Neue hat mir vertraut. Ich bin mit den Thunfischen aufgewachsen, mit den Netzen und Ankern, ich weiß genau, wie man sie auslegt, wann die Tiere kommen, wie ihre Wege sind, wann genug in der Reuse sind … Ich habe nie einen Kampf verloren. Nur hier auf der Insel, wenn ich meinen Vater besucht habe, war ich anders. Diese Insel gehört uns, hier hatte keiner was zu suchen, es war unsere Welt. Bis sie gekommen sind, diese verwöhnten Jungen. Sie haben mich beim Baden entdeckt, mitten in der Nacht. Waren betrunken, der junge Philipson wollte seinen Freunden den alten Rais zeigen, der auf einer einsamen Insel lebt. Stattdessen haben sie mich gefunden. Sie wollten ein bisschen Spaß haben, waren zu viert … Papà war in Trapani, ich war allein, die Pistole war meine Rettung. Einen habe ich erschossen, Philipson, die anderen waren nur verletzt. Zwei Stunden später haben sie mich abgeholt. Mein Vater hat den besten Anwalt bezahlt, den er finden konnte, aber es hat nichts geholfen – die drei haben gegen mich ausgesagt. Ich hätte das Feuer eröffnet, als sie noch nicht an Land waren, und alle umbringen wollen. Mord und versuchter Mord in drei Fällen. Auf Favignana war ich nie wieder …«

Caterina Rizzos Stimme war leise geworden, und Ada und Luca schwiegen. Ada holte ein Päckchen Zigaretten aus ihrer Tasche und bot Caterina Rizzo eine an. Die nahm die Zigarette, ließ sich von Ada Feuer geben und rauchte in schnellen Zügen. Sie hält die Zigarette immer noch, wie ein Mann sie halten würde, dachte Luca. Dann räusperte er sich. »Wissen Sie, dass der Junge, der jetzt auf Mozia umgekommen ist, der Neffe jenes Mannes ist, den Sie damals erschossen haben?«

»Ja, das weiß ich. Giacomo war Delias Sohn.«

»Sie kennen die Familie, weil Ihr Vater für die Philipsons gearbeitet hat, nicht wahr?«, sagte Ada langsam. »Sie kennen Delias Vater und Mutter, sie kannten Delias Bruder, haben ihn auch erkannt, als er mit seinen Freunden auf die Insel gekommen ist … Aber er hat sie nicht erkannt.«

»Mein Vater war der Rais. Er hat für niemanden gearbeitet. Aber ja, natürlich kenne ich die Familie. Delias Vater und ihre Großmutter, die alte Principessa. Auch Delias Bruder, und nein, er hat mich nicht erkannt …« Wieder schien Caterina Rizzo sich in ihren Gedanken zu verlieren.

»Bitte, Signora Rizzo, wenn Sie etwas gesehen haben, müssen Sie eine Aussage machen!« Lucas Stimme klang flehend.

»Es ist besser, wenn ihr jetzt verschwindet. Meine Aussage zählt nicht, ich bin wahnsinnig.« Sie lachte jetzt ein krächzendes Lachen. »Keiner hat mich auf der Insel gesehen – außer deinem Sohn. Und dem glaubt man nicht.« Wieder lachte sie ihr irres Lachen. »Die Erstgeborenen – Baal treibt immer noch sein Unwesen auf Mozia, wieder hat es einen erwischt. Den letzten der Philipsons …«

Lauter und lauter wurde ihr Lachen. Ada nahm Luca an der Hand und zog ihn aus dem Haus. Das Lachen der alten Frau verfolgte sie noch eine Weile, bis sie an die kleine Bucht kamen, wo ihr Boot lag.

21

Gibellina, 16. Juli 1947

Der Schmerz kam in Wellen, die sie gnadenlos überrollten. In ihrem Inneren tobte etwas wie ein wildes Tier, das keine Gnade kannte. Immer häufiger kamen die Wellen, und immer vollständiger ergriff dann das Tier Besitz von ihr. Sie war ganz Schmerz, jede Faser ihres Körpers war von ihm durchdrungen. Ebbte die Welle ab, konnte sie durchatmen, war alles wieder gut, und sie versuchte, eine andere Position für den mächtigen Bauch zu finden.

In der Höhle war es dunkel und feuchtkühl, von der Hitze des Hochsommertages war nichts zu spüren. Ein paar Sonnenstrahlen der schon tief stehenden Sonne drangen hinein und leuchteten schwach auf die rußbedeckten Felswände. Sie kannte alle Muster und Formen, die das Feuer in den langen Winternächten an Wände und Decke gemalt hatte. Sie hörte die Stimme ihrer Mutter, leise und sanft, ein einschläferndes Murmeln, die ihr Geschichten erzählte über die Rußbilder an der Wand. Da waren der gute und der böse Ziegenbock, das kleine Mädchen mit den Trauben in der Hand und der Hütehund, der immer lachte.

Vier Wochen harrte sie nun schon in der Höhle aus, und jede Nacht kam die Mutter zu ihr und erzählte ihr die alten Geschichten. Und seit zehn Stunden war da der Schmerz, erst leise und in großen Abständen, dann immer schneller und heftiger. Da war die nächste Welle, sie versuchte, sich aufzurichten, und merkte, wie es ihr feucht die Beine herablief, eine klare Flüssigkeit. Sie nahm einen der Lappen, die sie sich zurechtgelegt hatte, und wischte sich ab. Jetzt konnte es nicht mehr lange dauern. Sie wusste, dass es schnell gehen musste, wenn die Fruchtblase geplatzt war. Ein paar Stunden, länger nicht mehr. Sie trank einen Schluck Wasser, aber da war der Schmerz schon wieder, das Tier erhob seinen Kopf und tobte, wütete in ihren Eingeweiden. Mühsam drehte sie sich um und kroch auf allen vieren zur Felswand, um sich abzustützen. Sie fühlte sich ausgeliefert und hilflos und hasste das Gefühl.

»Nie mehr, nie mehr, nie mehr«, murmelte sie mit zusammengebissenen Zähnen, als der Schmerz wiederkam. Dann wurde ihr übel, und sie musste sich übergeben, eine dünne grünliche Flüssigkeit. Jetzt änderte sich der Schmerz, wurde ein Pressen ein Drücken, das ihren gesamten Körper erfasste. Das Etwas, das sie nun schon so lange in sich trug, wollte raus, es drängte und strebte, und das Schmerztier in ihr half ihm. Sie musste wieder würgen und fiel auf alle viere. Mit der nächsten Welle spürte sie den Kopf, sie schob und drückte, sie tastete zwischen ihre Beine und fühlte nassen Flaum unter den Fingern und dann wieder nicht mehr. Bei der nächsten Welle schrie sie, es war der Schrei einer Fremden, eine Stimme, die ihr nicht gehörte. Sie hatte aufgehört, die Wellen zu zählen, aber die letzten Sonnenstrahlen waren verschwunden, als sie schon glaubte, den Schmerz nicht mehr auszuhalten, noch einmal tief einatmete und mit aller verbliebenen Kraft presste, sie schrie und stöhnte, und dann spürte sie den Kopf, der endlich ihren Körper verließ. Das Tier in ihr beruhigte sich etwas, es kamen kleinere Wellen, die den restlichen kleinen Körper austrieben, sie griff danach, der Körper war feucht und glitschig, die Beine glitten aus ihr heraus, und dann lag das kleine Wesen auf ihrem Oberschenkel. Einen Moment lang blieb sie erschöpft liegen, dann hörte sie die Stimme: dünn, jämmerlich, ebenso erschöpft wie sie und verzweifelt. Der Kopf war schwarz von nassem Flaum, der Körper blutverschmiert, das Kind wimmerte mit geschlossenen Augen, das Gesicht war grotesk und ihr zutiefst vertraut, ein uraltes Gesicht, eines, das sie schon immer kannte. Jetzt schnappte es nach Luft und nach etwas anderem, es wimmerte und suchte, bis sie es an die Brust legte und es aufzuatmen schien. Gierig saugte es, und das Zittern, das den winzigen Körper erschütterte, ließ langsam nach. Vorsichtig schaute sie zwischen die dünnen Beinchen: ein Mädchen. Sanft legte sie die rechte Hand über das kleine Köpfchen. Mit der anderen deckte sie ein Tuch über den Körper. Ein Mädchen. Sie schloss die Augen und entschied, dass niemand von diesem Makel wissen durfte. Das war der einzige Weg, das kleine Wesen zu schützen.

Eine Stunde später hatte sie die Kraft, zwischen ihren Kleidern nach dem Messer zu suchen. Als sie es gefunden hatte, schnitt sie die Nabelschnur durch.

22

Schweigend schob Luca das Boot ins Wasser, schweigend stieg Ada hinein, und schweigend fuhren sie durch die Lagune zurück zur Küste. Luca sah auf sein Telefon, das lautlos gestellt war – wieder drei Anrufe von Francesca. Was sollte er Diegos Mutter sagen? Sie kamen einfach nicht weiter. Dass Diego kein Mörder war, hatte er gewusst, dafür brauchte er keine Bestätigung. Nun hatten sie zwar eine Zeugin, aber die konnte und wollte nicht helfen. Er begann, an dem Nagel seines linken kleinen Fingers zu kauen, bis Ada ihm eine Zigarette anzündete und hinhielt.

»Es ist zum Verrücktwerden, wir haben einfach keine Chance, Diego hat keine Chance, er wird im Gefängnis landen wie diese arme Frau, sein Leben ist komplett verpfuscht, ruiniert, *finito* …«, brach es aus ihm heraus.

»Luca, du hast mir versprochen, Ruhe zu bewahren, bis Diego dem Haftrichter vorgeführt wird. Komm, jetzt ist es vier Uhr, noch heute und morgen früh.«

»Das ist nichts anderes als eine Beschäftigungstherapie. Die haben sich auf Diego geeinigt. So wie sie damals auch kein Interesse an der eigentlichen Geschichte hatten, die sich auf Santa Maria abgespielt hat. Wer weiß, vielleicht hatte schon damals jemand von den Leoni-Philipsons seine Finger im Spiel, und jetzt wieder. Die biegen sich die Justiz zurecht, wie sie es brauchen.«

Luca wurde immer aufgeregter. Inzwischen waren sie beim Bootsverleih angekommen, und Luca war froh, von dem kleinen Boot runterzukommen.

Ada legte ihm die Arme um den Hals und zog ihn fest an sich. »Wir kriegen das hin, Luca«, flüsterte sie ihm ins Ohr. »Versprochen.«

»Aber wieso bist du dir so sicher? Wieso …«

»Luca, bitte vertrau mir. Und dreh nicht durch. Damit hilfst du Diego nicht. *Capito?* Wir müssen jetzt zu diesem Museumswärter, von dem du erzählt hast.« Sie schaute auf die Uhr. »Der wird erst gegen sieben an Land sein, da haben wir noch Zeit.« Dann blickte sie sich suchend um. »Dahinten ist eine Rosticceria, komm, ich habe Hunger.« Luca seufzte und folgte ihr.

Als sie später auf den Wohnwagen zugingen, in dem Marcello, der Museumswärter von Mozia, lebte, hatte Luca sich wieder etwas beruhigt. Entschlossen klopften sie an der Tür des Wohnwagens. Aus dem Inneren drangen Geräusche, Geschirr klapperte, aber niemand öffnete. Erst beim dritten Mal wurde die Tür geöffnet, und Marcello schaute erschrocken heraus.

»Was wollen Sie? Wieso sind Sie hier?« Wieder wippte er mit dem Oberkörper hin und her, und die näselnde Stimme klang hoch und klagend.

»Erinnern Sie sich nicht an mich, Marcello? Ich bin ein Freund von Silvio …«

»Silvio, Silvio, *Matri santa santissima, ma perché, ma perché*?« Stärker und stärker schwankte der Oberkörper, und der kleine Mann stöhnte.

»Können wir reinkommen?«, fragte jetzt Ada, und Marcello wich zurück.

»Ja, natürlich«, sagte er unsicher. Sie stiegen die schmalen Stufen zu dem kleinen Wohnwagen hoch, der innen blitzsauber war. An den Wänden hingen Bilder von Mozia, Poster der Tourismuszentrale, Postkarten.

»Wieso Silvio, wieso musste er sterben?«, jammerte Marcello weiter.

»Das wüssten wir auch gern. Marcello, hast du eine Ahnung, ob Silvio irgendwen gestört hat? Weißt du etwas?«, fragte Luca.

»Nein, ich weiß nichts, nur von dem schrecklichen Unfall habe ich gehört, oben in Erice. Kein Wunder, die enge Straße, das schnelle Auto, Signor Silvio hatte dieses schnelle Auto …«

»Ja, Marcello«, sagte Luca und versuchte, seine Ungeduld zu verbergen.

»Marcello«, übernahm Ada. Sie spürte wohl, dass Luca unruhig wurde. »Wir kommen wegen der Nacht, in der die Statue geraubt worden ist. Ist dir da am nächsten Tag irgendwas aufgefallen? War etwas anders als sonst?«

Marcello wippte hin und her, er hatte sich auf die schmale Pritsche gesetzt, auf der er nachts schlief, und schaute sie mit weit aufgerissenen Augen an. »Marcello, du mochtest doch Silvio? Er wollte zu dir gehen und dir genau diese Frage stellen. Er wäre am Tag nach seinem Unfall bei dir gewesen. Verstehst du? Ich stelle die Fragen, die er gestellt hätte. Hast du in der Nacht Lärm gehört? Autos gesehen, die sonst nicht da sind?«, fuhr sie fort.

»Nein, nein, es war alles wie sonst. Auf der Straße sind viele Leute, aber ich habe keinen gehört, der angehalten hat. Ich schlafe tief und fest.« Wieder begann er zu jammern, und Luca war schon so weit aufzugeben. Er bewunderte Adas Geduld, aber das hier hatte keinen Sinn.

»Nein, gehört habe ich nichts, aber …«, rief Marcello plötzlich, stand auf, lief zu einer niedrigen Kommode und holte etwas heraus. Zögernd hielt er Luca einen Zettel hin und schaute ihn unsicher an.

»Hier, das habe ich am nächsten Tag gefunden. Ich bin sicher, dass es nicht da war am Abend zuvor. Ich übersehe nichts, keiner ist so gründlich wie ich.« Seine Stimme klang jetzt triumphierend. Luca nahm den mehrmals gefalteten Zettel.

»Den habe ich im Museum gefunden, der lag in dem Raum, in dem die Statue steht, auf dem Boden.«

Luca faltete das Papier auseinander. Eine Quittung, ein handgeschriebener Kassenzettel, wie es sie kaum noch gab. »Articoli Sportivi di Ingrassìa Giuseppe. Via Manzoni, 46, 90254 Villabianca.«

Villabianca, ein Sportartikelladen in Villabianca? Villabianca war ein kleines Dorf in der Nähe von Sciacca an der Südküste Siziliens, vielleicht eine knappe Stunde von Marsala entfernt. Luca verbrachte dort seit Jahren seine Ferien, weil der feine Sandstrand sich kilometerweit ausdehnte und zumindest im Juli noch menschenleer war. Als er im vergangenen Jahr den Mörder seiner Exfreundin Laura gesucht hatte, hatte die Spur auch nach Villabianca geführt, mitten in die Weinberge und Olivenhaine einer adligen Familie. Wie sich herausgestellt hatte, verband diese Familie mit Lauras Großmutter eine gemeinsame Vergangenheit. Zum Schluss war ein kleines Häuschen übriggeblieben, direkt am Meer, das rechtmäßig Lauras Großmutter gehörte. Die aber wollte nicht mehr nach Villabianca fahren, zu viele Erinnerungen waren für sie mit dem Ort verbunden. Und so hatte sie die »Villa«, wie das Sommerhäuschen genannt wurde, zum Dank Luca geschenkt. Der nur zu gern hinfuhr und ein paarmal auch Ada hatte überreden können mitzukommen.

Jetzt schüttelte Luca den Kopf.

»Das gibt's doch nicht. Villabianca, ausgerechnet. Du bist sicher, dass der Zettel am Vorabend noch nicht da war?«

»Sicher? Natürlich bin ich sicher, *più che sicuro*, so was passiert mir nicht. Ich hätte ihn Silvio gezeigt – aber nicht dem Commissario. Der ist nicht mein Freund, die wollen, dass ich mit meinem Wohnwagen woandershin gehe. Was ist das? Eine Rechnung?«

»Ja, Schuhe, ›Vans Tesella Luxe reverse Black/Gold‹, Größe 43. 120 Euro.«

»Was ist das? Was soll das sein?« Marcello schaute Luca verständnislos an.

»Ich glaube, das sind Sportschuhe.«

Luca kratzte sich am Kopf. Er erinnerte sich daran, für Diego Schuhe gekauft zu haben, die »Vans« hießen. Alle trugen jetzt diese Schuhe. Alle in Diegos Alter. Hatte der ihm erklärt, als Luca Adidas oder Nike vorgeschlagen und Diego ihn mitleidig angeschaut hatte.

»Der Zettel könnte dem Dieb aus der Tasche gefallen sein«, sagte er langsam. »Marcello, kann ich die Rechnung mitnehmen? Sie könnte mir helfen.«

»Ja, vielleicht finden Sie so Silvios Mörder, *matri matri*, falls es kein Unfall war. Die Zeiten werden immer schlechter, und demnächst verjagen sie mich von hier …«

23

Unschlüssig standen Luca und Ada mit dem Zettel in der Hand vor Marcellos Wohnwagen. Es war inzwischen acht Uhr, die Sonne ging langsam unter und tauchte die Lagune vor ihnen in ein orangefarbenes Licht.

»Und jetzt?«

»Wann ist die Verhandlung morgen?«

»Zwölf Uhr.«

»Letzte Chance, lass uns nach Villabianca fahren, dort übernachten und morgen zu dem Laden gehen. Vielleicht erinnert sich der Verkäufer daran, wem er die Schuhe verkauft hat. Villabianca ist doch winzig – der wird nicht hundert Paar verkauft haben.« Ada war immer noch voller Tatendrang, sie hatte sich offensichtlich in den Kopf gesetzt, ihn abzulenken. Ob das ein gutes Zeichen war? Luca bezweifelte es. Trotzdem rief er in der Redaktion an und nahm sich für den nächsten Tag frei.

Dann stiegen sie aufs Motorrad und fuhren in Richtung Villabianca los.

Unterwegs glitzerte das Meer bereits im Licht der untergehenden Sonne. Villabianca war die letzte Ausfahrt vor der Küste. Endlos schienen sich die Felder und Weinberge auszudehnen, grün, gelb und braun lagen sie vor ihnen. Dann tauchten die ersten Häuser auf und schließlich das Ortseingangsschild. Am ersten Kreisverkehr staunte Luca wie jedes Mal über die absurde Skulptur, die sich mächtig in der Mitte erhob – eine orangefarbene Sonne aus Stahl, die aussah, als gehörte sie in einen Science-Fiction-Film aus den fünfziger Jahren. »Il Paese del Sole« stand darauf, das Sonnendorf. Villabianca war bei dem letzten großen Erdbeben 1968 vollkommen zerstört und ein paar Jahre später fantasie- und planlos wieder aufgebaut worden. Er tauchte in die staubigen Straßen ein, die er durchfahren musste, um hinunter zum Meer zu seinem Haus zu gelangen.

Sie hielten unterwegs an einer Pizzeria, nahmen Pizza und zwei Bier mit und machten es sich auf der Terrasse des kleinen Hauses gemütlich. Völlig menschenleer lagen die hohen Dünen vor ihnen, hinter denen das Rauschen des Meeres zu hören war.

»Es ist doch faszinierend, dass dieser Strand noch nicht das Objekt von Spekulationen geworden ist«, sagte Ada und trank einen Schluck Bier.

»Ich komme seit fünfzehn Jahren her, und damals war es noch ruhiger. Da gab es selbst die drei Bars am Strand noch nicht.«

»Gut, mit den drei Bars kann ich leben. Aber es gibt immer noch keine Hotels und Resorts, und der Strand ist nur im August richtig voll. Und das ist einfach traumhaft.« Sie lehnte sich in dem Korbsessel zurück und zündete sich eine Zigarette an.

»Ada, was glaubst du, was passieren wird?« Luca schaute dauernd auf die Uhr. Er konnte den Abend, der ihm unter anderen Umständen wie die Verwirklichung eines Traums erschienen wäre, nicht genießen.

»Miro Inzerillo wird Diego da rausholen, ganz sicher.«

Später lauschte Luca im Schlafzimmer Adas gleichmäßigem Atem. Er selbst schlief erst ein, als es draußen zu dämmern begann.

Am nächsten Morgen stiegen sie kurz nach zehn auf Lucas Motorrad und stürzten sich wieder in das Gewirr der Gässchen von Villabianca. Nachdem er vollkommen die Orientierung verloren hatte und das Gefühl nicht loswurde, ständig im Kreis durch die Gassen mit ihren gleichförmigen, hässlichen Häusern – drei- und vierstöckige Betonklötze aus den siebziger Jahren – gefahren zu sein, fand er endlich die Via Carducci, von der die Via Manzoni abging, bog rechts ab und hielt an der nächsten Straßenecke.

Das sollte ein Sportartikelladen sein? Das kleine Schaufenster war vollgestopft mit Gesundheitslatschen, Badetüchern mit bunten Disneyfiguren, einer Angel und Strandspielzeug aus Plastik. Dahinter eine von der Sonne ausgebleichte Wertetafel, die aussah wie aus den Achtzigern: eine blonde Frau, die lachend Tennis spielte. Verziert war das Arrangement mit einem Heer von toten Fliegen. Er zog den Kassenzettel aus der Tasche. Doch, das war der Laden, den er suchte: Ingrassìa Articoli Sportivi stand über der schmalen Tür, die in einen dunklen Laden führte. Das Interieur passte zum Schaufenster – überall stapelten sich Schuhkartons, mitten in dem kleinen Raum standen Ständer voller Badeanzüge, dicht aneinandergeschoben. In den Regalen häuften sich Badetücher und bunte T-Shirts. Alles sah aus wie von vor zehn Jahren.

Suchend schaute Luca sich um. »Hallo?« Auf dem Tisch mit der Kasse stapelten sich eingeschweißte T-Shirts, davor stand ein riesiger Karton.

»Hallo?«, rief Luca noch einmal, als hinter ihm die Tür aufgerissen wurde und ein kleiner Mann in Shorts, einem bunten T-Shirt, einer Kappe der New York Yankees und Badelatschen in den Laden stürmte.

»Sie sind die ersten Kunden heute und kommen ausgerechnet in den zwei Minuten, in denen ich gegenüber einen Espresso trinke. Tut mir leid, tut mir echt leid, aber Sie sehen ja, es ist Ware gekommen, die muss ich heute noch auspacken und einräumen, und das bei der Hitze, da wollte ich eine Pause machen. Schauen Sie mal, was die mir für einen Mist geschickt haben ...« Der kleine Mann – Luca schätzte ihn auf um die fünfzig – stürzte zu dem Tisch mit den T-Shirts und hielt ihm eins unter die Nase.

»Hab ich nicht bestellt, die haben mir was völlig anderes geschickt. Wie soll ich das hier in Villabianca verkaufen? Ingrassìa verkauft alles, ich bin eine Verkäufernatur, aber das!«

Empört schaute er Luca an. Er war mager und hatte ein freundliches, offenes Gesicht, das mausartig unter der viel zu großen Kappe hervorschaute. Und er redete gern. Umso besser. Luca entschloss sich, direkt zur Sache zu kommen. »Ich bin so froh, dass wir Ihren Laden gefunden habe – ich weiß nicht mehr weiter. Sie scheinen ja ein umfangreiches Sortiment zu haben.« Nicht zu dick auftragen, sagte er sich, sah aber, wie sich ein Lächeln auf dem Gesicht seines Gegenübers ausbreitete, und er nickte Ada stolz zu, die aufmerksam die Badeanzüge betrachtete.

»Dass Sie das gleich erkannt haben – mein Laden wird immer unterschätzt, aber ich bin besser sortiert als der Sportartikelladen in Sciacca! Hierher kommen sie aus allen Dörfern der Umgebung! Montevago, Santa Margherita, Sambuca ... Die Räumlichkeiten sind zu eng, aber ich bin bestens sortiert! Was suchen Sie denn?«

»Schuhe suche ich, diese Luxusversion der Vans, die jetzt alle jungen Leute tragen. Mein Sohn wünscht sich so ein Paar, und er hat gerade sein Examen bestanden, da dachte ich, ich greife etwas tiefer in die Tasche, denn billig sind sie ja nicht gerade ... Tesella Black and Golden Reverse in Größe 44.«

Wunschdenken, Diego war meilenweit vom Examen entfernt. Egal.

Jetzt verdüsterte sich das Gesicht des kleinen Mannes.

»Diese Schuhe! Mit den albernen goldenen Quadraten wer

trägt denn so was? Deshalb habe ich nicht viele bestellt. Die krieg ich nie los, hab ich gedacht. Ein Paar habe ich meinem Sohn gegeben, Größe 43. Schön blöd. Den Laden haben sie mir gestürmt. Aber als ich nachbestellen wollte, war es schon zu spät – alles weg, Lieferzeit zwei Monate. Da brauche ich sie dann auch nicht mehr. Ich hab sechs oder sieben davon innerhalb eines Tages verkauft, das muss man sich mal vorstellen. Die 43er war sofort weg. Die 42er gingen auch ruck, zuck weg. Die Amato-Brüder haben eigentlich Größe 43, haben sich aber irgendwie reingequetscht. Ist ganz schlecht für die Füße, das habe ich ihnen auch gesagt, war aber egal. Schuhe mit goldenen Karos – die tragen die, wenn die in der Bar hier gegenüber hinter der Theke stehen, lächerlich. Aber noch alberner ist, dass der kleine Lumìa sie auch gekauft hat und damit Fisch verkauft im Laden seiner Mutter.« Er schüttelte den Kopf.

»Lumìa, sagen Sie? Tony Lumìa, der Sohn der Fischhändlerin? Welche Größe hat der gekauft?« Luca musste sich zurückhalten, um nicht zu interessiert zu klingen.

»Ja, genau der. Ich glaube, es war Größe 43. Sind Sie von hier? Ich habe Sie noch nie im Dorf gesehen?« Neugierig starrte er Luca an, der entschied, dass es Zeit war zu verschwinden.

»Ich verbringe alle meine Ferien in Villabianca, da kennt man irgendwann fast jeden …«, sagte er. »Aber dann habe ich bei Ihnen auch kein Glück. Vielleicht versuche ich es in Sciacca.«

»Vergessen Sie's«, sagte Signor Ingrassìa energisch, »die haben die Schuhe noch nicht mal bestellt. Die haben kein Gespür für den Kunden …«

In dem Moment klingelte Lucas Telefon, er atmete auf, rief Signor Ingrassìa ein eiliges »*Mille grazie, mille grazie*, ich muss los!« zu und verließ, von Ada gefolgt, schnell den Laden.

»Ich dachte, ich befreie uns«, sagte Ada vor der Tür und zog ihr Handy aus der Handtasche, als Luca ihren Namen auf dem

Display seines Handys sah. »Mehr Information war von dem nicht zu erwarten.«

»Lumìa, hast du gehört? Tony Lumìa. Das muss ich erst mal verdauen. Komm, lass uns noch einen Espresso trinken.«

Sie gingen in die Bar gegenüber, die sich pompös Café de Paris nannte. Vor der Tür saßen fünf alte Männer, die Zeitung lasen und sie misstrauisch beäugten. Der Barista fegte gerade die Bar aus und schaute missmutig. Luca dachte fieberhaft nach. Tony Lumìa war ein alter Bekannter. Und wo er auftauchte, war auf jeden Fall etwas faul. Er hatte eine merkwürdige Rolle gespielt im vergangenen Jahr, als Luca Lauras Mörder gesucht hatte: Der Sohn der Fischhändlerin verkaufte eben nicht nur Fisch, wie Signor Ingrassìa behauptet hatte. Seine Mutter, die man im Ort nur La Tunisina nannte, stammte aus Mazara und war dort lange mit den Fischern hinaus aufs Meer gefahren. Man erzählte sich, dass ihre beiden Söhne nicht von ihrem Mann waren, sondern von einem tunesischen Fischer. Tony Lumìa hatte Kontakte zur tunesischen Gemeinde von Mazara und schmuggelte immer wieder Nordafrikaner nach Italien. Und ob das der einzige Nebenjob war, dem er nachging, bezweifelte Luca.

»Ada, du erinnerst dich doch an Tony Lumìa?«

»Aber sicher – der hat dir zweimal geholfen, und wir haben nie verstanden wieso.«

Luca rührte in seinem Espresso. »Ich traue Tony Lumìa alles zu. Nur nicht, dass er als Tourist nach Mozia fährt, um ein Museum mit phönizischen Tonscherben zu besichtigen.«

»Also gehst du davon aus, dass es sein Kassenzettel war, den Marcello gefunden hat? Er wird das niemals als Beweis gelten lassen. Denn diesmal steht er definitiv auf der anderen Seite …«

Luca schaute auf die Uhr und sprang auf. »Stimmt. Aber es ist eine Spur, immerhin. Komm, wir müssen los nach Marsala!«

24

Palermo, Villa Albamonte, 1. August 1947

Das Jahr ohne Thunfische

Meeresbiologen in Rom und London untersuchen das Ausbleiben der Thunfische vor Favignana«

Die Principessa schlug die Zeitung zu und trank noch einen Schluck der braunen, sprudelnden Flüssigkeit in ihrem Glas. Coca Cola, eine Art Limonade, die ihr viel besser schmeckte als das klebrige Zitronenzeug, das sie schon als kleines Mädchen verabscheut hatte. Die Amerikaner hatten es mitgebracht. Der General, der sein Hauptquartier in der Villa Albamonte eingerichtet hatte, war süchtig danach – und sie war auf dem besten Weg, es auch zu werden.

Dass die Thunfische in diesem Jahr nicht nach Favignana zum Laichen gekommen waren, war unerhört. Sie konnte sich nicht daran erinnern, dass das jemals vorgekommen war, nicht, solange sie lebte, und sie hatte auch nie jemanden davon erzählen hören. Der Rais, Rais Antonio, dieser seltsame Mann, hatte es gewusst. Im März hatte er die Camparia abgeschlossen, war zu Cousin James gegangen und hatte ihm gesagt, dass in diesem Jahr keine Mattanza stattfinden würde. Die Principessa kicherte bei dem Gedanken an die Szene, die sie nur aus James' Erzählung kannte – sie selbst war seit dem Tod ihres Mannes nicht mehr nach Favignana gefahren. Der wackere Cousin hatte seinen Dolmetscher herbeigerufen, weil er dachte, er hätte etwas falsch verstanden. Dabei sprach er inzwischen ganz manierlich Italienisch. Aber der hatte die Aussage nur bestätigt –

keine Mattanza in diesem Jahr. Dann hatte Antonio James die Hand gereicht und gesagt, er sei Ende des Jahres wieder da, um die Netze für die Mattanza des kommenden Jahres vorzubereiten. Damit hatte er sich umgedreht und war gegangen. James war ihm hinterhergelaufen, hatte zu schreien begonnen. Der Rais war stehengeblieben und hatte ihn von oben bis unten gemustert. »Ich habe keinen Einfluss auf die Thunfische.« Das war alles, mehr hatte er nicht gesagt.

Cousin James hatte ein Telegramm geschickt und George nach Favignana bestellt, der die ganze Angelegenheit hochkomisch fand. Die Principessa wollte nicht, dass George hinfuhr – war nicht gerade erst sein Freund, dieser freundliche englische Student, von einer Räuberbande ermordet worden? In der Nähe von Gibellina hatten sie seine Leiche gefunden, man hatte ihn erstochen. Offensichtlich hatte die Bande ihn verschleppt, als er in Trapani die Fähre verlassen hatte. Vittoria hatte gezittert, als George doch nach Favignana aufgebrochen war, fröhlich wie immer. Er war eine Woche später unversehrt und unverrichteter Dinge zurückgekehrt. Der Rais war verschwunden, und die Tonarotti schienen nicht daran zu denken, die Mattanza ohne ihn durchzuführen.

Cousin James tobte. Er sprach mit allen Bootsführern, mit den Arringatori, aber keiner wollte das Amt des Rais übernehmen. George hatte ihm erst geduldig, dann immer ungeduldiger zu erklären versucht, dass dies kein Amt war, das man frei vergab. Der Rais selbst bestimmte seinen Nachfolger und den Zeitpunkt der Amtsübergabe. Cousin James tobte weiter, er schrie herum, *»This is madness, complete and utter madness«* – George hatte ihn perfekt nachgemacht, und die Principessa hatte gelacht, bis ihr die Tränen über das Gesicht liefen. Schließlich hatte ihm einer der Bootsführer versprochen, dass sie die Mattanza ohne den Rais durchführen würden, wenn die Thunfische kämen. Es war offensichtlich, dass weder er noch sonst jemand auf Favignana daran glaubte. Cousin James hatte abendelang geklagt über das ungebildete, abergläubische Pack, über das »Business«, das so ruiniert würde, über die Hitze, den Dreck und überhaupt die *»Un-Englishness«* Siziliens – und das so lange, bis George nicht mehr über ihn lachen konnte und kurzerhand abgereist war. Zur Freude der Principessa, die erst wieder ruhig schlief, als er zurück in Palermo war.

Dann waren in der Tat die Thunfische ausgeblieben. Einzelne Tiere hatten den Weg gefunden, es waren mal fünf, dann eine Gruppe von zehn, aber nicht die üblichen Ströme. Außer Cousin James war keiner überrascht. Favignana nahm das Schicksal gottergeben hin, wie man alles akzeptierte, was einem zugemutet wurde. Hunger litt dort trotzdem keiner, durch die Thunfischfabrik war die Armut wesentlich geringer als in den Dörfern des Hinterlands. Der Ausfall ließ sich überbrücken. Am 17. Juni war Cousin James entnervt abgereist und nach Marsala gefahren, wo er »den Trauben beim Wachsen zusah und alle verrückt machte«, wie George es formulierte.

Die Principessa trank ihr Glas aus und trat aus dem eleganten Sommersaal der Villa Albamonte hinaus in den Garten. Die Pomelien blühten, ihre Lieblingsblumen. Große, exotische Blüten, nur eine pro Pflanze. George, ihr Kleiner … Er hatte diesen schrecklichen Krieg überstanden und sollte sich fernhalten vom Land der Geister und Dämonen. Wenn er nun noch heiraten und eine Familie gründen würde, wäre alles gut …

25

Luca starrte auf die verspiegelten Gläser der Sonnenbrille, die in allen Regenbogenfarben schillerten. Er wusste nicht, was ihn mehr nervte – das aufdringliche Kaugummikauen des Sicherheitsbeamten, dessen Augen er wegen der albernen Brille nicht sehen konnte, der ein sorgfältig gestutztes Ziegenbärtchen trug und dessen muskulöse Oberarme in dem engen T-Shirt auf mindestens zwei Trainigsstunden pro Tag schließen ließen, oder Francescas Seufzen und Stöhnen neben ihm. Er kaute an den Fingernägeln, sehnte sich nach einer Zigarette und merkte, wie sehr ihn Adas Gegenwart in den letzten Tagen beruhigt hatte. Aber Ada war dezent in einer Bar in einer Seitengasse verschwunden, als sie vor dem Gericht von Marsala angekommen waren, wo Francesca bereits wartete. Die sich diesmal auf keinen Fall hatte abhalten lassen mitzukommen und mit Miro Inzerillo, den Luca sehr bedauert hatte, hergefahren war.

Jetzt saßen sie seit zwei Stunden im Vorzimmer des Haftrichters auf zwei Holzstühlen. Das lange, schmale Zimmer war vollkommen kahl und in einem undefinierbaren Hellgrün gestrichen, fensterlos und in bläulich weißliches Neonlicht getaucht. Direkt vor ihnen saß der Sicherheitsbeamte vor einem ebenso kahlen Schreibtisch. Er hatte in dieser Zeit zwei Espressi, aus dem Automaten auf dem Flur getrunken, dreimal mit seiner Mutter telefoniert und zwischendurch jedes Mal um Ruhe gebeten, wenn Francesca ihn mit Fragen bestürmte. Als wenn der irgendetwas wusste außer dem Weg zum Fitnessstudio. Luca nagte grimmig an seinem Daumen. Diego hatten sie nur kurz gesehen und auch nicht mit ihm reden dürfen. Müde sah er aus und dünn, Luca bildete sich ein, der Junge sei in den beiden Tagen abgemagert, unter dem T-Shirt hatte man das Schlüsselbein sehen können. Er rieb sich die Augen. Hoffentlich hatte Miro recht, hoffentlich war das hier endlich vorbei …

Jetzt ging die Tür auf, und Luca und Francesca sprangen auf.

Miro Inzerillo kam langsam heraus, und Luca sah nur seine Stirn, die weiß war, weiß wie Wachs. Kleine Schweißtropfen standen auf dem Wachs, und Luca musste an eine tropfende Kerze denken. Miro sagte etwas, aber er konnte es nicht verstehen, so als wären sie beide unter Wasser, er sah, dass sich Miros Lippen bewegten, aber der Ton war abgestellt.

»Luca, hörst du mich?«

Er merkte, dass er unter Schock stand. Was hatte Miro gesagt? Neben sich hörte er Francesca schwer atmen.

»Der Richter ist dem Staatsanwalt gefolgt, der Anzeige erstatten will. Das Einzige, was ich raushandeln kann, ist, dass er bis Prozessbeginn zurück nach Palermo kommen darf. Luca?«

Luca spürte, wie auch ihm der Schweiß ausbrach.

Francesca hatte den großen orangefarbenen Seidenschal, der ihr lose über dem wallenden weißen Leinenkleid hing, mit Schwung nach hinten geworfen und stürzte in Richtung der offenen Tür. »Wo ist mein Sohn, ich will zu meinem Sohn!« Der Sicherheitsbeamte war aufgesprungen und packte sie am Arm. Miro ging jetzt zu ihr.

»Francesca, das heißt noch gar nichts. Bitte beruhige dich!« Sie hatte zu wimmern begonnen, ein hoher Ton, der kaum auszuhalten war.

»Francesca, hör auf mit dem Theater, *minchia*, reiß dich zusammen!« Luca hatte sie an den Schultern gepackt und schüttelte sie, bis Miro dazwischenging.

»Hört mir doch mal zu. Der Prozess ist in zwei Wochen, dann sehen wir weiter. Bis dahin muss er sich jeden Tag auf der Polizei in Palermo melden. Mehr war nicht zu machen, es tut mir leid.« Erschöpft fuhr Miro sich durch die Haare. Luca wusste, dass er es nicht gewohnt war zu verlieren, dass er damit nicht rechnete und dass es ihm normalerweise nicht passierte. Er wollte nachhaken, als Diego auf sie zukam und Francesca sich gleich auf ihn stürzte.

Jetzt wurde der Sicherheitsbeamte richtig nervös und bat sie, zügig den Raum zu verlassen. »Keine Menschenaufläufe, keine Menschenaufläufe!«, rief er empört, und Luca und Miro zogen Francesca und Diego weg. Draußen vor dem Gebäude umarmte Luca seinen Sohn. Er roch den säuerlichen Geruch von Angstschweiß und ungewaschenen Haaren, und wieder zog sich sein Herz schmerzhaft zusammen. Diego legte solchen Wert auf Körperpflege, schon als kleiner Junge hatte er ewig unter der Dusche gestanden und sich mit allen Shampoos, die dort standen, die Haare gewaschen. Er schaute seinen Sohn fest an. »Diego, *non ti preoccupare*, mach dir keine Sorgen, wir kriegen das hin.«

Diego lächelte schief. »Pa, wenn du das sagt – gerade du hasst doch alle, die dir mit diesem Satz kommen – *non ti preoccupare*. Jetzt mach ich mir erst recht Sorgen …«

Zwei Stunden später waren sie zurück in Palermo. Luca hatte Ada zuhause abgesetzt und war weitergefahren zu Francesca. Diego stand unter der Dusche, und Francesca saß anklagend in der Küche, in der ein überdimensionaler Fernseher lärmte.

»Und was machst du jetzt, Luca Santangelo?«

»Wie meinst du denn das?«

»Willst du weiter zuschauen, wie jemand unseren Sohn fertigmacht? Sein Leben zerstört?«

»Jetzt mach ich erst mal den Fernseher aus und rauch eine

Zigarette, *cazzo*!« Er hasste dieses Gefühl, das sie ihm immer wieder vermittelte, dass er an allem schuld war.

»Ich sag dir jetzt mal was – hier ist Schluss für Diego. Er muss weg. Und wenn du das nicht organisieren kannst, mach ich das.«

»Francesca, mach keinen Scheiß. Wo soll er denn hin? Und glaubst du, die finden ihn nicht?«

»Du Idiot, du bist ein Schlappschwanz, aber ich schau mir das nicht länger an. Du verschwendest deine Zeit mit irgendwelchen Recherchen, als ginge es hier um einen deiner beschissenen Artikel, dabei geht in der Zwischenzeit dein Sohn vor die Hunde. Hast du nicht kapiert, was da los war? Miro Inzerillo hatte keine Chance!« Francesca war immer lauter geworden, und Luca hatte das Gefühl, ihm platzte der Kopf.

»Mach keinen Scheiß, verdammt noch mal, Francesca …«

»Pa … Mamma?«

Luca und Francesco fuhren herum.

»Könnt ihr nicht wenigstens heute mal nicht streiten?« Unglücklich stand Diego in der Tür, und Luca schämte sich fürchterlich.

»Tut mir leid, Diego, uns liegen allen die Nerven blank.« Er schaute auf die Uhr. »Ich muss in die Agentur, aber gegen neun bin ich fertig, dann hole ich dich ab, wir essen was, und ich erzähle dir, wie weit ich bin, ja? Ein paar Neuigkeiten habe ich.« Er strich seinem Sohn über den Kopf, nickte Francesca zu und verließ schnell die Wohnung. Als er unten auf der Straße auf sein Motorrad stieg, fluchte er immer noch leise vor sich hin.

26

Seit zwei Stunden saß Luca in der Agentur und starrte aus dem Fenster auf den Hafen. KRONOS war im obersten Stock eines neunstöckigen hässlichen Klotzes aus den siebziger Jahren untergebracht, direkt gegenüber den Anlegestellen für Fähr- und Kreuzfahrtschiffe. Inzwischen machten hier in den Sommermonaten dreimal pro Woche riesige Kreuzfahrtschiffe fest, die die Sicht auf das Wasser komplett blockierten. Dann wähnte man sich einem anderen Hochhaus gegenüber.

Heute lag dort aber zum Glück nur die kleine Fähre nach Neapel, *Michele Rubattino* der Tirrenia, seit Jahrzehnten vertraut, und dahinter das Meer.

»Santangelo, wie weit bist du – haben wir was, was wir nach Rom schicken können?«

Luca rieb sich die Augen und stand auf, um sich noch einen Espresso zu holen. Er hatte die Nachrichten nur überflogen, die seine Kollegen in Palermo und die Korrespondenten aus den anderen Städten Siziliens geschickt hatten, ohne eine Entscheidung zu treffen. Waren die Nachrichten von nationaler oder gar internationaler Bedeutung, schickte das Büro in Palermo sie weiter nach Rom, an die Zentrale. Ansonsten wurden sie in einen lokalen Ticker geleitet, der in ganz Sizilien genutzt wurde.

»Ich schau gleich, gib mir fünf Minuten.« Luca rührte in der dunklen Brühe, die in der kleinen, braunen Plastiktasse aus der Espressomaschine der Agentur schwappte. Er hatte stechende Kopfschmerzen und wurde das Bild nicht los, wie Diego in der

Tür gelehnt hatte. Hatte Francesca vielleicht doch recht? War es besser, wenn Diego verschwand? Nein, das war Wahnsinn, was würde das für ein Leben werden? Gesucht wegen Mordes? Er musste weiter recherchieren, so weit konnten sie von der Wahrheit nicht mehr entfernt sein.

Dann setzte sich wieder vor den Bildschirm und zwang sich, die Nachrichten zu lesen. Hitzschlag eines Erntearbeiters bei der Tomatenernte in Pachino, das musste nach Rom, dreijähriges Mädchen vom Balkon gefallen in Alcamo, Mutter hatte sie dort ausgesperrt, das auch, streunende Hunde greifen Passanten in Ramacca an, nein, das nicht, kleinere Überfälle in Syrakus, Trapani und Caltanisetta, nein, Busunfall bei Modica, Fahrer und zwei Mitreisende leicht verletzt, nein, das auch nicht, Catania: Statue der Sant'Agata am Tag vor einer Prozession aus der Kirche gestohlen, mein Gott, wer machte denn so was, aber nein, das musste auch nicht nach Rom. Er klickte sich bis zum Ende der Nachrichten durch und sprang dann mit seinen Zigaretten in der Hand auf. Auf dem Flachdach des Gebäudes war eine Art Patio, wo man rauchen konnte. Er sog den Rauch tief ein und schaute auf das Meer unter ihm. In der Ferne sah er die Fähre aus Genua näher kommen, und selbst diese Fähre, die für ihn bis vor zehn Jahren ein Riese gewesen war, war bloß noch ein Zwerg, wenn sie neben einem der Kreuzfahrtriesen lag. Zweitausend Kreuzfahrtpassagiere stürmten jetzt jede Woche Palermo, und er hatte vor einem halben Jahr einmal recherchiert, ob das der Stadt etwas brachte – nein, natürlich nicht. Ein paar Billigläden entlang des Trampelpfades, dem die Touristen den Lemmingen gleich durch die Stadt folgten, verkauften ihren Plunder, die illegalen Pferdedroschken machten ab und zu Geschäfte, und die Billigpizzerien und Paninerien verkauften denen etwas, die bis zur nächsten Mahlzeit an Bord nicht durchhielten. Ansonsten profitierte die Stadt von der Anlegegebühr, die die Riesen zahlen mussten. Bestechungsgelder waren geflossen, Bauprojekte zur Vergrößerung des Fährhafens waren geplant, die Ausschreibung lief gerade, die wie immer nur eine Pro-forma-Aktion war, aber immer, wenn er dazu Nachrichten nach Rom geschickt hatte, waren die mit fadenscheinigen Begründungen aussortiert worden. Die sizilianischen Politiker hatten gute Verbindungen in die Hauptstadt, alle waren Brüder im Geiste einer krebsartig wuchernden Korruption. Der nun sein Sohn ganz offensichtlich zum Opfer fiel, denn das ging doch alles nicht mit rechten Dingen zu. Wütend trat Luca seine Zigarette aus und ging zurück an seinen Schreibtisch, wo das Telefon schrill klingelte.

»Santangelo, das ist der Kollege aus Catania, der versucht es schon zum dritten Mal.«

»Sì, *pronto*?«

»Haben Sie eine Ahnung, was hier los ist? Die Statue der heiligen Agata, unserer Stadtheiligen, ist aus der Kirche – ich wiederhole – AUS der Kirche gestohlen worden! Das ist noch nie da gewesen, das ist ein Skandal, die ganze Stadt steht kopf! Und das wollen Sie nicht nach Rom melden? Das sind nationale News, das will das ganze Land wissen …«

Der Kollege wurde lauter und lauter, und Luca starrte abwesend auf den Hörer, den er immer weiter von seinem Ohr weghielt. Sein Kollege Franco Nuccio, der Leiter der Agentur, schaute ihn mitleidig an und nahm ihm den Hörer aus der Hand.

»Ja … ja, ich verstehe … *ma certo*, klar. Nein, nein, ist schon richtig, wir melden es weiter, *di niente,* ciao.«

»Santangelo, geh nach Hause.« Franco Nuccio klopfte ihm auf die Schulter. »Bleib morgen auch zu Hause, das kriege ich hin, schau, dass du übermorgen zur Frühschicht wieder ansprechbar bist, ja? Und wenn ich helfen kann, sag Bescheid.«

Wie in Trance fuhr Luca nach Hause. Er war seit zwei Tagen nicht in seiner Wohnung gewesen, und die Hitze staute sich in dem kleinen *attico*. Schnell öffnete er die Terrassentür und die beiden großen Fenster. Dann warf er sich auf die kleine abgewetzte Ledercouch, legte den Kopf in den Nacken und schloss die Augen. Als er sie wieder öffnete und den Kopf kreisen ließ – sein Nacken war verspannt, daher sicher dieser hämmernde Kopfschmerz –, fiel sein Blick auf den dicken, braunen Umschlag, den er vor ein paar Tagen aus dem Briefkasten gezerrt hatte. Bevor sie nach Marsala gefahren waren, hatte er den Umschlag aus dem Kofferraum seines Wagens mit in die Wohnung genommen und ihn dann auf dem Tisch liegen lassen. Die Schrift auf dem Umschlag kannte er nicht. Als er die dicke Pappe aufriss, fielen ihm hunderte Fotos entgegen, große und kleine, schwarzweiße und bunte. Luca hielt die Luft an. Das waren Silvios Fotos, alle Fotos, die Silvio von dem Wagenlenker gemacht hatte. Auf einem klebte ein kleines gelbes Post-it, auf dem stand: »Das ist der Beweis, sie ist nicht mehr echt, später mehr, in Eile, S.«

Luca runzelte die Stirn und schaute sich die Bilder genauer an. Was sollte das heißen, sie war nicht mehr echt? Und wo war der Beweis? Er begann, Bild für Bild anzuschauen, bald schon ungeduldig und ungeduldiger. War das die große Erkenntnis gewesen? Und war Silvio deshalb ermordet worden? Er raufte sich die Haare, so kam er einfach nicht weiter. Als es an der Tür klingelte, sprang er erleichtert auf.

»Ada, gut, dass du kommst!«

»Luca, hör zu, wir müssen jetzt Ruhe bewahren, Diego darf keinen Scheiß machen!« Ada musste ihre Übersetzung unterbrochen haben, sie trug eine schwarz umrandete, kastenförmige Brille, nicht die Kontaktlinsen, ohne die sie das Haus nicht verließ. Sie sah ernst und streng aus.

»Ich weiß, ich weiß, das wäre der größte Fehler, aber sag das mal meiner Exfrau, die völlig hysterisch ist. Diego kommt nachher zu mir, dann werde ich ihm das noch mal einschärfen. Aber Ada, schau mal, was Silvio mir vor seinem Tod geschickt hat!«

Nach kurzer Zeit war Ada vollkommen versunken in die Betrachtung der Fotos. Luca bewunderte mal wieder ihre Geduld und Ausdauer. Waage, Adas Sternzeichen war Waage. Als Waage konnte man offensichtlich stundenlang Fotos vergleichen und anschauen, auch wenn alles um einen herum auf die Katastrophe zusteuerte. Als Widder ging das jedenfalls nicht. Er merkte, wie eine völlig ungerechte Wut in ihm hochstieg.

»Ich bin kurz weg und kaufe was fürs Abendessen mit Diego ein. Für Fisch ist es zu spät, aber vielleicht ein paar *involtini*, die mag er.« Schnell lief er die Treppe hinunter, die Bewegung tat ihm gut.

Als er nach einer halben Stunde mit viel zu vielen Einkäufen zurückkehrte, schaute ihn Ada triumphierend an.

»Ich hab's!«

»Und?«

»Es sind Bilder von zwei verschiedenen Statuen. Bis 2003 war es eine Statue und danach eine andere. Es sieht so aus, als wäre die echte 2003 gestohlen und an ihre Stelle eine Kopie gestellt worden. Das bedeutet aber auch, dass die Diebe jetzt gar nicht hinter der echten Statue her waren, sondern die wertlose Kopie verschwinden lassen wollten – entweder weil sie wussten, dass ein neues Gutachten erstellt werden sollte oder weil sie dachten, in Rom könnte bemerkt werden, dass das nur eine Kopie ist. Schau mal, hier!«

Luca setzte sich neben sie auf das Sofa. Sie hatte die Bilder in zwei Stapel sortiert. Alle waren auf der Rückseite sorgfältig datiert.

»Ich sehe keinen Unterschied, Ada.« Er starrte auf die Bilder, für ihn sah alles gleich aus.

»Komm schon, Luca, konzentrier dich. Hier, die Falten, sieh doch mal!« Sie sah ihn streng an. Er seufzte, runzelte die Stirn und verglich noch einmal. Hm. Wenn man genau hinsah, erkannte man einen Unterschied in dem Faltenwurf des Umhangs, den der Jüngling trug. Vor 2003 war er etwas unregelmäßiger gewesen, nach 2003 war er ganz gleichmäßig. Der Unterschied war minimal, und man sah ihn nur, wenn man die Bilder direkt nebeneinander legte. Wie war Silvio nur darauf gekommen? Und was hieß das für die Mordnacht?

»Das heißt, du denkst, dass die Diebe von 2003 zurückgekommen sind, um ihre Kopie zu stehlen?«

»Ja, das denke ich. Und ich denke auch, dass Silvio das jemandem erzählt hat, dem nicht passte, dass er das wusste. Er muss es jemandem gesagt haben, der da mit drinhängt.«

»Ettore Lagioia?«

»Zum Beispiel.«

27

Palermo, 12. Juni 1958

»Maman, sei nicht so stur, gib dir einen Ruck – mir zuliebe!«

Widerwillig blickte die Prinicpessa von ihrer Zeitschrift auf, musste dann aber doch lachen, als sie das Gesicht ihres Sohnes sah, das jetzt einen theatralischen Ausdruck annahm.

»Ach George, du weißt doch, dass ich nie wieder dorthin wollte. Seit Papas und Edwards Tod war ich nicht mehr auf Favignana …« Ihre Stimme zitterte.

»Ich weiß, Maman, aber mach eine Ausnahme, ja? Gib Favignana eine zweite Chance nach all den Jahren!«

»Am liebsten wäre es mir, wenn keiner von uns mehr dorthin führe, nicht nach Favignana, nicht nach Mozia, nicht nach Marsala, nirgendwohin!«

»Ist die Baronin der Salinen von Trapani immer noch abergläubisch? Der Fluch des Baal? Das glaubst du doch nicht im Ernst! Maman, es war ein tragischer Unfall!«

Die Principessa schämte sich ein wenig für ihren Ausbruch, sie stand auf und strich George flüchtig über das Haar.

»Du hast recht, es war ein Unfall. Aber die Reise ist beschwerlich, und ich bin nicht mehr die Jüngste, George. Muss ich wirklich mitkommen?«

»Ja, Maman, bitte. Du hast auch keine Gnade gekannt, was meine Heirat angeht.«

»Was soll das heißen?«

George lachte. »Ach komm, du verstehst heute wirklich keinen Spaß. Ich bin glücklich, dass ich Tina geheiratet habe. Noch glücklicher wäre ich allerdings, wenn wir alle zusammen den Besuch in Favignana und Marsala machen würden. Auch Cousin James würde das sehr begrüßen! Ich verspreche dir, es gibt dort sogar deine geliebte Coca-Cola. Bitte, Maman!«

Er küsste ihr die Hand und schaute auf die Uhr.

»Mal wieder zu spät – ich muss weg, Tina wartet schon. *Bon soir, Maman, a demain.*«

Die Principessa sah ihm nach, wie er aus dem Salon stürmte. Hatte sie ihn zu der Heirat gedrängt? Ja, wahrscheinlich. Georges Affären waren Gesprächsthema in den Salons von Palermo gewesen, aber es waren nie Frauen, die er hätte heiraten können. George schien kein Interesse an einer Ehe gehabt zu haben, er philosophierte, dass die Ehe der Tod jeder Liebe sei, und sah keinen Grund, sich an eine Frau zu binden. Die Principessa hatte immer wieder einmal Vorschläge gemacht, aber George hatte nur gelacht. Inzwischen war er weit über vierzig, und als die Principessa vor anderthalb Jahren ein ernstes Wort gesprochen hatte und ihm die jüngste Tochter der Lanza di Scalea ans Herz gelegt hatte – hübsch, aber nicht schön, wohlerzogen, schüchtern, klangvoller Name, da eines der ältesten Adelsgeschlechter Siziliens –, hatte er sie zum ersten Mal nicht ausgelacht.

»Du musst sie nicht lieben«, hatte die Principessa zu ihm gesagt. »Es reicht, wenn du sie respektierst und ihr Freunde werdet. Geh deinen Weg nicht allein, George!« Da war der Spott aus seinen Augen verschwunden.

Tina Lanza di Scalea war viel jünger als er, konnte ihr Glück kaum fassen und gab sich Mühe, es dem Ehemann und der Schwiegermutter recht zu machen. Der Principessa war das sehr recht, und sie dachte, dass es wohl für die Kleine besser sei, wenn sie, die Schwiegermutter, mitkäme auf diese Reise, auf der sie präsentiert werden sollte. In Favignana zum Fest der Mattanza und dann in Marsala auf den Weingütern.

Zehn Tage später betrat die Principessa zum ersten Mal seit dem Tod ihres Mannes und ihres ältesten Sohnes die Villa auf Favignana. Erst war sie entsetzt, dann ärgerte sie sich über sich selbst. Das große, alte Haus sah aus wie eines, in das seit Jahren keine Frau mehr einen Fuß gesetzt hatte: Den Flecken auf den verschossenen Sesseln war offensichtlich nicht mehr beizukommen, abgewetzte Sofas, blinde Spiegel, zersprungene Kacheln im großen Saal, Gardinen, die längst nicht mehr weiß waren, sondern von der unerbittlichen Sonne vergilbt. In der Küche hatte der Ofen die Decke vollkommen verrußt, und die Emaillebadewanne im großen Bad hatte abgesprungene Stellen. Empört rief sie den Majordomus zu sich, der verlegen von einem Bein aufs andere trat. Nach einigen bohrenden Fragen fand sie heraus, dass Cousin James sich vom Dienstpersonal gestört fühlte und es reduziert hatte, wo er konnte. Außerdem war er geizig und hatte alle Vorschläge, die Sofas und Sessel neu zu polstern oder die Gardinen zu erneuern, abgelehnt. Die Principessa entließ den peinlich berührten Bediensteten und rief ihre Schwiegertochter zu sich.

Tina kam eilig angelaufen, wie immer mit einem ängstlichen Lächeln auf dem freundlichen Gesicht. Was war nur mit dieser jungen Frau? Was machte sie trotz ihrer äußerlichen Attraktivität so reizlos? Sie hatte schöne hellbraune Augen, kräftiges glänzendes Haar, sie war klein und zierlich – aber schön war sie nicht. Höchstens hübsch. Harmlos. Die Principessa sah sie forschend an. Tina schien kein Geheimnis zu haben. Eine Frau muss ein Geheimnis haben, jedenfalls muss sie so aussehen, als hätte sie eins, um schön zu sein, dachte sie.

»Meine Liebe, du hast es schon gesehen, das Haus ist in einem furchtbaren Zustand. Wir müssen unseren Aufenthalt hier verlängern. Wir bleiben ein paar Wochen, um alles herzurichten. Neue Gardinen, neue Kacheln im Salon, das Mobiliar, die Küche muss modernisiert werden, die Bäder sind in einem schauderhaften Zustand … Das ist dir doch recht, oder?«

»Aber natürlich, Maman, sehr gern«, sagte Tina eilig. Und als die Principessa genauer von neuen Gardinen und Polstern zu reden begann, stellte sie fest, dass die Schwiegertochter zwar kein Geheimnis hatte, aber Interesse und einen ausgesuchten Geschmack, was die Einrichtung betraf. Wenigstens das, dachte Vittoria. Das sollte auch so sein, wenn man eine Lanza di Scalea ist.

So kam es, dass die Principessa erst eine Woche nach ihrer Ankunft mit George und Tina in die Camparia ging, um Rais Antonio zu begrüßen.

Der Rais war 1948 genauso selbstverständlich wieder aufgetaucht, wie er 1947 verschwunden war. Im Januar schloss er die Tür zur Camparia auf und begann, sich um die Boote, die Netze und die Anker zu kümmern. Cousin James war in Panik gewesen, dass es ein zweites Jahr ohne Mattanza geben würde, aber der Rais hatte ihn beruhigt: In diesem Jahr würden die Thunfische wie gewohnt kommen, die Schwärme würden ihren Weg nach Favignana finden und ihre traditionellen Laichplätze aufsuchen. Cousin James war skeptisch, woher wollte der Rais das wissen? Aber er merkte bald, dass er wieder der Einzige war, der zweifelte: Ganz Favignana bereitete sich auf die Mattanza vor. Und das zu Recht. 1948 war ein thunfischreiches Jahr und der Rais so stark und erfolgreich wie eh und je.

Zwei Jahre später war dann ein kleiner Junge aufgetaucht, gemeinsam mit einer taubstummen Frau. Wie selbstverständlich folgte er dem Rais auf Schritt und Tritt. Und wie selbstverständlich behandelte Antonio ihn wie seinen Sohn. Caterino hieße der Kleine, hatte George der Principessa berichtet, und die taubstumme Frau sei nicht die Mutter, sondern eine Art Amme und Kinderfrau. Mehr war nicht herauszukriegen, oder vielleicht interessierte es George einfach nicht besonders, vermutete die Principessa. Auf Favignana wurde nicht darüber geredet, man akzeptierte den Sohn des Rais, wie man sein Verschwinden und sein Wiederauftauchen akzeptiert hatte, wie man die Hitze im Sommer und die Februarstürme hinnahm.

Der Rais erwartete die Familie Philipson bereits vor der Camparia. Es war ein angenehm kühler Sommermorgen, der Himmel war tiefblau, und auf dem Meer glitzerten kleine Schaumkronen von dem leichten Wind, der über die Insel wehte. Sanft leuchtete der Tuffstein der Tonnara und der Thunfischfabrik, und die Principessa dachte, dass diese Insel traumhaft schön wäre, wenn nur der Fischgestank nicht über allem hinge.

Antonio war älter geworden, aber seine Züge waren nicht schmaler und härter, sondern weicher, voller. Erstaunt blickte sie in sein Gesicht, als er ihr entgegentrat und die Hand reichte. »Ich freue mich, Sie wieder einmal auf Favignana zu begrüßen, Principessa. Es ist lange her.«

»Ja, Rais Antonio, es ist lange her. Auch ich freue mich, Sie zu sehen.«

Auch seine Augen hatten eine sanftere Farbe. Wie … Bernstein, genau, Bernstein. Wie die Kette ihrer Freundin, einer lettischen Gräfin, die es nach Palermo verschlagen hatte. Honigfarben mit braunen Einsprengseln.

Der Rais bat sie herein, begrüßte Tina Philipson, man trank ein Glas Marsala zusammen und sprach über die diesjährige Mattanza. Suchend sah die Principessa sich um. Sie konnte ihre Neugierde nicht zügeln.

»Rais Antonio, verzeihen Sie, man hat mir viel über Ihren Sohn erzählt …«

»Caterino ist unten in der Tonnara und hilft den Männern mit den Ankern.«

»Wie alt ist er denn?«, fragte die Principessa erstaunt.

»Zehn Jahre. Zeit, sich nützlich zu machen.« Der Rais lächelte nicht, aber so etwas wie Stolz lag in seiner Stimme.

Als die Principessa zwei Tage später eine Gruppe von Jungen auf der Piazza spielen sah, erkannte sie Caterino, den Sohn des Rais, sofort. Die Kinder spielten mit einem kleinen, dunkelbraunen Lederball, und ihr Geschrei lag über der kleinen Piazza. Die Principessa wollte zur Chiesa Madre, um den inzwischen uralten Priester zu begrüßen. Sie hatte es von Tag zu Tag aufgeschoben, denn Padre Enrico war nicht nur äußerst schwerhörig, sondern hatte, wie die Principessa fand, auch einen widerwärtigen Mundgeruch. Passend zum Gestank der ganzen Insel. Nun waren sie schon über eine Woche hier, und länger ließ es sich nicht mehr vermeiden.

Jetzt blieb die Principessa stehen und beobachtete die Jungen. Der, den sie für Caterino hielt, war der kleinste, er sah ebenso dürr wie zäh aus. Trotzdem war er der Anführer, das sah die Principessa sofort. Sie näherte sich der Gruppe, und ja, es waren die Gesichtszüge des Rais. Der Junge war heller, seine Haare waren hellbraun, die Haut von der Sonne nicht dunkel gebrannt, sondern gerötet.

Wieder gab sie der Neugier nach. Sie ging auf die Gruppe zu und rief: »Caterino!«

Während die anderen Jungen ängstlich auseinanderstoben und in den engen Gässchen rechts und links der Piazza verschwanden, blieb Caterino stocksteif stehen und wartete, bis sie bei ihm war.

»Bist du Caterino?«

»Ja, und wer bist du?« Er hatte die Arme in die Seiten gestemmt und schaute sie trotzig an. Die Augen – sie stockte einen Moment. Es waren nicht die des Rais, oder doch? Sie waren hell und farblos, aber nicht das seltsame Gelb, sondern ein Grün, kaum zu erkennen im gleißenden Sonnenlicht.

»Vittoria Philipson, Principessa di Albamonte und Baronin der Salinen von Trapani.«

Da runzelte er die fein gezeichneten hellen Augenbrauen und sagte mit fester Stimme: »Und ich bin Caterino Rizzo, Principe di Favignana.«

28

Pronto, Diego, wenn du das abhörst, dann melde dich.«

Luca hätte Diego am liebsten überredet, bis zum Prozess bei ihm zu wohnen. Aber er wusste, dass das Krieg mit Francesca bedeutete, auch für Diego, und den konnten sie beide im Moment nicht gebrauchen. Luca hatte am Abend zuvor alles getan, um Diego aufzumuntern – er hatte ihm *involtini* gebraten, Kalbsrouladen gefüllt mit Parmesan, Rosinen und Pinienkernen, die Diego liebte. Danach gab es *cannoli*, die er in Diegos Lieblingsbar gekauft hatte, bevor er seinen Sohn abgeholt hatte. Er hatte Diego erzählt, was sie bisher herausgefunden hatten – die Vans, die zu Tony Lumìa führten; Silvios Fotos und die Vermutung, dass in der Nacht, in der Giacomo Leoni gestorben war, eine wertlose Kopie gestohlen worden war; Caterina Rizzo, die etwas gesehen hatte, auch wenn sie nicht aussagen wollte – »noch nicht«, hatte Luca optimistisch gesagt.

»Es ist nur eine Frage der Zeit, Diego, aber wir sind kurz davor, den Fall aufzuklären. Ada hat sich mit Giacomos Mutter angefreundet, die wird uns das Tagebuch geben. Pass mal auf, noch bevor der Prozess beginnt, wissen wir, was wirklich passiert ist. Und können es beweisen.«

Diego hatte seinen Vater mit einer Mischung aus Skepsis und Mitleid angeschaut. Müde hatte er das angebissene *cannolo* auf den Teller vor ihm gelegt. Zäh tropfte der dickflüssige Ricotta heraus.

»Du bist unverbesserlich, Pa. Immer noch der alte Kämpfer.

Du glaubst daran, dass du das klären kannst, auch wenn offensichtlich ist, dass irgendwer mir den Mord anhängen möchte, egal wie. Irgendwer, der Macht und Einfluss hat. Ich hab keine Chance.« Seine Stimme hatte bitter geklungen. Und sosehr Luca auch auf ihn einredete, das Gesicht seines Sohnes blieb verschlossen. Er glaubte ihm nicht.

Später waren sie durch die warme Nachtluft zurück zu Diegos Mutter gefahren. Es war noch früh gewesen, gegen elf, und normalerweise wäre Diego ausgegangen, es war ein Freitagabend. Aber er hatte keine Lust, wollte nach Hause, ins Bett.

Auf dem Rückweg war Luca durch die hell erleuchtete Via Libertà mit ihren schönen Villen gefahren, vorbei am Politeama-Theater, das in ein warmes Licht getaucht war. Schwarz glänzte der Asphalt, und die Geräusche der Sommernacht – Verkehr, Stimmen, in der Ferne ab und zu eine Sirene – beruhigten ihn. Es roch nach der Hitze des Tages, Abgasen, Essensgerüchen, dem nahen Meer, und plötzlich durchfuhr ihn wieder der Schreck, Diego könnte *wirklich* verurteilt werden und all das auf Jahre nicht sehen, nicht erleben. Als er dann im Bett lag, versuchte er, den Gedanken zu verjagen, hatte aber nicht einschlafen können und fast die ganze Nacht wach gelegen.

Jetzt saß er in der Agentur, versuchte, sich auf die hereinkommenden Nachrichten zu konzentrieren und hatte bereits dreimal Diegos Nummer gewählt. Ob er noch schlief? Nach der Arbeit wollte Luca nach Villabianca fahren, um mit Tony Lumìa zu reden. Es hatte ihm keine Ruhe gelassen, irgendetwas musste aus ihm herauszubekommen sein. Und vielleicht wäre es nicht schlecht, wenn Diego mitkäme. Es brächte ihn auf andere Gedanken, und wer weiß, Lumìa machte eher den Mund auf, wenn Diego dabei war. Wunschdenken hatte Ada das genannt …

»*Pronto*, Francesca? Was ist los bei euch? Ruf mich zurück, wenn du das abhörst.«

Francesca verlegte ihr Handy ständig, am besten erreichte man sie über Festnetz, aber auch da war keiner rangegangen. Luca schaute auf die Uhr. Fast Mittag, die beiden waren bestimmt essen. Er seufzte und starrte wieder auf den Bildschirm. Die Zeit wollte einfach nicht vergehen, und alle zehn Minuten sprang er auf, um eine Zigarette zu rauchen.

»Santangelo, alles in Ordnung?«

»Ja, danke, ich hol mir schnell ein *panino* und mach dann weiter.«

Franco Nuccio schaute ihn prüfend an. »Siehst aber nicht viel besser aus. Augenringe, über deine Frisur wollen wir nicht reden, Hemden kann man wechseln oder bügeln … Egal, bring mir ein *panino* mit, ja? Tomate Mozzarella.«

»Mach ich.«

Im Aufzug wählte er erneut Diegos Nummer, dann noch mal in der Bar, in der er die *panini* holte. Diegos Handy war abgestellt, die Mailbox ging sofort ran. Francescas Handy klingelte ins Leere. Luca schaute wieder auf die Uhr, gleich halb drei.

»Cazzo, ma che fanno?« Er schaute auf das Gebäude, in deren oberstem Stockwerk die Agentur lag, sah noch mal auf die Uhr und stieg dann auf sein Motorrad. Eine Viertelstunde kamen die ohne ihn klar. Er fuhr die Via Emerico Amari entlang vom Meer weg und bog dann nach rechts ab in Richtung englischer Garten, wo Francesca und Diego wohnten. Solange er nicht wusste, was los war, hatte er nicht den Nerv, nach Villabianca zu fahren, das wusste er. Vor dem Haus sah er, dass Francescas Auto fehlte. Er fragte beim Metzger im Nachbarhaus nach, der eigentlich immer den Überblick hatte, wer wann wohin fuhr. Aber der zuckte nur mit den Schultern. »Keine Ahnung, Dottore, ich hab die beiden nicht gesehen.«

Missmutig fuhr er zurück in die Agentur. Die beiden *panini* waren längst durchgeweicht, und Franco Nuccio schaute ihn mit einer Mischung aus Mitleid und Ärger an. »Na dann *buon appetito*«, sagte er resigniert.

Es war kurz vor acht, als er Francesca endlich erreichte. Erschöpft und entnervt saß er zu Hause auf seiner Couch und wählte zum hundertsten Mal Francescas Nummer, als sie endlich ranging.

»*Cazzo*, wo wart ihr? Ich versuche seit heute früh, Diego oder dich ans Telefon zu kriegen. Was ist los?«

»Nichts, was soll los sein.« Francescas Stimme klang triumphierend und siegessicher.

»Francesca, wo ist Diego?«

»Ich weiß es nicht.«

»Wie – du weißt es nicht?«

»Ich weiß es nicht.« Immer noch dieser Triumph in ihrer Stimme. Luca spürte, wie ihm in der Hitze der Schweiß ausbrach und sein Kopf zu glühen begann.

»Was soll das heißen, verdammte Scheiße? Francesca, was zum Teufel soll das heißen, du weißt es nicht?«

»Luca Santangelo, es heißt genau das: Ich weiß es nicht.«

»Du rührst dich nicht vom Fleck, ich bin in zwei Minuten da!«, brüllte Luca und steckte wütend das Telefon in die Tasche. Zehn Minuten später stand er vor einer vollkommen entspannten Francesca, die ihm ruhig die Tür öffnete.

»Wo ist er?«

»Er ist nicht mehr da, Luca. Ich habe das auf meine Art geregelt. Willst du reinkommen?«

»Bist du wahnsinnig?«, brüllte Luca. »Du warst schon immer irre, aber das ist *follia totale*, weißt du das? Hörst du mich?« Er hatte sie an den Schultern gepackt und schüttelte sie, den Leinenkaftan mit den großen, roten Blüten, darüber klirrte leise eine der großen Ketten mit den vielen Plastikanhängern, die sie gerade gern trug. Ungerührt machte sie sich los.

»Sei so gut und komm rein, die Szene muss ja nicht der ganze Palazzo mitkriegen. Die hatten in der letzten Zeit genug zu reden.«

Vorwurf, Vorwurf, das Übliche. Wütend folgte Luca ihr in die Wohnung. Er stürmte in Diegos Zimmer – nichts. Ausnahmsweise war alles ordentlich, keine Jeans auf dem Boden, keine Sneakers im Raum verteilt, das Bett ordentlich gemacht. Diego war wirklich weg. Abgehauen.

»*Vaffanculo*, Francesca, ist dir klar, was das bedeutet? Wie stellst du dir das vor? Was soll aus dem Jungen werden?«

»Reg dich ab, mein Lieber. Hier macht jeder das, was er für richtig hält. Du gehst mit deiner feinen neuen Freundin auf Spurensuche, und ich bringe Diego in Sicherheit.«

»Wo ist er?«

»Sag ich dir nicht. Aber sie finden ihn nicht.«

»Klar, Francesca, sie finden ihn nicht – sie gehen die Passagierlisten aller Flüge durch, die Palermo in den letzten Tagen verlassen haben, und dann haben sie ihn. Du dämliche Kuh, du Volltrottel!«

»Siehst du, genau das ist dein Fehler. Du unterschätzt mich. Diego Santangelo steht auf keiner Passagierliste. Diego Santangelo hat Sizilien nicht verlassen. Ich bin nämlich nicht total bescheuert«, sagte sie spitz.

»Du hast ihm falsche Papiere besorgt?« Luca war sprachlos. Woher nahm Francesca plötzlich diese kriminelle Energie? Und das alles ohne ihre übliche Hysterie? Er schaute seine Exfrau überrascht an. Sie warf die blonde Mähne gewohnt theatralisch über die Schulter.

»Diego muss sich morgen früh wieder hier auf der Polizei melden. Zu dem Zeitpunkt, an dem er das nicht tun wird, ist er längst in Sicherheit.«

Luca war immer noch sprachlos. »Aber …«

»Würdest du mich jetzt entschuldigen?« Sie schaute auf die Uhr. »Ich bin in einer halben Stunde zum Essen verabredet. Ciao, Luca.« Sehr bestimmt schob sie ihn aus der Tür.

Langsam ging Luca die Treppe hinunter. Unten auf der Straße wählte er mit zitternden Fingern Adas Nummer.

»Pronto?«

»Ada, hier ist Luca. Diego ist abgehauen.«

In der Leitung knackte es, dann war es still.

»Ada, *pronto*?«

»Dio mio …« Er hörte das Klacken ihres Feuerzeugs, dann einen tiefen Atemzug. Sie räusperte sich.

»Das heißt, wir müssen uns beeilen, Luca. Ich rufe gleich mal bei Delia Leoni an.«

»Mach das«, sagte er lahm. »Und danke.« Als er aufgelegt hatte, spürte er, wie müde er war. Er wollte einfach nur schlafen.

Stunden später lag er wach und schweißgebadet im Bett, auf dem Nachttisch ein Glas Nero d'Avola, das ihm auch nicht beim Einschlafen geholfen hatte. Alle Fenster und die Terrassentür waren aufgerissen, trotzdem wurde es nicht kühler. Entnervt stand er auf, ging auf die Terrasse und legte sich auf die Plastikliege, die er dort vor zwei Monaten aufgestellt hatte. Er starrte in den Himmel, an dem blass ein paar Sterne standen. Da klingelte das Telefon.

»Pronto?«

»Pa?«

»Diego, *cazzo*, wo bist du?«

»Das kann ich dir nicht sagen, aber es geht mir gut. Es war das Beste so, glaub mir. Mach dir keine Sorgen, ja? Ciao, Pa!«

Fassungslos starrte Luca auf sein Handy. Klar, Nummer unterdrückt. Er atmete tief durch. Morgen musste er Miro Inzerillo anrufen. Viel konnte der zu Diegos Verteidigung nun nicht mehr vorbringen …

29

*Pronto?«

»*Pronto*, hier ist Ada Pellegrino – Signora Leoni?«

»Ja …«

»Erinnern Sie sich an mich, ich habe Sie vor ein paar Tagen besucht?«

Delia Leoni setzte sich mit dem Telefon in der Hand auf die Chaiselongue im großen Salon und schloss die Augen.

»Ja natürlich erinnere ich mich an Sie. Wie geht es Diego?«

»Wir wissen es nicht. Er hat die Nerven verloren und solche Angst bekommen, dass er abgehauen ist. Wir wissen nicht, wo er ist. Wenn wir nicht herausfinden, was wirklich passiert ist, wird er in Abwesenheit verurteilt werden. Und kann nicht zurück.«

»Das … tut mir leid.« Sie überlegte fieberhaft, was sie Ada Pellegrino sagen sollte. Das Tagebuch, hatte sie es gesehen oder nicht? Ihr Mann war so sicher gewesen, dass dort gar kein Tagebuch gewesen war. Was hatte sie da bloß gesehen? Ihr Blick fiel auf die Tablettenschachtel auf dem kleinen Tisch vor der Chaiselongue. Sie musste dreimal zwei Stück nehmen – hatte sie die ersten beiden schon genommen? Romolo schärfte ihr immer ein, sie ganz genau zu nehmen. Sie wusste es nicht, und sie wusste auch nicht, was mit dem Tagebuch war. Egal war es sowieso, das eine wie das andere. Giacomo kam nicht zurück, nie mehr. Ihr kleiner Junge. Tränen stiegen ihr in die Augen.

»Ada … ich hatte Sie anrufen wollen. Ich habe nachgedacht, und ich glaube, ich habe mich geirrt. Wissen Sie, mir geht es nicht gut. Und nach Giacomos Tod … also ich weiß nicht. Die Erinnerungen verschwimmen, manchmal bilde ich mir Dinge ein, die nicht stimmen. Und ich weiß nicht … das Tagebuch …«

»Haben Sie es nicht mehr gefunden? Haben Sie überall nachgesehen?«

Adas Stimme klang nun drängend. Hatte sie überall nachgesehen? Wo sollte sie nachsehen, wenn nicht in Giacomos Zimmer? Wer sollte das Heft weggenommen und irgendwo anders versteckt haben?

»Ja, ich habe überall nachgesehen«, sagte sie langsam. »Und mein Mann kann sich an gar kein Tagebuch erinnern. Sie müssen entschuldigen, ich mache manchmal Fehler, vergesse Dinge. Ich nehme viele Medikamente …«

Delia atmete schwer. Wieso ließ die Frau sie nicht in Ruhe? Sie war so müde.

»Delia, Sie waren überzeugt davon, dass dieses Tagebuch existiert.«

»Ja, aber ich weiß es nicht mehr …«

»Bitte entschuldigen Sie, wenn ich Sie bedrängt habe.« Die Stimme am anderen Ende der Leitung klang wieder so sanft und freundlich, wie Delia sie in Erinnerung hatte.

»Ich kann mich nicht in Sie hineinversetzen, aber wahrscheinlich ist der Schmerz über den Verlust Ihres Sohnes größer als alles andere. Und jetzt komme ich mit irgendwelchen Suchaufträgen.«

Delia begann zu schluchzen. »Es tut mir leid, Ada …«

»Das muss es nicht. Das muss es wirklich nicht. Lassen Sie sich Zeit. Vergessen Sie das alles für den Moment. Wenn es Ihnen besser geht, fällt es Ihnen vielleicht wieder ein. Für Diego wäre es wichtig. Wenn Sie mögen, melden Sie sich. Und ansonsten entschuldigen Sie mich, dass ich Sie mit unseren Fragen gestört habe.«

Erleichtert legte Delia Leoni auf. Aber in die Erleichterung mischte sich bald schon Bedauern, Bedauern darüber, dass sie Ada Pellegrino nicht hatte helfen können. Sie hatte wirklich verständnisvoll geklungen, nicht dieser Ton, dem sie überall begegnete und dem sie sich ausgeliefert fühlte. Ausgeliefert wie den Blicken, all den neugierigen Blicken, die sie durchbohrten und auf eine Regung zu lauern schienen, auf den Zusammenbruch. Die arme Delia, die schwache Nerven hatte, depressiv war. Und jetzt dieser Schicksalsschlag. Wie soll sie das verkraften? Sie hörte nicht nur die Dienstboten tuscheln, überall hörte sie die Leute reden und starren.

Sie nahm die Tablettenschachtel, dann zögerte sie und legte sie zurück auf den Tisch. Sie musste einen klaren Kopf behalten. Das Tagebuch hatte in Marsala auf Giacomos Tisch gelegen. Wo war es abgeblieben?

30

Palermo, Villa Albamonte, 25. April 1978

Die Vorhänge waren zurückgezogen, und das Licht des frühen Nachmittags fiel in das große Schlafzimmer. Das Grün vor dem Fenster leuchtete in der Sonne, und der Duft von einem Meer von Blüten – intensiv der nach Jasmin – drang durch das geöffnete Fenster. Die Principessa atmete tief ein, sie sog den Geruch in sich auf. Sie versuchte, sich in dem großen Bett aufzurichten, gab aber schnell auf und schloss die Augen. Sie war schwach, zu schwach selbst für die kleinste Bewegung. Viel Zeit blieb ihr nicht. Zum Glück.

Sie dachte zurück an all die Jahre, die sie gelebt hatte, sie erinnerte sich an die Menschen, die sie geliebt hatte. Die meisten waren tot. Ihre Eltern, die Tanten und Onkel, die zahlreichen Cousins und Cousinen. Mit ihnen waren auch ihre Kindheit und Jugend verschwunden, jene Zeit, die sie als ein einziges rauschendes Fest erinnerte. Farben, Gerüche und die längst vergessenen Lieder ihrer Kinderfrau waren jetzt manchmal wieder da, wenn sie nachmittags einnickte. Ihr Mann und ihr ältester Sohn waren nun schon so lange tot, dass sie sich nicht einmal mehr an den Schmerz darüber erinnerte. Cousin James war vor fünf Jahren in London verstorben. Er hatte Sizilien verlassen, als die Weingüter bei Marsala, die Tonnara und die Thunfischfabrik verkauft worden waren – längst hatten sie da schon Verluste gemacht, und auch George hatte das irgendwann vor seiner Mutter nicht mehr verheimlichen können. Sie war froh gewesen, als er endlich alles verkauft hatte. Denn danach hätte es eigentlich wirklich keinen Grund mehr gegeben, ins Land der Geister und Dämonen zu fahren. Nur Mozia, Mozia hatte George nicht verkaufen wollen, was der Principessa ein Dorn im Auge war. Was sollten sie mit der Insel, auf der immer noch gegraben wurde und jetzt sogar Touristen kamen? Die sie bestaunten, diese Ausgrabungen, das Lebenswerk von Georges Großvater. Er hatte sehr an diesem Großvater gehangen, wahrscheinlich wollte er Mozia deswegen nicht verkaufen. Doch sie wäre froh gewesen, wenn sie sich auch davon hätten befreien können, von der Insel, den Ausgrabungen und von Baal, dem phönizischen Gott, der dort hauste.

Der Rais, Rais Antonio, jener seltsame Mann, war gegangen, als George verkauft hatte. Sein Sohn aber war auf Favignana geblieben und Tonarotto geworden, natürlich, ein wilder, streitsüchtiger Mann. Sie dachte an den kleinen, trotzigen Jungen, der ihr mit zehn Jahren die Stirn geboten hatte.

Sein Vater hatte die Insel der Thunfische und den ungestümen Sohn verlassen, hatte aber ein paar Jahre später die kleine Insel in der Lagune neben Mozia gekauft, Santa Maria. George hatte ihr das voller Erstaunen erzählt. Ein totes Stück Land mitten in der Lagune, winzig, ohne Strom und Wasser. Sie hatte den Rais verstanden, verstand ihn immer besser: Er war aus seinem eigenen Leben verschwunden und wollte für sich allein sein. Den Zeitpunkt des Abschieds hatte er selbst gewählt.

Auch für sie war es Zeit zu gehen. Fast neunzig Jahre waren genug. Sie wusste, dass George seine Krebserkrankung vor ihr verheimlichte. Noch ein Kind wollte sie nicht sterben sehen, es war unnatürlich und grausam. Wenn ihr Sohn nach Mailand oder Bologna fuhr, um neue Strahlentherapien auszuprobieren, schob er einen Besuch bei Freunden im Norden vor. Aber sie war alt, nicht blind und taub, sie hörte, wie seine Frau weinte, sie hatte Arztrechnungen gefunden, die eindeutig waren. Nein, sie wollte vor ihm gehen. Tina, ihre Schwiegertochter, die sie zwar nicht liebte, aber schätzte, hatte immerhin ihre beiden Kinder, Joseph und Delia.

Jetzt klopfte es, und Delia öffnete vorsichtig die Tür.

»Komm rein, ich bin wach!« Die Principessa gab sich Mühe, mit fester, fröhlicher Stimme zu sprechen. Delia würde sie am meisten vermissen. Vermissen? Sie schüttelte den Kopf, was für ein Unsinn, sie würde gar nichts vermissen, nichts hoffen, nichts fürchten …

Langsam kam Delia an ihr Bett. Sie trug Jeans und ein weißes T-Shirt, aber selbst diese stillosen Kleider konnten ihr Aussehen nicht ruinieren, bemerkte die Principessa mit einem Anflug von Stolz. Die Enkelin war eine schöne junge Frau, wie schade, dass man sie nicht mehr auf Bällen präsentieren, keine Kleider schneidern, die Haare frisieren lassen konnte … Der englische Einfluss hatte bei ihr durchgeschlagen, das ging nicht immer gut, aber Delia war eine Schönheit, viel schöner als diese englische Prinzessin, von der jetzt alle schwärmten.

Früher waren die englischen Monarchen nach Palermo gekommen, man hatte sie in der Villa Albamonte empfangen. Wann war zum letzten Mal jemand da gewesen? Vor dem Krieg? Hier wurde keiner mehr empfangen, und die Principessa vermutete, dass ihr Sohn die Villa kaum noch unterhalten konnte. Seit Jahren war nichts instandgesetzt worden, und der riesige Garten verwilderte zusehends. Ob ihr Enkel seinen Vater unterstützen würde? Joseph studierte in Rom, er war ehrgeizig – ganz anders als sein Vater –, aber er liebte die schönen Seiten des Lebens, und die Principessa hatte den Verdacht, dass er mehr Zeit auf Partys verbrachte als in Vorlesungen.

»Nonna?«

Die Principessa merkte, dass sie sich in Gedanken verloren hatte, wie so oft.

»Komm her, meine Kleine. Setz dich zu mir. Wie schön, dich zu sehen, gut siehst du aus. Bist du glücklich?«

»Ja, es ist alles in Ordnung. Was meinst du genau?«

Delia sah sie unruhig an. Seit sie klein war, vertraute sie sich der Großmutter an, hatte ihr auch erzählt, als sie sich zum ersten Mal verliebt hatte. Auch ihre Verlobung hatten sie lange diskutiert. George war ganz plötzlich sehr konservativ geworden und hatte eine Verlobung gefordert, als Delia ihnen eröffnet hatte, dass ihr um einige Jahre älterer Cousin nun ihr Freund war. Da war sie siebzehn gewesen. Die Principessa hatte sich gewundert, was sollte das heute noch? Man konnte sich problemlos scheiden lassen, wozu dann eine Verlobung? Was wollte man prüfen? Noch dazu einen Mann betreffend, den die Familie seit seiner Geburt kannte. Aber sie hatte ihre Zweifel für sich behalten. Am liebsten wäre es ihr sowieso gewesen, wenn die Enkelin noch gewartet hätte. Was sollte die Eile?

»Liebes, ihr wollt doch im kommenden Jahr heiraten. Bist du glücklich darüber?«

»Ich weiß nicht …« Delias Stimme klang zögernd und leise.

»Was weißt du nicht?«

»Ich weiß nicht, ob ich Ettore wirklich liebe, Nonna. Wir kennen uns schon so lange, es ist alles nicht sehr aufregend, mir wird nicht schwindlig, wenn ich ihn sehe.«

»Zum Glück! Was für ein Unsinn, Kleines, heirate jemanden, dem du vertraust und den du kennst, nicht jemanden, bei dem dir schwindlig wird!«

»Ach Nonna, jetzt redest du wieder, als würden wir vor siebzig Jahren leben!« Delia sah sie vorwurfsvoll an und strich sich den fransigen Pony, den die Principessa schrecklich fand, aus dem Gesicht. Aber Delia hatte recht. *Sie* hatte so geheiratet und gelebt. War das richtig gewesen? Hatte sie nichts vermisst? Sie schaute an die Decke und schwieg. Das Haus, die Villa Albamonte hatte sie gerettet. Für sich und ihren Sohn. Was würde bleiben? War das riesige Haus nicht bloß noch ein Klotz am Bein der Familie?

Delia nahm jetzt ihre Hand. Sie streichelte die Wange der Enkelin.

»Du hast recht, Delia. Lass dir Zeit, es drängt dich keiner. Heirate erst, wenn du dir sicher bist. Man kann auch lieben, ohne verliebt zu sein. Aber ohne Liebe wird eine Ehe schwierig. Und unter Umständen lang.« Sie lächelte und versuchte, ein Gähnen zu unterdrücken.

»Du bist müde, Nonna, schlaf ein wenig, ich lasse dich in Ruhe.«

Die Principessa schaute der Enkelin nach, wie sie den Raum verließ. Dann schlief sie ein, sie träumte von ihren Eltern, ihr Vater mahnte sie, sich besser um die Villa zu kümmern, der Garten war in einem trostlosen Zustand. Was um Himmels willen war mit den Rosen passiert? Sie sah Filou auf der Terrasse herumspringen, ihren geliebten Cockerspaniel, den ihr der Vater zum zehnten Geburtstag geschenkt hatte. Energisch kläffte er die Voliere an, in der der uralte grüne Papagei saß, den sie Marchesa Sangiorgio nannten, nach einer entfernten Verwandten, die gern Grün trug und dieselben kleinen schwarzen Äuglein hatte wie das Tier. Die Mutter blätterte in französischen Modezeitschriften, sie wollte die neue Garderobe in Paris bestellen, es musste bald Maß genommen werden, damit alles zur neuen Saison da war. Sollte das Ballkleid aus dunkelgrünem Samt oder aus rotem Taft sein? Ihr ältester Sohn Edward kam herein, er sah ernst aus wie immer und sprach von einem wichtigen Geschäft, das kurz vor dem Abschluss stand. Aber wo war George, ihr Kleiner? Da, in Reiterhosen, die dunklen Haare vom Wind zerzaust. Sie ging ihm lachend entgegen.

Als Tina Philipson am frühen Abend ihrer Schwiegermutter den Ingwertee brachte, den sie so gern trank, hatte das Herz der Principessa aufgehört zu schlagen.

31

Die Gesichtszüge des kleinen Amor waren kaum noch zu erkennen. Die Witterung hatte ihn fleckig werden lassen, und Moos bedeckte seine Nase und Teile der Stirn ebenso wie die kräftigen Waden und den gewölbten Po. Aus dem Köcher, den er um die runden Schultern trug, sprudelte schon lange kein Wasser mehr in den kleinen Brunnen, dessen Becken einer geschwungenen Muschel nachempfunden war. In den Händen hatte er einmal einen Bogen gehalten, aber die Finger waren abgebrochen, und mit ihnen war auch der Bogen verschwunden. Jetzt reckte er die Fäustchen vergeblich in den Himmel.

Delia Leoni saß auf einer kleinen Marmorbank vor dem Brunnen und suchte nach Antworten im gleichgültigen Gesicht der Figur. Giacomo hatte diesen Brunnen als kleiner Junge geliebt. Damals hatten sie ihn noch jeden Sommer mit Wasser gefüllt, wenn sie die Ferien in der Villa Albamonte verbrachten. Jetzt war in dem Becken nur eine Schicht von eingetrocknetem grünlichem Morast, auf dem in der Sonne schillernde Fliegen schwirrten. Giacomo hatte es sich irgendwann einmal in den Kopf gesetzt, Fische zu züchten, und hatte seinen Vater immer wieder dazu überredet, ihm Goldfische zu kaufen, die in dem kleinen Becken nie lange überlebten. Vom Strand in Mondello hatte er kleine Krebse mitgebracht und einmal eine Qualle, die an Land gespült worden war. Giacomo hatte sich immer Tiere gewünscht, viele Tiere, aber die Zeiten, in denen Tiere die Villa Albamonte bevölkerten, kannte selbst Delia nur aus den

Erzählungen ihrer Großmutter. Affen, Papageien, Pferde, Hunde, Katzen, ein kleiner Esel, der den Wagen der Kinder ziehen sollte, aber zu störrisch dazu war – das waren Geschichten aus einer anderen Zeit gewesen.

Aber auch ohne Tiere war der Garten der Villa, so verwildert er auch sein mochte, für den Jungen das Paradies gewesen, von dem er auch in Rom träumte. Stundenlang lief er hier herum und sammelte Blüten vom Boden auf – niemals hätte er sie gepflückt –, um sie seiner Mutter zu bringen.

Delia stand auf und strich dem Amor über die kalte Stirn. Irgendwann hatte dann Giacomo auch das Fieber gepackt – die Archäologie. So, wie sein Vater dafür brannte, war das kein Wunder. Sie dachte an ihre erste Begegnung zurück, ein halbes Jahr nachdem ihre Großmutter gestorben war. Romolo Leoni hatte gerade eine Stelle als Dozent an der Universität angenommen, er war ehrgeizig und wollte ganz nach oben. Sein Spezialgebiet waren die Phönizier. Als er zum ersten Mal mit einer Gruppe von der Universität nach Mozia fuhr, hatte er in Palermo ihren Vater besucht, der engen Kontakt zu den Archäologen aus Rom hielt.

Delia dachte an den attraktiven selbstsicheren Mann mit dem römischen Akzent, der sich von ihrem spöttischen Vater nicht hatte einschüchtern lassen und ihr die schönsten Komplimente gemacht hatte. Die Hochzeit mit Ettore war wegen des Todes der Großmutter immer wieder verschoben worden – ihrem Vater war diese Ausrede nur recht gewesen, um diese Heirat, die ihm nicht gefiel, hinauszuzögern. Dann war Joseph, ihr älterer Bruder, erschossen worden, ein Jahr nach dem Tod der Großmutter, und von der Hochzeit wurde nicht mehr gesprochen. In der Zwischenzeit war Romolo Leoni häufiger gekommen, er hatte die Statue ausgegraben – eine Sensation – und Monate auf Sizilien verbracht. Immer öfter hatte er Abstecher nach Palermo unternommen, um sie zu sehen, hatte sie ins Kino eingeladen oder ins Konzert. Sie waren abends am Strand von Mondello spazieren gegangen, hatten im warmen Sand gesessen, die Sterne angeschaut und sich leidenschaftlich geküsst. Ettore sah sie kaum noch, sie erfand immer neue Ausreden, wenn er sich mit ihr verabreden wollte. Was hätte sie ihm sagen sollen? Irgendwann hatte Romolo ihr eröffnet, dass er sie liebe und heiraten wolle. Bestimmt und direkt, wie es seine Art war. Sie hatte nicht lange gezögert und ja gesagt. Ihr Vater war begeistert, er hatte *good old cousin Hector*, wie er ihn nannte, nie gemocht. Ihre Mutter war entsetzt, denn Ettore war der älteste Sohn ihrer großen Schwester, die sie gleichermaßen verehrte und fürchtete. Aber die Mutter hatte alles und jeden gefürchtet. Delia wunderte sich inzwischen über sich selbst, mit welcher Nonchalance sie damals die Verlobung gelöst hatte, wie sie – zusammen mit ihrem Vater – der Tante, die erst hysterisch zu schluchzen begann und ihr dann die schlimmsten Vorwürfe gemacht hatte, getrotzt hatte. Ettore hatte kein Wort mehr mit ihr gesprochen, natürlich war er nicht zur Hochzeit gekommen. Er hatte überhaupt nicht geheiratet, und Romolo Leoni sah er als seinen Todfeind an. Wo er ihm schaden konnte, tat er es. Sogar den Jüngling von Mozia hatte er für unecht erklären wollen ... Dann war er krank geworden, Parkinson. Die Diagnose hatte sie erschüttert, sie fühlte sich schuldig. Ettore kämpfte, er kämpfte gegen die Krankheit, so gut er konnte. Die Prognosen waren nicht gut gewesen, aber lange Zeit hatte man ihm nichts angemerkt. All das hatte sie nur am Rande mitbekommen, zu beschäftigt war sie mit ihrem eigenen Leben gewesen. Und das war Romolo.

Sie hatte Romolo geliebt und liebte ihn immer noch, sie war gern mit ihm nach Rom gegangen, aber die Angst war immer stärker geworden. Seit dem Tod des Vaters. Als sie schwanger war. Später, als das Kind auf der Welt war – dass dem Jungen etwas passieren könnte. Dass Romolo etwas passieren könnte. Die große

Wohnung in Rom, die Villa in Palermo, um die sie sich nach dem Tod der Mutter und ihres großen Bruders kümmern musste, Mozia – es war ihr zu viel, und Romolo hatte die Dinge in die Hand genommen. Er hatte ihr nach und nach alles abgenommen, und Delia hatte sich zurückgezogen in ihre eigene Welt. Der Einzige, der ihr dorthin gefolgt war und ihr keine Angst machte, war Giacomo gewesen, Giacomo, der sanft war und ihr Blumen brachte.

Sie spürte, wie sie trotz der Hitze fröstelte. Seit zwei Tagen wehte der Scirocco durch die Stadt, selbst nachts wurde es nicht kühler. Sie sah, wie allen anderen der Schweiß auf der Stirn stand, wie die Hitze ihnen zu schaffen machte. Sie selbst erreichte sie nicht.

Was hatte Giacomo auf Mozia gewollt? Ihr Sohn war nicht besonders mutig gewesen, wieso war er nachts ganz allein auf die Insel gefahren? Er, der noch als Zehn- und Zwölfjähriger Angst vor der Dunkelheit gehabt hatte und nur einschlafen konnte, wenn die Nachttischlampe brannte? Delia wischte sich die Tränen aus dem Gesicht. Was brachte das, wenn sie versuchte, die Wahrheit herauszufinden? Was würde das ändern? Es würde nichts ändern, aber sie würde ihren Sohn vielleicht verstehen. Und vielleicht könnte sie dann wieder schlafen oder an irgendetwas anderes denken. Nicht heute und nicht morgen, aber irgendwann.

Das Tagebuch. Sie war sich jetzt sicher, dass sie es in Marsala gesehen und eingepackt hatten. Wie konnte Romolo das vergessen haben? Sie stand auf und ging langsam durch den Garten zurück ins Haus. Hatte er es wirklich vergessen? Leise schloss sie die Terrassentür hinter sich. Oder wollte er sie wieder einmal schonen? Stand in dem Tagebuch etwas, das er vor ihr verbergen wollte? Nachdenklich stand sie in dem Raum, der immer schon der Rote Salon genannt wurde – obwohl die Wände mit grünem, inzwischen verschlissenem Damast bespannt waren. Die Fresken an der Decke waren ebenfalls grün, verschlungene

Blumengirlanden – nur in der Ecke über der Tür zum Sommersalon waren drei große, rote Blüten zu sehen. Hibiskus. Langsam ging sie weiter in Romolos Arbeitszimmer. Er benutzte den Schreibtisch ihres Vaters. Sie wusste, dass dieser Schreibtisch ein Geheimfach hatte, ihr Vater hatte ihr das gezeigt, als sie acht Jahre alt war. Das Geheimfach war ihr gemeinsames Geheimnis gewesen, und immer hatten sie dort Dinge versteckt, die die Mutter nicht sehen sollte. Harmlose Dinge, irgendwann einen Lippenstift und Nagellack. Sie schaute suchend auf dem Schreibtisch umher, der aufgeräumt wirkte. Romolo war ordentlich, er ließ nichts herumliegen. Sie durchsuchte die oberste Schublade, und da war der kleine Schlüssel zum Geheimfach. Sie tastete an der rechten Seite des Schreibtischs entlang, fand das Fach. Mit zitternden Fingern steckte sie den Schlüssel ins Schloss und drehte ihn um. Sie schaute auf die Uhr – erst fünf, Romolo hatte gesagt, vor sieben sei er nicht zurück. Vorsichtig zog sie die Schublade auf. Und ja, da lag das braune Heft, das sie in Marsala gesehen hatte. Sie schob die Schublade wieder zu, schloss ab und legte den Schlüssel dahin, wo sie ihn gefunden hatte. Sie musste nachdenken. Durfte sie Giacomos Tagebuch lesen? Hätte er das gewollt? Romolo hatte sich darum nicht gekümmert, er hatte es schon gelesen – sonst hätte er es nicht vor ihr versteckt.

Was sollte sie tun? Es lesen? Es Ada Pellegrino geben? Was konnte dort stehen, das sie nicht lesen sollte? Sie musste nachdenken, aber sie wollte Ada helfen. Und diesem Jungen, der wahrscheinlich gar nichts mit Giacomos Tod zu tun hatte. Dessen Zukunft auf dem Spiel stand. Wieder stiegen ihr Tränen in die Augen. Giacomo hatte auch eine Zukunft vor sich gehabt. Träume, von denen er ihr erzählt hatte. Pläne, die zum Teil geglückt, zum Teil gescheitert wären.

Sie stand auf und ging langsam in Giacomos Zimmer. Dort legte sie sich auf das schmale Bett ihres Sohnes und schlief ein.

32

Ist Miro Inzerillo schon da?« Luca sah in die ausdruckslose Miene der Sekretärin, die am Empfang von Miros Kanzlei saß.

»Es ist kurz vor halb neun, Signor …«, sagte sie indigniert. Ihre blondierte Hochsteckfrisur sah aus wie zementiert, das Gesicht zeigte unter einer dicken Schicht Make-up keinerlei Regung. Der Mund leuchtete tiefrot.

»Santangelo, Luca Santangelo. Ich muss ihn dringend sprechen, und er geht nichts ans Handy.«

»Es ist kurz vor halb neun, Signor Santangelo«, wiederholte sie ungerührt, »um die Uhrzeit ist Dottor Inzerillo beschäftigt.«

»Ist er schon da?« Lucas Stimme wurde lauter, er sah sich um.

»Signor Santangelo …«

Luca war schon in Richtung von Miros Büro am Ende des Flurs unterwegs, als die Tür aufging und er herauskam.

»Ist in Ordnung, Signorina. Komm rein, Luca!«, rief er. »Zwischen sieben und neun gehe ich nicht ans Telefon, sondern bereite den Tag vor. Die zwei Stunden brauche ich«, sagte er, während er Luca in sein Zimmer lotste und auf die Sitzecke aus schwarzem Leder wies.

»Was ist los?«, fragte er, als er merkte, dass Luca unruhig war und sich nicht setzen wollte.

»Miro, du musst mir helfen. Diego ist verschwunden.«

Miro Inzerillo schaute ihn verständnislos an. »Wie meinst du das? Spätestens um elf Uhr ist er wieder da, er muss sich doch bei der Polizei melden.«

»Miro, er ist abgehauen. Er wird sich nicht um elf bei der Polizei melden.«

Miro schaute ihn schweigend an.

»Was machen wir jetzt? Kann ich anrufen und mich als Diego ausgeben, um einen Tag zu gewinnen? Kannst du das machen? Kannst du irgendwas machen? Wie viel Zeit kannst du rausschlagen?«

Es klopfte an der Tür, und die Sekretärin brachte zwei Espresso, die sie auf den Tisch stellte. Als sie die Tür wieder hinter sich geschlossen hatte, sagte Miro langsam: »Ich kann dir nicht helfen, Luca. Und das Mandat lege ich hiermit nieder. *Scusa*.«

»Was?«

»Ich lege das Mandat nieder. Der Fall ist nicht mehr zu gewinnen – wenn der Angeklagte erst eine Zeugin bedroht und dann abhaut. Das kommt einem Schuldeingeständnis gleich. Ich kann nicht helfen, wenn ihr macht, was ihr wollt.« Seine Stimme war neutral. Emotionslos.

Luca hob die Hände. »Halt, halt, Miro. Ich bin kurz davor, den Fall zu lösen. Wir haben eine Zeugin gefunden, die vielleicht etwas gesehen hat, die aber auf jeden Fall bezeugen kann, dass Diego erst am Tatort aufgetaucht ist, als Giacomo bereits tot war.«

»Die Zeugin scheint aber bis jetzt nicht den Weg zum Commissario gefunden zu haben, Luca. Wieso nicht?«

Luca zögerte. »Sie … sie will eigentlich nicht aussagen.« Als er sah, dass Miros Gesichtsausdruck, der einen Moment lang lebhaft geworden war, wieder versteinerte, redete er schnell weiter. »Aber ich bin sicher, wir können sie überzeugen. Sie ist mal zu Unrecht wegen Mordes verurteilt worden und war lange im Gefängnis, und natürlich …«

»Santangelo, was soll ich mit so einer Zeugin – einer Mörderin, die nicht aussagen will? Ich kann es ihr nicht mal empfehlen, im Zweifelsfall gerät sie selbst unter Verdacht. Denn sie war ja offensichtlich dabei, wenn sie alles gesehen hat. Das hilft uns nicht!«

»Aber sie hat gesehen, dass es Diego nicht war! Außerdem weiß ich, wer die Statue gestohlen hat, jedenfalls kenne ich einen der Männer!«

»Ja und? Die Staatsanwaltschaft behandelt die beiden Verbrechen getrennt – Mord und Raub der Statue, sie folgt damit der Polizei, die auch zwei Ermittlungen führt. Einer der Diebe hilft uns ebenfalls nicht.«

»*Cazzo*, Miro, es sind aber nicht zwei verschiedene Fälle, es ist *ein* Fall, ein einziger! Wir bekommen spätestens morgen Giacomos Tagebuch, da wird sicher auch einiges drinstehen, was uns weiterhilft. Miro, bitte, du musst Zeit gewinnen für Diego, bis sich alles aufklärt.«

Miro schüttelte den Kopf. »Nein. Ich bin kein Detektiv, Santangelo. Ich schaue mir die Fakten an, so wie sie sich jetzt darstellen. Keine Chance.«

Luca spürte wieder die Panik in sich hochsteigen. Der Schweiß brach ihm aus, er fühlte, wie ihm das Hemd am Körper zu kleben begann. »Miro, du musst mir helfen. Ich weiß nicht, was ich machen soll. Francesca hat Diego ins Ausland gebracht, ich weiß nicht mal, wo er ist, und …«

»Luca, ich kann dir nicht helfen. Hörst du mich? Ich lege das Mandat nieder.«

»Du lässt mich hängen? Im Ernst?« Aufgeregt lief Luca im Zimmer hin und her. »Das kannst du nicht machen! *Non è possibile*, Miro!« Er war immer lauter geworden.

Miro sagte ganz ruhig: »Ich habe dir geholfen, solange es ging. Jetzt kann dir keiner mehr helfen, Luca. Ich kann niemanden vertreten, der mir nicht vertraut. Und das tut dein Sohn nicht, sonst wäre er nicht verschwunden. Ein Pflichtanwalt wird den Fall übernehmen, ich kann dir auch nicht raten, jemand anderen zu suchen, es ist vollkommen egal, wer Diego jetzt verteidigt.«

Luca sah ihm an, dass er es ernst meinte. Miros Gesicht zeigte immer noch keinerlei Regung. Wütend trat er gegen die Seite von Miros schwerem, makellos sauberem Schreibtisch aus dunklem Holz. »*Vaffanculo*, du und deine Perfektion, dein Ich-mache-immer-alles-richtig, *vaffanculo*.«

»Ich halte mich an die Fakten, Luca. Das ist mein Job.«

»*Vaffanculo* mit deinen Fakten und deinem Job, *vaffanculo* mit deiner Selbstgerechtigkeit und deiner Überheblichkeit, *vaffanculo*, Miro Inzerillo!« Aufgebracht stürmte er aus dem Zimmer, vorbei an der Sekretärin, die aufgesprungen war, als die Tür aufflog, die breite Treppe hinunter und hinaus auf die Via Libertà, deren stattliche Jugendstilhäuser in der Morgensonne leuchteten. Mit zitternden Fingern zündete er sich eine Zigarette an.

»*Cazzo*. Und jetzt?« Er schaute auf die Uhr. Neun, er musste in die Agentur, konnte nicht schon wieder fehlen. Langsam ging er zu seinem Motorrad und fuhr in Richtung Hafen. Als er sich in der Agentur an seinen Schreibtisch setzte, sah er, dass jemand versucht hatte, ihn anzurufen. Deborah Alajmo. Silvios Schwester. Schnell rief er zurück.

»*Pronto*, Deborah?«

»Luca, ciao.« Ihre Stimme klang immer noch müde.

»Hast du was rausgefunden?«

»Nicht viel. Wir haben das Passwort zu Silvios Computer knacken können, aber keine interessanten Dokumente gefunden. Und in seinem Mailaccount war die letzte Mail, die er empfangen hat, von dir. Die mit irgendwelchen Artikeln im Anhang.«

Luca war enttäuscht – das war die Mail mit seinen Rechercheergebnissen. Es kam ihm so vor, als wäre das in einem anderen Leben gewesen.

»Ist das alles?«

»Die letzte Mail, die er geschrieben hat, ging an diesen Professor Leoni. Ich leite sie dir mal weiter. Offensichtlich haben sie ein schwieriges Gespräch gehabt, so klingt es jedenfalls. Sicher ist, dass Silvio bei Leoni war, bevor er nach Erice gefahren ist.«

»Ja, das hatten wir so besprochen«, sagte Luca langsam. »Aber wie das Gespräch verlaufen ist, habe ich nicht mehr erfahren. Leoni wollte mit mir nicht mehr sprechen, seitdem Diego der Hauptverdächtige in der Mordsache ist.«

»Ich habe dir die Mail weitergeleitet. Schau sie dir an. Das ist alles, was ich gefunden habe. Nicht sehr viel …«

Luca bedankte sich und legte auf. Als er in seinen Posteingang sah, hatte ihm Delia die Mail bereits weitergeleitet.

Lieber Professor Leoni,
danke für das Gespräch. Es tut mir leid, dass Sie meine Recherchen so aufgebracht haben. Dafür habe ich volles Verständnis, ich weiß ja, wie wichtig Ihnen die Statue ist und wie sehr sie mit Ihnen und Ihrer Lebensleistung als Archäologe verbunden ist.

Vielleicht denken Sie, wenn Sie sich von dem Schock erholt haben, darüber nach, was passiert sein könnte – und wann die Originalstatue gestohlen worden sein könnte. Denn dass im Museum auf Mozia zwei verschiedene Statuen gestanden haben, ist offensichtlich.

Ich fahre morgen zu Ettore Lagioia. Sie beide waren ja häufig nicht einer Meinung, und ich möchte wissen, was er davon hält. Ich bin mir auch nicht sicher, welche Rolle er als Gutachter des Assessorato dei Beni Culturali spielt. *Ich werde es Sie wissen lassen. Und möchte mich noch einmal dafür entschuldigen, Sie nach dem Verlust Ihres Sohnes mit dieser Nachricht belastet zu haben.*

Mit freundlichen Grüßen
Silvio Alajmo

Luca saß am Schreibtisch, ließ das Telefon klingeln und starrte auf den Bildschirm. Also hatte Silvio diesen Lagioia verdächtigt. Er hatte ihn verdächtigt, war zu ihm gefahren und auf der Rückfahrt verunglückt … Konnte die Kulturbehörde Interesse daran haben, die Statue verschwinden zu lassen? Dann wäre es einfacher gewesen, sie von Lagioia für unecht erklären zu lassen und sie danach irgendwohin zu verkaufen.

Und hatte Leoni wirklich nicht geantwortet? Er wählte Deborahs Nummer.

»Deborah, ciao, hier ist noch mal Luca. Hat Leoni nicht geantwortet?«

Einen Moment war Schweigen am anderen Ende der Leitung.

»Ciao, Luca. Warte mal … Nein, hat er nicht. Und inzwischen weiß er ja auch, dass Silvio tot ist. Über den Unfall ist überall berichtet worden.«

Enttäuscht legte Luca auf. Und jetzt? Leoni würde nicht mehr mit ihm sprechen. Ob seine Frau etwas wusste? Das musste Ada herausfinden. Er trommelte mit dem Zeigefinger auf seinem Schreibtisch herum. Er konnte nur noch nach Villabianca zu Tony Lumìa fahren und ihn mit dem Kassenzettel dieser Schuhe konfrontieren. Kurz vor sinnlos. Er sprang auf und lief zum Fenster. Gleich elf Uhr – jetzt würden sie bei der Polizei merken, dass Diego verschwunden war. Fieberhaft wählte er Francescas Nummer, ließ einmal klingeln und legte dann auf. Auch das war sinnlos. Diegos Nummer – wie immer in den letzten Tagen ging sofort der Anrufbeantworter ran. Wütend schmiss er das Telefon auf den Boden, als Franco Nuccio ins Zimmer kam.

»Luca, komm, wir gehen runter in die Bar und trinken einen vernünftigen Espresso. Dann erzählst du mir, wie es weitergegangen ist …«

33

Favignana, 22. Juni 1985

Zuerst hatte ihn Piero der Fischer gesehen. Eines Nachts, als er die kleine Kneipe an der Piazza verließ und in Richtung Hafen ging. Man hatte ihm nicht geglaubt – seit Pieros Tochter gestorben war, war er jeden Abend in der Kneipe und konnte sich meist kaum mehr aufrecht halten, wenn der Wirt ihn rausschmiss. Es war eine regnerische Mainacht gewesen, das Meer war stürmisch, und Piero berichtete am nächsten Morgen in der Bar, Rais Antonio sei zurück, er habe ihn vor der Tonnara stehen sehen. Unbeweglich habe er aufs Meer gestarrt. Auf sein Winken und Rufen habe er nicht reagiert. Alle lachten über Piero. Rais Antonio hatte zehn Jahre zuvor sein Amt übergeben, die Insel verlassen und war nie zurückgekehrt. Vier Jahre später war »das mit Caterino« passiert, wie die Menschen auf Favignana es ausdrückten, aus Respekt vor dem Rais, den alle bewundert hatten, auch wenn er niemandes Freund war. »Das mit Caterino und dem jungen Philipson«, mehr wurde nicht gesagt. Und wenn eine der Frauen der Tonarotti in der Stille des nächtlichen Schlafzimmers mit ihrem Mann darüber reden wollte, eine Vermutung äußerte oder nachfragte, verbot ihr der Mann den Mund.

Pieros Erzählung geriet schnell in Vergessenheit, denn tagsüber sah niemand den Rais. Die Mattanza begann – oder das, was von ihr übrig war: Die Philipsons hatten die Tonnara verkauft, eine Kooperative führte jetzt das Geschäft mit dem neuen Rais an ihrer Spitze. Man diskutierte und stritt, man suchte nach neuen Wegen – aber das Problem war unlösbar: Es kamen immer weniger Thunfische. Dafür kamen immer mehr Touristen, und man stritt darüber, ob man aus der Tonnara einen Veranstaltungsort machen sollte oder ein Museum. Ob man die Touristen mit hinaus aufs Meer nehmen sollte. Wie viel das kosten durfte. Ob man hinterher gegrillten Thunfisch und ein Glas Wein anbot. Die alten Tonarotti und Fischer waren verärgert oder entsetzt, die jüngeren begannen zu rechnen. Einig wurde man sich nie.

Dann wurde in einer ruhigen Nacht Anfang Juni Marilù, die Hebamme, in eins der kleinen Häuser unten am Hafen gerufen, wo bei einer der Fischersfrauen die Wehen eingesetzt hatten. Marilù war Anfang vierzig, hatte zwei erwachsene Söhne, stammte von Favignana und erinnerte sich gut an Rais Antonio. Sie war als pragmatisch, vernünftig und absolut vertrauenswürdig bekannt. Und als nach vier Stunden Wehen das dritte Kind im Haus des Fischers Luigi zur Welt gekommen war, sie die Nabelschnur durchgeschnitten, Luigi gratuliert hatte und den Espresso trank, den er ihr mit zitternden Fingern gekocht hatte, sagte sie ruhig: »Rais Antonio ist zurück. Vielleicht kommen mit ihm auch die Thunfische wieder.« Sie hatte ihn vor der Tonnara stehen sehen, genau dort, wo ihn auch Piero entdeckt hatte. Dann sah ihn dauernd einer, aber immer nur nachts, immer stand er unbeweglich am Meer, schaute aufs Wasser und reagierte nicht auf Ansprache. Die einen sagten, es sei eine Erscheinung, nur der Geist des Rais. Die anderen vermuteten, er wolle sein Amt zurückhaben, um dem Touristenspektakel ein Ende zu bereiten.

Mitte Juni wurde das Wetter unerwartet stürmisch. An den Nachmittagen kam Wind auf, der das Meer toben ließ, es wütete meist die ganze Nacht, und die Tonarotti konnten nicht aufs Meer fahren. Unzufriedene Touristen verließen die Insel, in der Tonnara stritten sich die Mitglieder der Kooperative von Tag zu Tag heftiger über mögliche Gründe und Ursachen, vor allem aber darüber, was jetzt zu tun war. Sollte man trotzdem rausfahren? Hielt die Reuse dem Sturm stand? Und brachte der Sturm Thunfische nach Favignana oder nicht?

Der 22. Juni war ein unerwartet ruhiger Tag, die Sonne schien von einem wolkenlosen Himmel, und die Oberfläche des Meeres lag ölig glatt in einem weißgelben Licht. Als die Männer hinaus aufs Wasser fuhren, um die Reuse zu kontrollieren, entdeckten sie einen Thunfischschwarm in den Netzen. Er schien größer zu sein als alle in den letzten Jahren, und die Männer wurden immer aufgeregter. Schnell bewegten sich die Tiere die Reuse entlang und auf die Kammer des Todes zu. Am frühen Abend begann die Mattanza, aber die vielen Tiere waren in der Übermacht. Die alten Tonarotti, die sich noch an eine solche Anzahl an Fischen erinnerten, hatten die Kraft nicht mehr, und die jungen waren überwältigt von den dicht an dicht gedrängten Leibern, dem brodelnden Wasser, das sich in pure Gischt zu verwandeln schien. Es war schon spät, als sich plötzlich laut und klar eine Stimme erhob:

»Steigt auf, steigt auf, *sugnu il Rais Antonio*.«

Die Alten drehten sich nicht nach der Stimme um, sie packten nur ihre Stecken fester und stießen sie mit aller Kraft in die silbrig glänzenden Leiber.

»Ai-a-mo-la.« Zögerlich stimmte einer den uralten Ruf an, dann fielen die anderen ein. Die jüngeren drehten sich nach dem kleinen Boot mit der schmalen Gestalt um, die vollkommen unbemerkt hinter ihnen aufgetaucht war. Sie starrten den Mann mit der dunklen Haut und den weißen Haaren an, der sehr aufrecht in dem kleinen Boot stand und sie anschaute. Sein Blick nahm sie gefangen, er zwang sie, sich ihm zu beugen, nach den Gaffs zu greifen und sich an die Arbeit zu machen.

Wie in Trance stießen sie zu, so lange, bis die weiße Gischt sich rot gefärbt hatte, bis die zuckenden Schwänze sich nicht länger bewegten und der letzte der silbrig schimmernden Leiber auf die Boote gezogen war. Sie waren müde und erschöpft und vollkommen durchnässt. Wie betrunken torkelten sie an Land, weit nach Mitternacht, und schauten sich suchend nach dem Rais um. Dann zeigte der kleine Giuseppe hinaus aufs Meer. »Da ist er, da draußen!« Sie sahen das Boot im fahlen Licht des Mondes aufs offene Meer hinaus fahren. Rais Antonio drehte sich nicht nach ihnen um. Ohne einen Blick zurück auf Favignana verschwand er dorthin, wo die Thunfische herkamen, die ihm ein Leben lang gefolgt waren.

Am nächsten Tag warteten alle darauf, dass der alte Rais wiederkäme. Doch Antonio blieb verschwunden und mit ihm die Thunfische. Und als tatsächlich einer es wagte, nach Santa Maria zu fahren und den Alten zu suchen, kam er unverrichteter Dinge zurück.

34

Delia sah die gebeugte Gestalt vor dem Grabmal ihrer Familie schon von Weitem. Der Friedhof lag im weichen Schein der Abendsonne, Licht und Schatten spielten auf den Gesichtern der Engel, Erzengel, Madonnen und Heiligen, auf den kleinen Kuppeln und Kreuzen aus Marmor und Stein, die die zahlreichen Mausoleen und Grabmäler schmückten. Unter dem Friedhof glänzte das Meer, umgeben von der Bucht von Palermo. Der Lärm der Stadt war weit weg, das Gewirr der Straßen und Gebäude lag im abendlichen Dunst verborgen und sah ungewöhnlich friedlich aus.

Sie überlegte einen Moment lang, ob sie weggehen und am nächsten Tag wiederkommen sollte, aber da drehte sich Ettore Lagioia um und hob die Hand zum Gruß. Delia atmete tief durch und ging zögernd auf ihn zu. Sie hatte Ettore lange nicht mehr gesehen. Kurz bei Giacomos Beerdigung, aber die Erinnerung daran löste sich hinter einem Schleier aus Verzweiflung und zu vielen Gesichtern auf, die zu einem einzigen, undefinierbaren verschwammen.

»Ettore, das ist eine Überraschung.«

»Guten Tag, Delia.« Er lächelte sie nicht an, und Delia dachte, dass er alt geworden war, auch alt aussah und ungepflegt. Die immer noch halblangen Haare waren strähnig, Falten hatten sich wie Furchen in sein Gesicht gegraben, die Augen waren von einer undefinierbaren Farbe und schauten sie reglos an, und das für den heißen Tag viel zu dicke graue Sakko war auf den Schultern voller Schuppen. Er stützte sich auf seinen Stock. Kurz stand ihr der Mann vor Augen, mit dem sie vor über dreißig Jahren verlobt gewesen war, ein Dandy, der Wert auf seine Kleidung legte, die halblangen Haare immer frisiert, die Hände manikürt, jemand, der nichts dem Zufall überließ, auch und vor allem nicht sein Aussehen. Wann hatte er sich aufgegeben? Plötzlich tat er ihr leid. Sie sah, dass er vor das Grab einen Strauß Jasmin gelegt hatte.

»So hat der Garten gerochen. Giacomo hat ihn geliebt, wie wir alle. Das Paradies unserer Kindheit ...« Seine Stimme wurde leiser.

»Ja, das stimmt, Ettore – aber woher weißt du das?«

»Erinnerst du dich nicht mehr an das letzte große Familientreffen? Da war Giacomo sechs Jahre alt und verschwand ständig im Garten. Er kam mit Armen voller Zweige und Blüten zurück. Aus den Jasminblüten hatte er dir eine Kette gebastelt.«

Jetzt fiel es ihr wieder ein, ja, das letzte große Familienfest, das sie in der Villa Albamonte ausgerichtet hatten. Romolo hatte gerade einen wichtigen Preis erhalten, sie waren zwei Tage vorher aus Rom gekommen, und sie hatte furchtbar viel zu tun gehabt, um das Fest zu organisieren. Ettore hatte sie nur am Rande wahrgenommen, sie hatten sich kurz begrüßt, mehr nicht.

»Wie geht es dir, Delia?« Ettore sah sie aufmerksam an, in seine farblosen Augen kam Leben. Er legte ihr die Hand auf die Schulter, und sie spürte, dass ihr die Tränen in die Augen traten.

»Ich ... ich weiß es nicht. Ich habe keine Ahnung.« Das ist die Wahrheit, dachte sie. Ich weiß es einfach nicht.

Seine Hand auf ihrer Schulter fühlte sich warm und vertraut an. Sie standen eine Weile schweigend da, dann fragte Ettore: »Was hat er dort gemacht? Wieso ist Giacomo nachts allein auf die Insel gefahren?«

»Wenn ich das wüsste. Er war mit seinen Kommilitonen aus Rom da, sie graben immer noch jedes Jahr dort. Aber was er nachts allein dort gesucht hat, weiß ich nicht.«

Er schüttelte den Kopf. »Keiner von uns hätte mehr dorthin fahren dürfen …«

»Ettore, fängst du jetzt wieder damit an? Immer noch der Fluch?«

»Mozia hat uns nur Unglück gebracht«, sagte er bitter. »Nichts Gutes ist je von der Insel gekommen.«

Für Ettore war wirklich nichts Gutes von der Insel gekommen. Sie hatte sich immer darüber geärgert, dass er versucht hatte, die Statue für unecht zu erklären – auch zuletzt noch einmal, es war nur ein paar Monate her. Unnachgiebig, rachsüchtig, verbittert hatte Romolo ihn genannt. Sein persönlicher Rachefeldzug gegen den Rivalen, so hatte es auch Delia gesehen. Nach all den Jahren immer noch.

»Was glaubst du, wer die Statue gestohlen hat?«, fragte sie zögernd.

»Es gibt viele Begehrlichkeiten, Delia. Vielleicht hatte jemand Angst, dass in Rom festgestellt wird, dass die Statue unecht ist.«

»Immer noch, Ettore? Kannst du nicht aufhören damit?« Delia war müde. Sie konnte es nicht mehr hören.

Ettore sah sie nachdenklich an.

»Damals habe ich mich vielleicht geirrt, aber das Original oder was immer Romolo 1979 ausgegraben hat, ist verschwunden … Seit Jahren steht in Mozia nur eine Fälschung …«

»Was redest du denn da?« Delia wurde ärgerlich. »Ettore, lass es gut sein. Bitte.«

Sie sah, dass er etwas sagen wollte, sich aber zurückhielt und ihr über den Arm streichelte. »Entschuldige. Es ist ja auch vollkommen egal. Die Frage ist, was Giacomo auf Mozia wollte. Und ob ihn dieser andere Student umgebracht hat.«

»Ich glaube nicht, dass der es war. Aber wer immer es war, niemand bringt mir mein Kind zurück.« Die Tränen liefen ihr über das Gesicht, und Ettore nahm sie vorsichtig in den Arm. Sein Geruch war ihr vertraut, er musste immer noch seine geliebten Zigarillos rauchen.

Dann sagte er fest. »Nein, keiner bringt dir dein Kind zurück. Aber du kannst herausfinden, was ihn umgetrieben hat. Was er gesucht hat.«

Als sie im Auto nach Hause saß, gingen ihr Ettores Worte nicht aus dem Kopf. Das Tagebuch. Sie würde es doch lesen.

Eine Stunde später hielt sie das braune Heft in der Hand und ging damit in Giacomos Zimmer. Vorsichtig öffnete sie es und sah Giacomos vertraute Handschrift, klein, die Buchstaben dicht an dicht, ganz regelmäßig und etwas nach links geneigt. Er hatte in Rom begonnen zu schreiben, nachdem dieses Mädchen, Giulia, ihn verlassen hatte. Sie versuchte, sich zu erinnern, hatte sie ihm etwas angemerkt? Er hatte nie von ihr erzählt, immer nur von seinen Vorlesungen und Seminaren, von Funden und Plänen, Projekten und einer möglichen Zukunft. Er war offensichtlich verliebt gewesen, hatte sich aber darüber gewundert, dass eine wie Giulia überhaupt Interesse an ihm hatte. Delia blätterte weiter, im April hatte Giacomo geschrieben:

Giulia hat recht gehabt, wir hätten nicht zueinandergepasst. Hat sie mir überhaupt zugehört? Nicht so wie dieses Tagebuch, und ich vertraue ihm mehr. Vielleicht finde ich irgendwann jemanden, der so ist wie ich. Ich bin froh, dass ich nicht mehr in Clubs und Kneipen gehen muss, auf Partys, wo ich kaum einen kenne und mich wegen der lauten Musik sowieso nicht unterhalten will. Und wenn ich es versuche, weiß ich nicht, was ich sagen soll. In all diesen Gesprächen geht es um nichts.

Delia sah Giacomo vor sich, ernsthaft, vertieft in seine Bücher. Hatten sie ihn auf die Welt vorbereitet, oder hatten sie ihn zu sehr Teil ihrer eigenen Welt werden lassen? Sie blätterte weiter. Mai, Juni, dann war das Semester zu Ende, und Giacomo war mit seinen Kommilitonen nach Sizilien gefahren. Am Wochenende kam er zu ihnen nach Palermo und diskutierte mit Romolo stundenlang über die Ausgrabungen.

Draußen war es längst Nacht geworden, durch das halb geöffnete Fenster drangen warme Luft und die Stimmen der Nachtvögel ins Zimmer.

Dann der Eintrag vom 30. Juli, drei Tage vor seinem Tod, ein Sonntag. Sie konnte sich erinnern, dass sie nicht zusammen zu Abend gegessen hatten, Romolo musste noch einmal weg, und Giacomo sagte, er habe keinen Hunger, müsse noch einen Aufsatz lesen. Sie war nicht unglücklich darüber gewesen, hatte starke Kopfschmerzen gehabt und war früh zu Bett gegangen. Die Zeilen tanzten vor ihren Augen, und sie spürte, wie ihr schwindlig wurde.

Zwei Stunden später stand sie auf, ging in die Küche, um ein Glas Wasser zu trinken, holte dann ihr Nachthemd aus dem Schlafzimmer und kehrte zurück in Giacomos Zimmer. Dort legte sie sich ins Bett und starrte lange an die Decke. Einschlafen konnte sie nicht. Gegen zwei Uhr morgens schickte sie Ada Pellegrino eine SMS. Danach fiel sie in einen unruhigen Schlaf.

35

»Wo ist Diego? Francesca, *mi senti*, wo ist er?«

»Ich habe keine Ahnung, Luca, und bitte entschuldige mich, ich muss zum Yoga.« Francescas Stimme war aufreizend ruhig.

»Hör zu, wir können versuchen, mit dem Haftrichter zu reden. Oder dem Staatsanwalt. Wenn er freiwillig zurückkommt, dann bekommt er vielleicht mildernde Umstände. Ich habe dauernd die Polizei am Telefon. Francesca?« Er schüttelte das Telefon, es hatte Aussetzer, seit er es gestern in der Agentur auf den Boden gefeuert hatte. In der Leitung tutete es, Francesca hatte aufgelegt.

Er schnaubte wütend, sprang vom Sofa auf, weil er hörte, wie seine kleine Moka auf dem Herd zischte. Der Espresso war sehr heiß, dunkel und zähflüssig. Wo konnte Diego sein, verdammt noch mal? Wo würde Francesca ihn hinschicken? Sie hatte einen Bruder in New York, einen Cousin in Venedig, einen anderen in Kalifornien. Sie würde ihn doch nicht mit falschen Papieren in die USA schicken? Das wäre verrückt. Die Nummer seines Exschwagers hatte er, er hatte ihn dreimal angerufen und glaubte ihm, dass der genauso überrascht war wie er selbst von Diegos Verschwinden. Venedig war zu nah. Den Cousin in Kalifornien hatte er zweimal gesehen, er erinnerte sich nicht mal mehr genau an den Namen, Pierluigi, Piergiorgio …

Als es klingelte, schaute er überrascht auf die Uhr: Es war erst acht. Er öffnete die Tür und sah eine strahlende Ada, die triumphierend ihr Handy in die Höhe hielt.

»Ada … seit wann stehst du so früh auf?« Eigentlich war sie vor neun kaum ansprechbar, trank dann irgendwann den ersten Espresso, stellte das Radio auf volle Lautstärke, um aus dem Schlaf in den Tag zu finden. Sie arbeitete lieber bis nachts um eins als morgens vor elf.

»Delia Leoni hat mir heute Nacht eine SMS geschrieben. Sie hat das Tagebuch gefunden und will mich sehen. Heute Nachmittag um vier im Botanischen Garten.«

»In Botanischen Garten?

»Ja, bei der Hitze ist dort niemand. Offensichtlich will sie ungestört sein. Sonst hätte ich ja wieder zu ihr kommen können.«

»Ungestört?«

»Luca, *pronto*, bist du schon wach? Hast du einen Espresso für mich? Und vielleicht trinkst du selbst auch einen.« Adas Stimme klang euphorisch.

»Entschuldige, Ada, komm erst mal rein.« Er küsste sie. »Ich hatte eben wieder mal ein nicht sehr freundliches Telefonat mit Francesca. Kaffee ist fertig.«

Er goss den Rest Espresso aus der Moka in eine Tasse und gab sie Ada. »Jetzt erzähl mal. Was hat Delia Leoni geschrieben?«

»›Liebe Ada, ich habe das Tagebuch gefunden und muss Sie unbedingt treffen. Morgen um vier Uhr im Botanischen Garten. Delia‹«, las Ada ihm vor. »Das klingt dringend.«

»Ach Ada, hoffentlich hast du recht – mir bleiben zwei Tage, um entweder Diego zurückzuholen oder die Angelegenheit zu klären, sonst kennt der Staatsanwalt keine Gnade mehr.« Luca rieb sich die Stirn, er hatte Kopfschmerzen von einer weiteren schlaflosen Nacht. »Delia Leoni ist unsere letzte Hoffnung. Ich habe morgen frei, da fahre ich nach Villabianca zu Tony Lumìa. Oder noch mal zu Caterina Rizzo, ich könnte vor ihr auf die Knie fallen und sie anbetteln auszusagen …«

»Caterina Rizzo sollten wir da raushalten, man hat ihr so

übel mitgespielt. Und hat Inzerillo dir nicht gesagt, dass sie im Zweifel selbst verdächtigt wird? Nein, Delia Leoni ist vielleicht die Rettung. Heute Nachmittag wissen wir mehr.« Sie stand von der Couch auf. »Ich muss mich beeilen, muss mein Kapitel übersetzt haben, bevor ich mich nachher mit ihr treffe.« Sie gab ihm einen Kuss auf die Stirn.

»Ciao, Ada«, rief Luca ihr hinterher, als sie zur Tür ging. »Und danke! *Mille grazie!*«

Eine Stunde später saß er in der Agentur und starrte aus dem Fenster, als Franco Nuccio in sein Büro gestürmt kam.

»Hast du gesehen? Die Nachricht aus Mazara del Vallo? Die Statue und die Festnahme?«

Luca sprang auf. »Was?«

»Schau, hier!« Franco zeigte auf den Bildschirm, und Luca las eine Nachricht, die der Korrespondent aus Mazara gesendet hatte: »*Guardia di Finanza* hat auf einem Fischkutter eine Statue gefunden, die der des Jünglings von Mozia gleicht. Ein junger Mann wurde festgenommen, der dabei war, die Statue auf das Schiff zu verladen. Bin noch vor Ort, weitere Informationen folgen.«

»Franco, ich muss dahin!« Luca griff nach seinem Helm und setzte die Ray-Ban auf.

»Unser Korrespondent dort heißt Andrea Vassallo, der ist noch nicht lange dabei. Scheint aber gute Kontakte zu haben.«

»Danke, Franco«, rief Luca im Rausgehen über die Schulter. »Du hast mir so geholfen, ich verspreche dir, ich arbeite alle Stunden …«

»*Va bene, va bene*, verschwinde und pass auf dich auf«, rief Franco Nuccio ihm hinterher. »Ich lasse die Nachricht noch nicht über den Ticker laufen, sonst wimmelt es da von Journalisten …«

36

Liebes, wie hast du geschlafen? Ich wollte dich nicht wecken, du musst auf Giacomos Bett eingeschlafen sein …«

Romolo Leoni stand in der großen Küche, den Latte macchiato in der einen Hand, in der anderen das *cornetto* mit Marmelade, das er jeden Morgen aß, und lächelte seine Frau aufmunternd an. Ihre Großmutter Vittoria, die stolz auf ihre Englischkenntnisse gewesen war und lange Briefe auf Englisch an die Londoner Verwandtschaft geschrieben hatte, hätte das Lächeln *patronizing* genannt. Romolo bevormundete sie, und er hatte irgendwann aufgehört, sie ernst zu nehmen. Sie hatte im Nachthemd *in* Giacomos Bett geschlafen, ganz bewusst und nicht zufällig. Aber offensichtlich dachte ihr Mann, es lohne sich gar nicht, sie darauf anzusprechen. Er wartete auch ihre Antwort nicht ab.

»Ich muss einen Artikel fertigschreiben, bitte entschuldige mich.«

»Wie geht es eigentlich deiner Schwester?«, fragte sie mit fester Stimme.

»Wie bitte?« Er schaute sie irritiert an. Wie immer war er untadelig gekleidet, eins der unzähligen Hemden, die seine Initialen trugen und die er in London bestellte, Bond Street, dazu ein helles Sakko, das über einem der Küchenstühle hing.

»Wie geht es deiner Schwester? Ich habe dich gar nicht danach gefragt … erst gestern Abend fiel mir wieder ein, dass du ja am Vorabend von Giacomos Tod nach Rom geflogen bist, weil es ihr nicht gut geht.« Ihre Stimme klang tonlos. Sie räusperte sich und sah das ordentlich frisierte Haar ihres Mannes, seine Züge, die müde aussahen, beinahe grau, trotz der sommerlichen Bräune. Jetzt begann sein linkes Augenlid zu zucken.

»Ich … ich habe sie gar nicht gesehen«, sagte er schnell. »Ich wäre erst am nächsten Morgen zu ihr gegangen, aber da kam schon die Nachricht aus Marsala.« Er stockte. »Ich muss sie dringend anrufen, Liebes, du hast recht, auch ich habe sie vollkommen vergessen, die arme Letizia … Sie hat ja nicht mal zur Beerdigung kommen können.« Seine Stimme, die zögernd geklungen hatte, hatte sich wieder gefangen. Sie starrte ihn an, und Ettore fiel ihr ein, sein Sakko mit den Schuppen auf den Schultern, das strähnige Haar, die staubverschmierten, abgetretenen Schuhe. Seine Umarmung und die Wärme, die von ihm ausgegangen war. Romolo kam zu ihr und gab ihr einen Kuss auf die Stirn.

»Liebes, ich muss jetzt an den Schreibtisch. Vergiss deine Tabletten nicht, es ist schon elf.«

Sie schaute ihn unverwandt an, als sein Telefon zu klingeln begann. Er warf einen Blick auf das Display und ging dann schnell aus der Küche.

»Pronto?«

Sie folgte seiner Stimme, er war schnell aus der Küche durch den breiten Flur in den grünen Salon gegangen und hatte die Tür hinter sich geschlossen. Sie legte das Ohr an die hohe Holztür.

»Was? … verrückt geworden? Wo bist du?« Seine Stimme klang aufgebracht, aber sie verstand nur Fetzen.

»Wer? … gesehen? … verschwinden! Nein, ich komme.« Sie hörte seine Schritte auf die Tür zustürmen und ging schnell weiter in den Sommersaal.

»Delia! Ich muss kurz weg, der Notar hat noch ein paar Fragen.« Er atmete schwer.

»Ich bin heute Nachmittag auf dem Friedhof«, rief sie ihm hinterher, aber da war die Tür hinter ihm schon ins Schloss gefallen. Aufgeregt ging sie im Sommersaal hin und her. Dann lief sie in Romolos Arbeitszimmer, nahm sein Adressbuch und suchte die Telefonnummer des Notars heraus. Sie hatten im Frühjahr entschieden, das letzte Stück Land der Familie bei Sciacca zu verkaufen, und der Papierkram erwies sich als aufwendiger als gedacht.

Nachdem sie mit dem Notar gesprochen hatte, wählte sie die Nummer von Romolos Schwester.

Eine Stunde später trat sie aus dem Haus in den Garten. Nervös schaute sie auf die Uhr – in ein paar Stunden traf sie Ada Pellegrino. Vielleicht konnte die ihr helfen. Langsam ging sie zu dem Brunnen und setzte sich auf den marmornen Rand.

Sie dachte daran, wie Romolo die Statue entdeckt hatte. Er war besessen davon gewesen. Hatte über nichts anderes sprechen können. Es war heiß, selbst hier im Schatten der Bäume. Sie stand auf und ging weiter durch den Garten, vorbei an Glyzinien, an blühenden Bougainvillea, die blau und fuchsiafarben leuchteten, an verwilderten Rosenbeeten, deren Duft betäubend war. Eidechsen huschten über den Kieselsteinpfad, verharrten in der Sonne und verschwanden in den dichten Büschen. Die Grillen zirpten immer lauter, sie schloss einen Augenblick lang die Augen und kehrte dann ins Haus zurück.

37

Die *Annalisa* war ein Fischkutter mittlerer Größe, dem die Jahre zugesetzt hatten – Rost hatte sich an ihrem Bauch entlang gefressen, und der blaue Streifen, der sie einmal hatte zieren sollen, war ausgeblichen und fleckig. Sie lag an der Hafenmole und schaukelte sanft in dem leichten Wind, der vom offenen Meer her wehte. An Deck war niemand zu sehen, und auf der Mole saßen zwei Nordafrikaner, die auf Lucas Ansprache nur den Kopf schüttelten – *»No italiano«,* sagte der ältere.

Luca schaute sich um und sah wieder auf sein Handy: Doch, Andrea Vassallo, der Kollege aus Marsala, hatte ihm den Kutter und den Ankerplatz beschrieben, das musste das Schiff sein. Er wischte sich den Schweiß von der Stirn, inzwischen war es drei Uhr, und die Sonne brannte vom Himmel. Er wählte Vasallos Nummer.

»Pronto?«

»*Pronto*, hier ist Luca Santangelo, ich bin jetzt bei dem Schiff. Hier ist keiner mehr?«

»Wir sind in der *Capitaneria di Porto*.«

»Ich bin sofort da.«

Luca lief die Hafenmole entlang zur Hafenaufsicht, wo ihm Andrea Vassallo entgegenkam, ein kleiner magerer Mann mit kurz geschnittenen dunklen Haaren und einem Schnauzbart.

»Also, die Statue ist konfisziert und wird untersucht …«

»Und der Mann, den sie festgenommen haben?«, unterbrach ihn Luca ungeduldig. »Wo ist der jetzt?«

»Sie haben ihn vor einer Viertelstunde gehen lassen.«

»Wie – gehen lassen?«

»Er hatte einen Lieferzettel von einem Gartencenter in Villabianca für die Statue.«

»Was für ein Gartencenter?«

»Na ja, diese Marmorstatuen, die man da kaufen kann, Padre Pio, Neptun, irgendwelche Engel …« Andrea Vassallo schaute auf seine Notizen und sah Luca dann unsicher an. »Die … die bilden wohl auch den Jüngling von Mozia nach. Ist in der Gegend beliebt, sagen sie.«

»Und wieso verfrachtet der Typ die Statue klammheimlich auf einen Fischkutter?«

»Er hat behauptet, ein tunesischer Freund des Kapitäns hätte die Statue bestellt, das Schiff sollte eh nach Tunesien fahren und hätte ihm die Statue gebracht – und der Kapitän hat das bestätigt.« Vassallo sah wieder auf seine Notizen. »Er wollte das Ding nicht verzollen, hat er gesagt.«

»Ja und jetzt?«

»Die Statue ist konfisziert, das *Assessorato* in Palermo schickt einen Gutachter – warte mal, ich habe mir den Namen notiert …« Vassallo schaute auf seinen Notizblock. »Hier … Ettore Lagioia, ein Professor, also dieser Lagioia wird in den nächsten Tagen erwartet, um zu bestätigen, dass es sich wirklich um eine Nachbildung handelt. Statt Padre Pio eben der Jüngling von Mozia …«

Vassallo schaute von seinen Notizen hoch und räusperte sich. »Die Statue sah echt aus, aber die sind ja inzwischen sehr gut im Kopieren.«

»Hast du den Mann gesehen, der die Statue verladen hat? Weißt du, wie er heißt?«

»Ja, warte mal … Ich habe einen Freund in der *Capitaneria di Porto*, der hat ihn mir gesagt.« Er blätterte. »Hier – Antonio oder Tony, nein Tony … Lumìa.«

»Bist du sicher? Tony Lumìa?« Also doch.

»Ja … *un attimo*, Lumìa, Tony. Kein Unbekannter, deshalb waren die auch misstrauisch, er dreht immer mal krumme Dinger, aber man hat ihm nie was nachweisen können. Vielleicht warten wir damit, die Nachricht freizugeben. Bis wir wissen, ob wirklich was dran ist.« Er lächelte schüchtern und entblößte große Schneidezähne, die Luca an einen ängstlichen Hasen erinnerten. »Es ist meine erste größere Geschichte, da möchte ich alles richtig machen.«

»Kann ich die Statue mal sehen? Kriegt dein Freund da drin das hin?«

»Klar, ich denke schon.« Vassallo ging vor Luca her in das niedrige Gebäude, in dem die Hafenaufsicht untergebracht war. Ein typisches Amtsgebäude, enge, dunkle Flure mit dunkelgrauem Linoleumboden, bläulichem Neonlicht und fest verschlossenen Fenstern. Vassallo blieb vor einer der dunkelbraunen Türen stehen und klopfte. Ein sehr korpulenter Mann, dem Schweiß über die hochrote Stirn lief, öffnete.

»Giovanni, das ist ein Kollege von mir, Luca Santangelo. Kannst du uns die Statue, die ihr konfisziert habt, noch mal zeigen?«

Der Mann wurde noch ein wenig röter, seine kleinen dunklen Augen blinzelten nervös. »Andrea, komm mal einen Moment mit rein.« Er zog Vassallo ins Zimmer, murmelte *»scusi«* und schlug Luca die Tür vor der Nase zu. Zwei Minuten später kam Andrea Vassallo heraus und gab Luca ein Zeichen, ihm zu folgen.

»Jetzt hat sich die Polizei aus Marsala eingeschaltet. Die Statue wird unter Verschluss gehalten und bewacht, bis das Gutachten erstellt ist. Falls es doch die echte ist. Der Anruf ist vor fünf Minuten gekommen. Tut mir leid.«

Sie standen wieder vor dem Gebäude, und Luca zündete sich

eine Zigarette an. Wenn Ettore Lagioia das Gutachten erstellte, war der Ausgang klar – er hatte die Statue für unecht erklären wollen, seit Leoni sie ausgegraben hatte. Und das würde er jetzt tun, egal, um welche es sich handelte, die echte oder die Kopie.

»Was machen wir denn nun mit der Geschichte? Warten wir ab oder lassen wir sie über den Ticker laufen?« Andrea Vassallo sah ihn fragend an.

Luca hörte ihm gar nicht mehr zu. »Vassallo, du hast mir sehr geholfen.« Er klopfte ihm abwesend auf die Schulter und lief zu seinem Motorrad. Auf dem Weg nach Villabianca – die eigentlich halbstündige Fahrt schaffte er in zwanzig Minuten – dachte er daran, wie er im vergangenen Jahr bei den Ermittlungen im Mordfall an seiner Exfreundin in Mazara im Hafen recherchiert hatte. Wie man ihn nachts dort zusammengeschlagen hatte und Lumìa aus dem Nichts aufgetaucht war und ihm geholfen hatte. War das wirklich so gewesen? Er hatte den Angreifer nicht gesehen – es hätte auch Lumìa selbst sein können, der ihm eine Lektion erteilen wollte, ihn warnen wollte, weiter zu recherchieren.

Die staubige Landstraße nach Villabianca war menschenleer, in der Hitze des frühen Nachmittags blieb man zu Hause, schloss Fenster und Türen gegen die Sonne. Er hatte das Gefühl, ihm platzte der Kopf unter dem dunklen Helm. Endlich tauchte der Ort vor ihm auf, auch hier waren die Straßen wie ausgestorben. Langsam fuhr er zu der Fischhandlung, die Tony Lumìas Mutter gehörte und in der er arbeitete. Die Pescheria Mare Azzurro hatte geschlossen, das hellblaue Gitter war heruntergelassen. Luca schaute auf die Uhr, kurz vor vier. Vor halb fünf würden die nicht aufmachen. Er stellte das Motorrad ab und schaute sich die Klingelschilder am Hauseingang neben der Fischhandlung an. Da, Lumìa. Er klingelte, einmal, zweimal, dreimal. Keine Reaktion. Unschlüssig schaute er sich auf der Straße um. Schräg gegenüber war eine kleine Bar, Café Europa. Luca merkte, dass er Hunger hatte. Wann war er das letzte Mal bei Lo Bianco gewesen? Es wollte ihm nicht einfallen, in den letzten Tagen hatte er vor allem geraucht und Espresso getrunken. Er zeigte auf das letzte Stück Pizza, das hinter der Theke lag, und zwang sich, es aufzuessen, obwohl ihn der teigige Geschmack und der zähe eingetrocknete Mozzarella darauf anekelten. Dann bestellte er einen Espresso und setzte sich an den einzigen kleinen Tisch nahe der Kasse, an der reglos eine junge Frau saß und aus dem Fenster starrte.

Zwei Espressi und fünf Zigaretten später, die er in der glühenden Hitze der Straße geraucht hatte, sah er die korpulente Signora Lumìa das hellblaue Gitter der Pescheria zurückschieben. Er erinnerte sich an ihre fleischigen Hände und die undurchdringliche Miene, mit der sie ihren Sohn geschützt hatte. Sie zu befragen hatte keinen Zweck.

Eine halbe Stunde später sah er Tony Lumìa aus dem Hauseingang neben der Fischhandlung treten. Schwarzes, enges T-Shirt, braun gebrannt, er sah die Schlange, die sich um den linken Oberarm wand, ein riesiges Tattoo. Lässiger Gang, er bewegte sich wie ein träger Tiger. An den Füßen die schwarzgoldenen Vans. Luca wartete ein paar Minuten und folgte ihm dann in die Fischhandlung.

Wenn Tony Lumìa ihn wiedererkannte, ließ er sich nichts anmerken. Ungerührt schippte er aus einem großen Bottich gestoßenes Eis auf die Auslagefläche, während seine Mutter den Fisch aus dem Kühlraum holte. Viel war vom Vormittag nicht übrig, Pulpo, Tintenfisch und Sardinen.

»Letztes Jahr? Ich hab dir geholfen? Weiß nicht mehr, ich helfe vielen«, sagte er vage und gleichgültig, ohne Luca anzuschauen.

»Was ist mit der Statue, die du nach Tunesien verschiffen wolltest? Wo hast du die her?«

Tony Lumìa gähnte. »Was ist eigentlich los? Das ist 'ne billige Figur aus dem Gartencenter hier. Hat sich ein Freund in Tunesien gewünscht.«

»Ach ja? Und was hast du auf Mozia gesucht?«

Tony zuckte nicht mit der Wimper. »Bin extra nach Mozia gefahren. Wollte schauen, ob die Nachbildung auch echt aussieht, und ein Foto machen für den Freund in Tunesien.« Er wischte sich die Hände an der Schürze ab und holte sein Handy aus der Tasche. »Hier!«

Luca sah ein Foto des Jünglings im Museum.

»War übrigens am Tag vorher. Bevor sie geklaut wurde. Zum Glück, denn jetzt ist sie ja weg, da hätte ich sie nicht mehr knipsen können.« Er grinste Luca frech an.

»Du bist aber in der Nacht beobachtet worden«, sagte Luca aufs Geratewohl.

»Ach ja?« Tony Lumìa begann zu pfeifen und drehte sich nach hinten um. »Mamma, was ist mit den Garnelen? Sind noch welche übrig?«

»No, amò, sono finiti.«

Dann wandte er sich wieder Luca zu. »Wer hat mich denn beobachtet? Der hat entweder ein Problem mit den Augen oder mit der Wahrheit. Ich hab's gerade schon den Jungs in der Hafenaufsicht gesagt – in der Nacht war ich zu Hause, meine Mutter kann es bezeugen.«

Wie auf Kommando trat die Fischhändlerin in den Verkaufsraum und schaute Luca trotzig an. Ihr hellblond gefärbtes Haar war zu einer Hochfrisur gesteckt, die ihn an die Siebziger erinnerte. Das ehemals hübsche Gesicht war inzwischen beinahe konturlos – sie musste seit dem letzten Jahr nochmals zugenommen haben.

»Mein Sohn war in der Nacht zu Hause, wir haben den ganzen Abend ferngesehen, dann ist er gegen eins ins Bett gegangen. Ich konnte nicht schlafen und war bis vier wach. Gegen halb fünf habe ich ihn geweckt, weil wir zum Fischmarkt mussten, Ware kaufen.«

»Also ein lückenloses Alibi.« Luca schaute Tony Lumìa fest in die Augen. Der hielt dem Blick stand und nickte.

Und irgendein Fischer, den die Signora seit Urzeiten kannte, würde bestätigen, dass er Lumìa gesehen hatte. Luca grüßte und verließ die Pescheria. Unschlüssig stand er auf der Straße und ging dann langsam in Richtung seines Motorrads. Der schwarze Ledersitz glühte in der Sonne, wieso hatte er nicht darauf geachtet, das Motorrad in den Schatten zu stellen? Vorsichtig setzte sich Luca darauf und begann zu fluchen. Langsam fuhr er los und war schon am Ende der Straße, als ihm in hohem Tempo ein dunkler Wagen entgegenkam, der den weißlichen Staub auf der Straße aufwirbelte. Er stutzte. Das Auto kannte er doch, aber woher? Dann trat er auf die Bremse. Ein dunkelblauer Jaguar XJ, ein älteres Modell – genau, Romolo Leoni fuhr so einen, er hatte den Wagen in Marsala gesehen und bewundert, aber gedacht, dass es nicht das richtige Auto für den sizilianischen Sommer war. Was machte der hier? Luca wendete und fuhr langsam an der Fischhandlung vorbei. Der Wagen hatte direkt davor geparkt, vom Fahrer keine Spur. Auch Lumìa war verschwunden, nur die Signora stand einsam hinter der Auslage. Luca dachte nach. Er konnte sich nirgendwo auf der Straße postieren, das wäre zu auffällig gewesen. Blieb wieder nur das Café Europa, und das Motorrad musste in einer der Seitenstraßen verschwinden. Leonis Jaguar war nicht der einzige auf Sizilien, wahrscheinlich war er paranoid. Aber wenn es doch Leoni war, mit dem Lumìa sich traf? Die junge Frau saß noch ebenso reglos hinter der Kasse wie eine Stunde zuvor. Luca bestellte einen *caffè freddo* und ließ die Fischhandlung nicht aus den Augen. Nach einer Stunde war er fast so weit aufzugeben, als er Lumìa mit einem älteren Mann aus dem Hauseingang neben der Pescheria kommen sah. Weiße Haare, heller Anzug – das war Leoni! Ganz offensichtlich war er aufgebracht, er gestikulierte wild, dann packte er Tony Lumìa an den Schultern und schüttelte ihn. Lumìa machte sich los und schubste Leoni von sich weg, nur leicht, aber in der Geste lag eine offene Aggressivität. Dann drehte der Jüngere sich um und ging zurück in den Laden. Leoni blieb einen Moment auf der Straße stehen, schüttelte den Kopf, dann stieg er in seinen Jaguar und brauste davon.

Nachdenklich ging Luca zurück zu seinem Motorrad. Er setzte den Helm auf und machte sich auf den Rückweg nach Palermo.

38

30. Juli 2011
Ich wusste es! Papà hat etwas entdeckt. Seit Wochen ist er unruhig und irgendwie abwesend. Heute kam ich in die Bibliothek, er hat es nicht bemerkt, weil er telefonierte. So aufgeregt habe ich ihn noch nie erlebt. »Wir müssen da hin. Nachts«, hat er gesagt. Und: »Du musst mich hinbringen und mir helfen.«

»Keiner hat ihm geglaubt, aber nun hat er doch etwas gefunden. Ich wäre zu gern dabei …«

Wieder verschwamm die Schrift vor Delia Leonis Augen, als sie das Tagebuch Ada reichte. Sie saßen im Botanischen Garten auf einer der Marmorbänke, die im Schatten eines riesigen Ficus standen. Trotz der Hitze fröstelte Delia. Bis zuletzt hatte sie überlegt, ob sie das Treffen absagen sollte. Dann war sie schon eine halbe Stunde früher hergekommen, aber immer wieder kurz davor gewesen wegzugehen. Erst als sie Ada Pellegrinos schmale Gestalt den Kiesweg entlangkommen sah, wusste sie, dass sie das Richtige tat.

»Ihr Mann? Er war in der Nacht auf Mozia?« Delia sah das Entsetzen in Adas Augen.

»Es sieht so aus«, sagte Delia leise. Ihre Stimme zitterte. Ada schwieg einen Moment.

»Was hat Giacomo gemeint? Was soll Ihr Mann auf Mozia entdeckt haben?«, fragte sie dann.

»Romolo hat sein gesamtes Berufsleben damit zugebracht,

die Bedeutung der Phöniziersiedlung auf Mozia zu beschreiben und zu belegen. Von den drei auf Sizilien hält er Mozia für die wichtigste und größte. Nicht alle seine Kollegen teilen diese Meinung. Die Opfer- und Kultstätten sind ein Indiz für die Bedeutung einer Siedlung. Romolo war … Romolo ist überzeugt davon, dass auf Mozia ein der Tanit geweihter Tempel gestanden hat. Das wäre der einzige auf Sizilien. Nicht nur das sogenannte Tophet, ein geweihtes Heiligtum, an dem Priester und Kinder begraben wurden, sondern ein richtiger Tempel. Er hat aber nie Spuren davon gefunden.«

»Wieso dachte Giacomo, dass er jetzt noch etwas ausgraben könnte? Ist er nicht längst pensioniert?«

»Mein Mann ist emeritiert, er lehrt nicht mehr. Aber er gräbt manchmal noch mit. Unsere Familie …« Sie zögerte. »Wir haben eine besondere Beziehung zu Mozia. Romolo hat sich immer wieder einmal an den Ausgrabungsarbeiten beteiligt. Das ist sein Leben. Giacomo hat seinen Vater glühend verehrt. Er hat ihm nachgeeifert, wollte ein ebenso guter Archäologe werden. Alle Thesen, jede Theorie, die Romolo hatte, hat er aufgesogen wie ein Schwamm. Dieser Tanit-Tempel ist für beide zu einer Obsession geworden.«

Der Marmor der Bank fühlte sich kühl unter Delias Hand an. Ada zündete sich eine Zigarette an.

»Giacomo hat in seiner eigenen Welt gelebt«, fuhr Delia fort. »Der Garten unserer Villa, Mozia, in Rom die Vatikanischen Museen, in die Romolo ihn schon als Dreijährigen jeden Sonntag mitgenommen hat. Dieser Tanit-Tempel war größer und wichtiger als alles andere.«

»Aber Ihr Mann hat keinen Tempel entdeckt …«, sagte Ada.

Delia schaute auf den Boden. »Ich … weiß nicht. Giacomo hat wohl gehört, was er hören wollte. Er hat angefangen, seinem Vater nachzuspionieren, weil er bei der großen Entdeckung dabei sein wollte. Er hat wirklich gedacht, dass mein Mann nachts nach Mozia fährt, um im Morgengrauen Tempelreste auszugraben, die er dann als seine Entdeckung einer imaginären Weltöffentlichkeit präsentiert. Giacomo war ein Träumer …«

»Und ist in der entsprechenden Nacht seinem Vater gefolgt …«

»Hier, sehen Sie mal, das ist vom 31. Juli: *›Papà wird immer nervöser. Heute habe ich ihn telefonieren hören – übermorgen Nacht ist es so weit! Ich werde ihm heimlich folgen, wenn ich dann auch auf Mozia bin, wird er mich mitmachen lassen, bestimmt!‹* Das war zwei Tage vor der Nacht, in der er gestorben ist. Aber was wollte mein Mann auf Mozia? Was hat er mit dem Raub der Statue zu tun?« Delia war verwirrt. Das ergab keinen Sinn, sosehr sie sich auch seit gestern das Hirn zermarterte. »Mir hat er damals gesagt, dass er nach Rom zu seiner Schwester fährt, die schwer krank ist. Aber dort ist er nie gewesen.«

Delia sah das Bedauern in Ada Pellegrinos Augen, ein Bedauern und noch etwas anderes.

»Was wissen Sie? Sie müssen mich nicht schonen, ich will die Wahrheit wissen. Ich muss, verstehen Sie?«

Delia sah, dass Ada zögerte.

»Delia, die Statue des Jünglings von Mozia war nicht echt. Oder besser gesagt: Sie war nicht *mehr* echt. Irgendwann ist die echte durch eine sehr, sehr gute Kopie ersetzt worden. Unser Freund, der bei Erice tödlich verunglückt ist, hat das herausgefunden. Es gibt Fotos, die das zweifelsfrei belegen.«

Delia hörte zwei Turteltauben rufen, gleichtönig und klagend, als litten auch sie unter der drückenden Hitze. Sie spürte, wie ihre Hände feucht wurden. Die Statue war nicht mehr echt gewesen, und Romolo hatte das gewusst. Nicht nur das, er hatte die Kopie verschwinden lassen wollen.

»Mein Mann wollte unter allen Umständen verhindern, dass die Statue nach Rom in die Ausstellung kommt«, sagte sie langsam. »Das Material sei porös, der Transport zu gefährlich. Er hat vehement dagegen gekämpft«, sagte sie langsam.

»Und als ihm das nicht gelungen ist, blieb ihm nichts anderes übrig, als die Kopie stehlen zu lassen, damit in Rom niemand merkt, dass das gar nicht die echte Statue ist«, ergänzte Ada.

»Ettore hatte wieder einmal Zweifel angemeldet. In Rom hätte ein unabhängiger Historiker ein Gutachten erstellt. Und diesmal war die Statue wirklich unecht. Das wäre das Ende gewesen. Er musste nach Mozia. Und Giacomo ist ihm gefolgt und hat ihn dabei überrascht. So war es doch, Ada?«

»Ja, so war es. Giacomo hat Ihren Mann überrascht, ihm muss schlagartig klar geworden sein, was los war. Er versucht, unbemerkt zu verschwinden, aber Ihr Mann hat ihn schon gesehen und folgt ihm. Dann … es muss ein Unfall gewesen sein, Delia …«

»Ein Unfall?« Delia lachte bitter. »Ein Unfall … Tanit und Baal, würde meine Großmutter sagen, sie ermorden alle Erstgeborenen. Aber es waren nicht diese albernen Gottheiten, es war mein Mann mit seiner Besessenheit, mit seiner Gier. Es sind immer die Menschen. Romolo wollte die Statue haben, er wollte sie besitzen.« Sie stand entschlossen auf und drückte Ada das Tagebuch in die Hand. »Passen Sie gut darauf auf, Ada.«

»Und wenn Ihr Mann merkt, dass das Tagebuch fehlt?«

»Sobald ich die Statue gefunden habe, gehe ich zur Polizei. Bis dahin ist das Tagebuch bei Ihnen sicherer.«

Auch Ada war aufgestanden. »Seien Sie vorsichtig. Und rufen Sie an, wenn Sie Hilfe brauchen.«

»Danke, Ada. Sagen Sie Ihrem Freund, er muss sich keine Sorgen um seinen Sohn machen. Ich lasse nicht zu, dass mein Mann damit durchkommt.«

39

Die Tür zum Südflügel der Villa knarrte laut, als Delia Leoni sie mit aller Kraft aufstieß. Der rostige Schlüssel hatte sich nur schwer in dem uralten Schloss umdrehen lassen. Seit dem Tod der Großmutter wurden die Räume in diesem Teil der Villa nicht mehr benutzt. Sie erinnerte sich nicht, wann sie das letzte Mal durch die Zimmer gegangen war. Die meisten Möbel waren stehengeblieben, man hatte sie mit Betttüchern oder Tischdecken abgedeckt, den vielen, vielen Betttüchern und Tischdecken für die riesigen, langen Tische im Sommersaal und im Ballsaal, die längst nicht mehr genutzt wurden. Delia erinnerte sich an die hohen Schränke im Hauswirtschaftsraum, in dem sich die Tischdecken türmten, blütenweiß gewaschen, gestärkt und gebügelt. Sie trugen das Wappen der Albamonte, es gab sie in allen Größen und Formen. Die Bettwäsche wurde in der Wäschekammer aufbewahrt, Bettwäsche für Dutzende Betten, auch alle weiß. Ihr Vater selbst hatte nach dem Tod der Großmutter und dem Mord an Joseph stapelweise Tischdecken und Betttücher aus den Schränken genommen und damit die Möbel abgedeckt. Dann hatte er den Südflügel fest verschlossen. Zehn Jahre später war er gestorben. Er hatte lange gegen den Krebs gekämpft, galt als geheilt. Aber schließlich hatte die Krankheit doch gesiegt. Ihre Mutter hatte nichts angerührt, nichts verändert, sie blieb so schüchtern und zurückhaltend, wie sie immer gewesen war. Nur die Villa verkauft hatte sie nicht. Bis zum letzten Tag hatte der Vater darum gekämpft, das riesige Haus halten zu können. Längst war ein Großteil des Personals entlassen, und sie wohnten in wenigen Räumen. Kurz nach dem Tod des Vaters hatte die Mutter eine größere Erbschaft gemacht, und von da an wurde nie mehr über einen Verkauf geredet, selbst dann nicht, als Delias Mutter nicht länger allein leben konnte und zu ihnen nach Rom gezogen war.

Sie ging langsam durch die Salons, dann die breite Treppe hoch zu den Schlafräumen. Die schweren dunkelblauen Samtvorhänge im Schlafzimmer der Großmutter waren staubig, und sie musste niesen. Würde Romolo hier etwas verstecken? In einem dieser Räume? Es raschelte, und sie schrie auf. Eine Maus huschte an ihr vorbei, die kleinen Pfoten kratzten über den Steinboden. Sie schüttelte sich. Am liebsten wäre sie umgekehrt. Nein, hier war nichts, gar nichts. Eine schmalere Treppe führte hinauf in den Dienstbotentrakt. Auch hier war alles unberührt und überzogen von einer dicken Staubschicht. Die Luft stand unter dem Dach, es roch nach Mottenkugeln und Staub, gemischt mit einem muffigen Geruch. In einer der Dienstbotenkammern war das kleine Dachfenster zerbrochen, und auf dem Fenstersims war ein verlassenes Vogelnest, in dem braun gesprenkelte graue Eierschalen lagen.

Drei Stunden später stand sie verschwitzt und staubverschmiert in der Küche. Wo konnte die Statue sein? Das Gartenhäuschen und die ehemalige Unterkunft des Kutschers im weitläufigen Garten waren leer. In dem langgezogenen Stall standen ein uralter Landauer mit gebrochenen Radspeichen und die Käfige und Volieren, in denen einmal Affen und Papageien gehalten worden waren. Nichts. Aber irgendwo musste das Ding doch sein. Nach Rom hatte es Romolo auf keinen Fall gebracht.

Inzwischen ging die Sonne unter. Delia sah, wie die Schatten im Garten länger wurden. Wohin war Romolo gefahren? Und wann kam er wieder? Ihr Blick fiel auf das große Keramikfass, in dem sie Oliven aufbewahrten. Bis vor ein paar Jahren Oliven aus eigener Ernte, inzwischen kauften sie sie von der Kooperative, die ihre Olivenhaine übernommen hatte. Die alten Vorratsräume! Delia trat aus der Küche in den Garten. Rechts von ihr führte eine schmale Treppe ins Souterrain. Die Villa war nicht unterkellert, aber unter der Küche befand sich ein Vorratskeller, in dem man die Lebensmittel vor der Hitze geschützt und die großen Eisblöcke, die regelmäßig geliefert worden waren, gelagert hatte. Später hatte man Oliven und Wein dort aufbewahrt. Und die vielen Kästen mit Coca Cola für die Großmutter. Sie rüttelte an der verwitterten Holztür. Verschlossen. In der Küche war ein Schrank mit allen Schlüsseln, viele von ihnen uralt und verrostet, und Delia wusste längst nicht mehr, welcher Schlüssel zu welchem Schloss gehörte. Nach einer Stunde gab sie auf – keiner der Schlüssel passte. Das Schloss schien im Gegensatz zu vielen anderen in der Villa relativ neu zu sein. Und wenn …? Im Geheimfach von Romolos Schreibtisch fand sie einen unscheinbaren neuen Schlüssel. Inzwischen war es draußen dunkel geworden, und sie schaute nervös auf die Uhr. Aber Delia konnte nicht aufhören, nicht jetzt, sie musste nachsehen, ob da unten etwas war. Vorsichtig steckte sie den Schlüssel ins Schloss. Mühelos ließ er sich umdrehen, und sie trat in den dunklen, kühlen Raum. Vorsichtig tastete sie sich an der Wand entlang, irgendwo war doch der Lichtschalter? Als sie ihn gefunden hatte und das Licht anging, war sie enttäuscht: Den staubigen Vorratsraum, an den sie sich erinnerte, säumten meterlange leere Holzregale, ansonsten war er leer. Sie schaute sich nach der kleinen Tür um, die zum Weinkeller führte. Auch der wurde schon lange nicht mehr genutzt, niemand brauchte mehr Platz für Hunderte von Flaschen. Unruhig schaute sie auf die Uhr: zwanzig nach acht, sie musste sich beeilen. Entschlossen ging sie zu der Tür und drückte die Klinke herunter. Als sie in den dunklen Raum schaute, in den nur wenig Licht fiel, wurde ihr schwindelig. Sie hielt sich am Türstock fest und schloss die Augen. Nachdem ihr Herz wieder etwas ruhiger schlug und sie tief durchgeatmet hatte, machte sie das Licht an.

Da stand die Statue. In dem kleinen Raum wirkte sie riesig, der bis auf die fehlenden Arme perfekte marmorne Jünglingskörper arrogant in seiner Schönheit und ewigen, leblosen Jugend. Die Augen schauten sie stolz an, stolz und gleichmütig, so wie sie seit – ja seit wann? – über zweitausend Jahren in die Welt blickten. Romolo hatte den Jüngling auf einen Sockel gestellt, und jetzt sah sie, dass da auch ein Sessel stand. Offensichtlich hatte er viel Zeit hier unten verbracht. Sie ertrug den Anblick nicht länger und lief aus dem Raum und dem Keller. Als sie die Tür zum Vorratsraum abschloss, hörte sie Schritte im Haus. Schnell ging sie in die Küche, als ihr Blick auf den Schlüssel in ihrer Hand fiel. Die Schritte kamen näher, und sie steckte den Schlüssel in die Hosentasche.

»Liebes, hier bist du – ich suche dich überall!«

Romolo Leonis Stimme klang besorgt und vorwurfsvoll zugleich. Delia sah, dass er verschwitzt war und sein linkes Augenlid zuckte, ein sicheres Zeichen, dass ihr Mann nervös war.

»Wo warst du?«

»Im Garten, mir ist plötzlich die alte Kutsche eingefallen, die im Stall steht. Ich wollte sehen, ob sie noch zu gebrauchen ist. Sieh mal, wie staubig ich bin.« Sie hörte, wie aufgeregt sie klang. Ihr Mann sah sie aufmerksam an. Langsam kam er auf sie zu und legte ihr die Hand auf die Schulter.

»Ist alles in Ordnung, Liebes? Hast du deine Tabletten genommen?«

»Ja, und ich habe schon gegessen. Im Kühlschrank steht noch etwas für dich. Bitte entschuldige mich, ich bin sehr müde.«

Sie hatte das Gefühl, die Hand ihres Mannes auf ihrer Schulter schnüre ihr die Luft ab. Sie konnte ihm nicht länger in die Augen schauen, ertrug seine körperliche Nähe nicht. Als sie seine Hand wegschob und einen Schritt zurücktrat, schaute er sie erstaunt an. Sie sah einen Verdacht in seinen Augen aufglimmen.

»Bitte entschuldige mich, ich bin wirklich sehr müde«, murmelte sie und bemühte sich, langsam aus der Küche zu gehen. In ihrem Rücken spürte sie seinen Blick. Fieberhaft dachte sie nach. Sie musste den Schlüssel so schnell wie möglich wieder in seinen Schreibtisch legen.

In der Bibliothek, die an das Arbeitszimmer ihres Mannes angrenzte, blieb sie stehen und lauschte. Sie hörte nichts, es war alles still. Auf Zehenspitzen schlich sie in sein Arbeitszimmer und zog den Schlüssel aus der Hosentasche, als sich seine Schritte näherten. Schnell ging sie zurück in die Bibliothek und griff wahllos einen der in Leder gebundenen Bände aus dem Regal.

»Was machst du hier?«, fragte Romolo mit scharfer Stimme.

»Ich habe ein Buch gesucht.«

Er nahm ihr den Band aus der Hand und schlug ihn auf.

»Montaigne, Essays«, sagte er spöttisch. »So, so.« Dann schob er langsam Buch zurück in das Regal, kam auf sie zu und griff nach ihrer linken Hand, in der sie den Schlüssel hielt.

40

In seiner kleinen Wohnung riss Luca die Fenster und die Tür zur Terrasse auf und wischte sich den Schweiß von der Stirn. Fast acht, und es wurde einfach nicht kühler. Die Fahrt mit dem Motorrad von Villabianca war eine Qual gewesen, entlang der Landstraße zurück nach Palermo hatte die dürre Macchia gebrannt, und er hatte durch dichte Rauchschwaden fahren müssen.

Er schaute auf sein Handy, Ada hatte sich noch nicht gemeldet. Sie musste längst zurück sein von ihrem Treffen mit Delia Leoni. Nervös wählte er ihre Nummer, als es an der Tür klingelte.

»Ada, da bist du ja, endlich! Hast du was rausgefunden?«

Sie schnüffelte.

»Hat es hier gebrannt? Es stinkt furchtbar nach Rauch …«

»Das Einzige, was ich aus Villabianca mitgebracht habe. Die Klamotten kann ich wegschmeißen. Es hat überall gebrannt, wieso die die Landstraße nicht gesperrt haben, ist mir ein Rätsel. Und alles umsonst! Ich habe gar nichts, nur Vermutungen. Leoni ist in Villabianca aufgetaucht, aber das hilft uns nicht, weil wir keine Beweise haben. Fakt ist bloß, dass mein Sohn sich wie ein Verbrecher aus dem Staub gemacht hat. Morgen läuft die Frist ab, die der Staatsanwalt gesetzt hat, dann wird ihm in Abwesenheit der Prozess gemacht …«

Er konnte seine Enttäuschung und Verzweiflung nicht verbergen. Was blieb ihm jetzt noch? Er hatte alles versucht, und vielleicht war es doch richtig gewesen, dass Diego einfach abgehauen war. Ada strich ihm vorsichtig über die Stirn, und als sie ihre Finger wegzog, waren sie rußverschmiert.

»Luca, ich habe das Tagebuch«, sagte sie ganz leise. Erst jetzt sah er, dass sie etwas in der anderen Hand hielt, und wollte danach greifen, aber Ada schob ihn sanft und bestimmt weg.

»Geh erst einmal duschen. Dann erzähle ich dir alles. Heute Abend kannst du eh nichts mehr machen.«

»Aber …«

»Kein Aber. Du kannst heute Abend nichts tun, glaub mir. Außer dir den Staub abzuwaschen und saubere Klamotten anzuziehen.«

Er verfluchte die Dusche, aus der wie üblich nur ein dünnes Rinnsal lief, und trocknete sich schnell ab. Als er auf die Terrasse kam, hatte Ada Kerzen angezündet, eine Flasche Grillo auf den Tisch gestellt und machte sich gerade an seinen Oleanderbüschen zu schaffen, die von der Hitze halb vertrocknet waren. Sie schaute ihn vorwurfsvoll an.

»Wie oft hast du die gegossen?«

»Ab und zu …«, sagte er vage.

»Ab und zu? Jeden Tag brauchen die Wasser bei der Hitze! Luca Santangelo, du hast diese Terrasse einfach nicht verdient.«

Luca nickte zerstreut. »Nun erzähl schon, was hat Delia Leoni gesagt?«

»Leoni war auf der Insel. In der Nacht.«

»Wieso denn das?« Luca starrte sie ungläubig an.

»Der Mann, den Caterina Rizzo gesehen hat. Erinnerst du dich? Älter, hat sie gesagt. Ein älterer Mann. Das war Leoni. Hier – lies mal.« Sie schlug das Tagebuch auf und gab es ihm. Luca hielt die Luft an, während er las.

»Was? Giacomo denkt, sein Vater macht die große Entdeckung, aber der klaut die Statue – die Kopie – zusammen mit Lumìa?« Luca legte das Tagebuch zur Seite. »Ich fasse es nicht. Der saubere Herr Professor. Das kann ja nur eins bedeuten: Leoni hat die echte Statue und muss nun die Kopie verschwinden lassen!«

»Genau, das denkt Delia Leoni auch. Und sie will jetzt die Statue suchen, sie ist sicher, dass Leoni sie irgendwo in der Villa Albamonte versteckt hat.«

»Er wollte sie für sich haben …« Luca dachte nach. »Als ich das erste Mal mit Leoni gesprochen habe, am Tag nach dem Mord, hat er mir von Sammlern erzählt, die das Objekt der Begierde ganz für sich haben wollen. Es verstecken vor der Welt. Er hat über sich selbst geredet.« Er schüttelte den Kopf. »Silvio ist mit seiner Entdeckung, dass auf Mozia schon länger nicht mehr das Original steht, zu ihm gegangen – da hat er es mit der Angst zu tun bekommen. Seinen Sohn hat er nicht umgebracht, das war ein Unfall. Aber Silvio – das war er. Den hat er getötet. Oder töten lassen.«

»Dieser Tony Lumìa – wenn der für ihn die Statue stiehlt, vielleicht hat er dann auch Silvios Auto manipuliert? Traust du ihm das zu?«, fragte Ada.

»Dem traue ich alles zu«, sagte Luca nachdenklich.

»Und Caterina Rizzo? Wieso war sie auf der Insel?«, fragte er und goss Ada von dem Wein ein.

Sie blätterte in dem Tagebuch und zeigte auf eine Seite.

»Hier, schau mal!«

2. Juli 2011
Heute bin ich am Bootsanleger an der Lagune einer sonderbaren Frau begegnet. Sie mühte sich ab, kistenweise Flaschen und Nahrungsmittel an Bord eines alten Kahns zu hieven. Als ich anbot, ihr zu helfen, war sie erst unwirsch, hat mich dann aber machen lassen. Ihr gehört Santa Maria, die Insel neben Mozia! Sie lebt das ganze Jahr über dort, hat sie erzählt, sommers wie winters. Ohne fließend Wasser und ohne Elektrizität.

Erst wollte sie nicht reden, aber nachdem ich ihr Boot beladen hatte, wurde sie freundlicher. Sie hat mich sogar mitgenommen nach Santa Maria. Dort habe ich ihr alles ins Haus getragen. Ihr Vater war ein Rais auf Favignana! Vielleicht kennt Mamma ihn noch.

»Wie merkwürdig. Hat er gar nichts vom Tod seines Onkels gewusst?«, fragte Luca.

»Bei den Leoni wurde nicht über den Tod von Delias Bruder gesprochen. Das war tabu.«

»Aber wieso? Caterina Rizzo ist doch als Mörderin verurteilt worden.«

»Ja, aber Delia hat mir gegenüber angedeutet, dass ihre Eltern wussten, was wirklich passiert ist. Allerdings erst bei unserem letzten Telefonat, vorher hat sie den Mord an ihrem Bruder mit keiner Silbe erwähnt. Sie hat mir auch gesagt, dass in der Familie darüber nicht geredet wurde. Giacomo wusste nur, dass sein Onkel ›tödlich verunglückt‹ ist.«

»Und er ist offensichtlich nie dazu gekommen, seiner Mutter von der Begegnung mit Caterina Rizzo zu erzählen«, sagte Luca und zündete sich eine Zigarette an. Er nahm einen tiefen Zug, und die Spitze glühte orangefarben in der Dunkelheit. »Aber Caterina hat begriffen, wer Giacomo ist. Sie mochte den Jungen, wieso hätte sie ihn mit der Wahrheit verstören sollen?«

»Und schau mal, hier – als er das Telefonat mithört, in dem sein Vater das Datum sagt, an dem er nach Mozia fahren will«, Ada blätterte in dem Tagebuch. »Hier ist es – da fragt er Caterina, ob sie ihn nach Mozia bringt. Er fährt abends zu ihr nach Santa Maria, dann übernachtet er da, und sie fahren von dort aus nach Mozia. Deshalb hat ihn auch niemand gesehen, deshalb war Caterina auf der Insel, und deshalb hat man auch kein Boot gefunden, mit dem Giacomo gekommen ist. Er hat alles genau geplant, er wollte unbedingt dabei sein, wenn sein Vater die große Entdeckung macht …«

Lucas Telefon klingelte. Anonym, sein Herz schlug schneller. Vielleicht war es Diego?

»*Pronto*?«

»*Pronto*, Luca Santangelo?«

»Ja?«

»Hier Ettore Lagioia. Sie müssen etwas tun, Delia ist in Gefahr. Delia Leoni, meine Cousine.«

Ettore Lagioias Stimme klang aufgeregt, er war außer Atem, und der blasierte Ton war verschwunden.

»Professor Lagioia, was ist passiert?«

»Meine Cousine hat herausgefunden, dass ihr Mann die Statue gestohlen hat. Aber das wissen Sie, sie hat Ihnen ja das Tagebuch gegeben. Sie hat mich angerufen. Heute Nachmittag. Hat gefragt, ob das sein kann.«

»Was? Dass was sein kann?«

»Dass die echte Statue nicht mehr auf Mozia steht, sondern eine Kopie. Ich … ich habe ihr gesagt, dass ich das glaube. Nach den Fotos, die dieser Journalist mir gezeigt hat.«

»Hat sie die Statue gefunden?«

»Nein … aber sie wollte sie suchen. Sie glaubt, sie muss irgendwo in der Villa Albamonte versteckt sein.

Was, wenn Romolo sie dabei erwischt? Ich habe mir solche Sorgen gemacht, habe eben versucht, sie zu erreichen. Leoni ist rangegangen, hat gesagt, sie könne nicht ans Telefon kommen, weil sie schlafe. Es gehe ihr schlecht, hat er behauptet. Und dass sie den ganzen Tag im Bett geblieben sei.«

»Und ihr Handy?«

»Ist ausgeschaltet, da habe ich es zuerst versucht. Signor Santangelo, Sie müssen zur Villa fahren und nach ihr sehen! Bitte! Meine Cousine ist in höchster Gefahr!«

41

Dunkel lag der schmale Weg zur Villa Albamonte vor Ada und Luca. Unschlüssig sahen sie sich an – und jetzt? Die dichten Oleanderbüsche, die den Kiesweg säumten, bewegten sich kaum merklich in dem leichten Nachtwind, und ab und zu raschelte es im Gebüsch. Sein Motorrad hatte Luca an der Straße stehen lassen. Er schaute auf die Uhr, jetzt war es kurz nach eins. Nach dem Anruf von Ettore Lagioia hatte Luca entschieden herzufahren, und Ada hatte darauf bestanden mitzukommen.

»Ich kenne die Villa wenigstens ein bisschen – Delia Leoni hat sie mir doch gezeigt.«

»Ist zu gefährlich, Ada. Wir können da eh nicht einfach so einsteigen – oder was hast du vor?«

»Jedenfalls hat es keinen Sinn, zu klingeln und nach Delia zu fragen, oder? Komm schon Luca, ich glaube, wir müssen uns beeilen!«

Die Villa Albamonte lag am Fuße des Monte Pellegrino und grenzte an den riesigen Park La Favorita, einstmals die königlichen Jagdgründe. Inzwischen war der Park zum großen Teil verwildert und höchsten noch beliebt bei einem Teil der Prostituierten, seit man sie vom Foro Italico, der Strandpromenade, vertrieben hatte.

Langsam gingen Luca und Ada den Kiesweg entlang, der sich über einen halben Kilometer lang zur Villa erstreckte. Je weiter sie sich von der Straße entfernten, umso düsterer wurde es, und Luca leuchtete mit dem Display seines Handys auf den Boden, um nicht zu stolpern. Das Rauschen des Verkehrs hinter ihnen wurde leiser, ab und zu hupte jemand wild, man hörte gedämpft die Rufe der Freier und ab und zu eine Prostituierte lachen.

Irgendwann waren auch diese Geräusche nicht mehr zu hören, und Ada hielt Luca erschrocken am Ärmel fest, als er auf einen Zweig getreten war, der in der Stille vernehmlich knackte.

»Psst!« Sie legte den Finger vor den Mund, und leise schlichen sie weiter. Schließlich sahen sie ein schwaches Licht, und dann mündete der Weg auf einen kleinen Platz, der den Blick auf die eindrucksvolle Fassade der Villa mit dem riesigen Hauptportal sowie dem großen Löwen rechts davon freigab. Sie blieben im Schatten eines großen Oleanderbuschs stehen. Zwei Lampen neben dem Eingang warfen ein orangefarbenes Licht auf den Vorplatz, auf dem zwei Autos standen – Leonis Jaguar und ein verbeulter schwarzer Pick-up, ein alter Dodge RAM.

Als sie Türen schlagen hörten, duckte Luca sich in den Schatten der großen Oleanderbüsche. Romolo Leoni kam aus der Villa, ging zu dem Pick-up und nahm etwas, das Luca nicht erkennen konnte, von der Ladefläche. Er trug einen schwarzen Jogginganzug, Turnschuhe und Handschuhe. Luca hielt die Luft an und drückte sich tiefer ins Gebüsch. Er meinte, sein eigenes und Adas Herz schlagen zu hören. Die Zweige des Oleanders kratzten ihn im Gesicht, und er versuchte, sich ganz klein zu machen. Ada kauerte neben ihm, er spürte, wie sie die Luft anhielt.

Aber Leoni bemerkte sie nicht und ging seitlich am Haus vorbei in den Garten. Luca schaute auf die Uhr, sie warteten einige Minuten, die ihm wie eine Ewigkeit vorkamen, und als Leoni nicht wieder auftauchte, gab er Ada ein Zeichen: Das war ihre Chance, unbemerkt ins Haus zu kommen.

»Ich gehe nach oben und schaue nach Delia Leoni«, flüsterte sie ihm ins Ohr.

»Gut, dann folge ich Leoni.«

Ada nickte und verschwand leise im Haus. Er sah ihr einen Moment lang nach, dann lief er in die Richtung, in der Leoni verschwunden war. Der Garten lag im Dunkeln, nur schwach fiel das Licht von der Villa auf die alten Bäume. Der Weg führte am Haus entlang, und Luca drückte sich an die Wand, um den Ästen und Zweigen der Zitronenbäume auszuweichen.

Als er Stimmen hörte, blieb er wie angewurzelt stehen.

Leoni schien jemandem Anweisungen zu geben, »hier lang«, »sei vorsichtig«, »nein, nein, so nicht«. Der andere antwortete unwillig, mit leicht nasaler Stimme – Lumìa. Luca schlich sich näher heran – da war eine Tür, die weit offen stand. Die Küche, ein großer Raum, in dem Licht brannte: leer. Vorsichtig trat er über die Schwelle. Links führte eine Treppe in eine Art Keller, aus der die Stimmen kamen.

»Beeil dich, komm, weiter!« Das war Leoni.

»Ich hab dir doch gesagt, wir brauchen einen dritten Mann, das Ding ist zu schwer.«

Wieder ein dumpfer Laut, und Leoni keuchte vor Anstrengung.

»Wir haben keine Zeit. Deine Schuld, alles deine Schuld! Ich hab dir gesagt, du sollst die falsche Statue verschwinden lassen. Nicht verkaufen. Nach Tunesien, du Idiot!«

Leonis Stimme klang aufgebracht, er stieß die Wörter zwischen heftigen Atemzügen hervor. Darüber hatten die beiden sich also in Villabianca gestritten.

»Meine Schuld? Dass deine Frau nach der echten Statue sucht und sie auch noch findet?« Lumìas arrogantes Lachen war zu hören.

»Wir müssen sie jetzt so schnell wie möglich verschwinden lassen, Tony.« Leonis Stimme klang jetzt bittend. »Mit meiner Frau, das kriege ich schon hin, keine Sorge.«

»*Cazzo, cazzo, cazzo.*« Leise fluchte Luca vor sich hin. Delia Leoni nahm starke Psychopharmaka, daraus hatte ihr Mann keinen Hehl gemacht, sie hatte ihren einzigen Sohn verloren, es wäre ein Leichtes für Leoni, sie für unzurechnungsfähig erklären zu lassen – wenn von der Statue erst mal jede Spur fehlte. Er sah sich um, und sein Blick fiel auf den mächtigen Messerblock auf dem Küchentisch. Schnell schlich er hin und zog ein kurzes, breites Messer heraus. Dann lief er zurück durch den Garten auf den Vorplatz. Vorsichtig schaute er sich um – von Leoni und Lumìa keine Spur. In Leonis Jaguar passte die Statue auf keinen Fall. Also ging er weiter zu dem Pick-up und rammte das Messer mit aller Kraft in den linken Vorderreifen. Das harte, dicke Gummi hielt stand, und Luca holte erneut aus. Und wieder. Der Schweiß lief ihm über die Stirn, aber schließlich schaffte er es doch, den Reifen zu durchbohren. Reichte das? Er schaute sich um und ging dann um das Auto herum. Besser noch einen zweiten Reifen. Der Kies knirschte unter den Gummisohlen seiner Turnschuhe, der Wind rauschte in den Oleanderbüschen und den hohen Pinien. Als er sich bückte, sah er in den verchromten Felgen des Dodge RAM eine Gestalt hinter sich. Luca drehte sich um, da riss ihn Tony Lumìa bereits an der Schulter hoch, die Rechte zur Faust geballt. Luca strauchelte, Lumìa griff noch mal nach seiner Schulter, und Luca rammte ihm mit aller Kraft das Messer in den Oberschenkel. Als ihn Lumìas Faust an der Nase traf, wurde ihm kurz schwarz vor Augen, und er fiel zu Boden.

»Was ist da los? Was machst du?«

Leoni lief zu ihnen, als Luca versuchte, sich aufzurappeln. Tony Lumìa hatte ihm das Messer abgenommen, jetzt griff er nach seinem linken Arm und drehte ihn ihm so heftig auf den Rücken, dass Luca wieder in die Knie ging und aufschrie.

»Luca Santangelo, der Schnüffler«, sagte Lumìa und stöhnte.

»Der Pisser hat mir ein Messer ins Bein gerammt.« Luca sah, wie der Blutfleck auf Lumìas Jeans immer größer wurde.

»Ihr habt keine Chance. Leoni, geben Sie auf«, presste Luca zwischen den Zähnen hervor. Er keuchte.

»Halt den Mund.« Romolo Leonis Stimme war kalt. »Tony, bring ihn in den Weinkeller. Wir kümmern uns später um ihn.«

Lumìa zerrte ihn hinter sich her über den Platz in den Garten, er humpelte und fluchte, aber sein Griff war eisern, sosehr Luca sich auch dagegen wehrte. Vor der Tür blieb Lumìa abrupt stehen und hielt Luca das Messer an die Kehle.

»Halt still! Noch eine falsche Bewegung, und ich steche zu! Ich meine es ernst, du dämlicher Schnüffler!«

Neben der Tür lag etwas langes Schweres in eine Plane gewickelt – wie ein Baumstamm sah es aus. Das musste die Statue sein. Lumìa bemerkte seinen Blick und stieß ihn unsanft die Treppe hinunter. Unten angekommen schob er Luca in einen großen leeren Kellerraum, an dessen Ende eine Tür war, die halb offen stand.

»Los, da rein!« Er gab Luca einen Stoß, der diesen in den vollkommen dunklen Raum stolpern ließ, dann schlug er die Tür zu und schob den Riegel vor.

Luca tastete nach dem Handy in seiner Hosentasche und leuchtete den Raum aus, in dessen Mitte ein Sockel stand, daneben ein Sessel. Hier musste Leoni die Statue versteckt haben. Er schaute auf sein Handy – kein Empfang. Und Ada? *Cazzo*, was für eine beschissene Idee! Tony Lumìa und Romolo Leoni waren anscheinend zu allem bereit …

»Delia! Delia, Sie müssen aufwachen, bitte!«

Delia versuchte, die Augen zu öffnen. Alles drehte sich, sie fühlte sich wie auf einem Schiff bei Seegang. Wie viele Tabletten hatte sie geschluckt? Was war passiert?

»Delia, kommen Sie, trinken Sie einen Schluck Wasser!«

Das kalte Wasser lief ihr am Kinn entlang, sie verschluckte sich und musste husten. Jetzt sah sie die Person, die neben ihr auf dem Boden saß: Ada Pellegrino. Wo kam die her? Und wo war Romolo? Sie richtete sich langsam auf und hielt sich den Kopf. Romolo … Er hatte sie in ihr Schlafzimmer gezerrt, hektisch die Schachteln mit den Medikamenten aus ihrem Nachttisch gerissen und wahllos Tabletten in ein Wasserglas geworfen. Sie hatte sich gewehrt, als er versuchte, ihr die Flüssigkeit einzuflößen, hatte sich verschluckt, gespuckt und geschrien, aber er war stärker. Wie viele Tabletten sie wirklich heruntergeschluckt hatte, wusste sie nicht mehr. Als sie sich einen Augenblick von ihm losmachen konnte und einen Schritt zurückgewichen war, war sie über das Kabel der Nachttischlampe gestolpert und gestürzt. Ihr war schwarz vor Augen geworden. Sie hatte noch gehört, wie Romolos Handy klingelte und er weggegangen war. Dann war sie ohnmächtig geworden.

»Ada …« Ihre Stimme klang heiser, ihr Kopf drehte sich.

»Delia, wir müssen verschwinden, Sie sind in Gefahr! Können Sie aufstehen? Sind Sie verletzt?«

Vorsichtig betastete sie die Stelle an ihrem Hinterkopf, die schmerzte und zur Beule angeschwollen war. Dann schüttelte sie den Kopf.

»Nein, es geht schon. Helfen Sie mir, ich muss ins Bad, Ada, schnell!« Beide lauschten sie in die Dunkelheit des Flurs: nichts, absolute Stille. Ada stützte sie, und langsam gingen sie ins Bad, wo Delia sich den Finger in den Hals steckte, sich über die Kloschüssel beugte und sich übergab. Zitternd kauerte sie auf den kalten Fliesen und wartete, dass der Schwindel nachließ.

»Ada, wir müssen …« Sie hustete. »Ich kann nicht …«

Vorsichtig zog Ada sie hoch. »Schon verstanden, kommen Sie, wir gehen zurück ins Schlafzimmer – ist die Tür abschließbar?«

Delia nickte. Auf Ada gestützt ging sie langsam zurück ins Schlafzimmer, wo sie aufs Bett sank. Sie sah, wie Ada die Tür von innen verriegelte und die Kommode neben ihrem Bett vor die Tür zerrte. Dann griff sie zum Hörer des Telefons, das auf Romolos Nachttisch stand. »Hallo? Ja, hier Leoni, Villa Albamonte. Ein Einbruch, bitte kommen Sie schnell!«

Vorsichtig trank Delia das Glas Wasser, das Ada ihr jetzt reichte, und strich sich die Haare aus der Stirn. Stockend erzählte sie Ada, was passiert war.

»Ein schwarzer Pick-up steht vor der Tür, Delia. Wahrscheinlich versucht Ihr Mann gerade, die Statue verschwinden zu lassen.«

Als sie das Martinshorn hörten, atmeten sie auf.

Ada zog die Kommode vor der Tür weg, schloss auf und half Delia hoch. Gemeinsam gingen sie die Treppe hinunter durch das dunkle stille Haus. Auf dem Vorplatz hielt der Wagen der Carabinieri neben dem Jaguar ihres Mannes. Daneben stand der schwarze Pick-up, von dem Ada gesprochen hatte. Zwei Männer stiegen aus dem Auto aus, und Delia ging ihnen entgegen.

»Was ist hier los?« Sie zuckte zusammen. Die Stimme ihres Mannes klang vollkommen ruhig. Er musste aus dem Garten gekommen sein. Jetzt trat er auf sie zu und legte ihr den Arm um die Schulter. »Aber Liebes, was hast du denn? Ist dir nicht gut?« Als er Ada in der Tür stehen sah, stockte er, fing sich aber schnell wieder.

»Hast du noch Besuch bekommen? Wie schön …«

»Signora Leoni, ist alles in Ordnung?« Die beiden Carabinieri waren jetzt bei ihnen. Auch Ada war aus der Tür getreten.

»Meine Frau ist krank. Es war falscher Alarm, ich kümmere mich um sie. Bitte entschuldigen Sie uns.« Romolos Stimme klang so bestimmt und liebevoll besorgt wie immer.

»Bitte … helfen Sie mir … Ich …« Sie versuchte, ihn wegzuschieben, aber er umarmte sie fester und streichelte ihr über den Kopf.

»Er hat versucht, sie umzubringen!«

Erstaunt sahen die Carabinieri Ada Pellegrino an, und Delia hatte das Gefühl, ein Bann sei gebrochen. Als sie entschieden Romolos Arm wegstieß, schlug er mit voller Wucht nach ihr, und dann ging alles sehr schnell: Einer der Carabinieri packte Romolo Leoni und zog ihn von Delia weg. Sie sah ihn an, während er sich wehrte, immer noch dieser überlegene Ausdruck im Gesicht. Hass und Wut stiegen in ihr hoch. »Mörder! Du hast unseren Sohn umgebracht, getötet hast du ihn!«

Er erstarrte. »Nein, Delia, das habe ich nicht, ich schwöre es dir, es war ein Unfall, er ist weggelaufen, als er mich gesehen hat, ist gestürzt. Ich weiß nicht, was er auf Mozia suchte, ich habe keine Ahnung, was er da gemacht hat …«

Romolo zitterte am ganzen Körper, er sackte in sich zusammen, und der Carabiniere hatte Mühe, ihn auf den Beinen zu halten.

»Das wollte ich nicht, glaub mir, ich wollte das nicht …«, wimmerte er.

»Kommen Sie«, rief Ada dem anderen zu, »Leoni war nicht allein, da muss noch jemand im Garten sein.«

Luca hämmerte gegen die hölzerne Kellertür und schrie, so laut er konnte. Er war außer Atem, und die Fäuste taten ihm weh. Wie lange er hier stand, wusste er nicht, er hatte nicht mehr auf die Uhr geschaut. Aber jetzt hörte er Schritte und Stimmen.

»Hier bin ich, hier!«

Als der Riegel zurückgezogen wurde, wich er instinktiv einen Schritt zurück. Was, wenn es Lumìa mit dem Messer war? Dann sah er die Carabinieri und dahinter Ada und atmete erleichtert auf.

42

Reykjavík? Wie seid ihr nur darauf gekommen?«

»Eine Freundin von Mamma ist dort an der Uni. Dozentin für Romanistik. Erinnerst du dich an Gianna?«

Luca erinnerte sich nicht, Francesca hatte immer wieder Freundinnen und beste Freundinnen gehabt, mit denen sie sich irgendwann dramatisch zerstritt. Er schüttelte den Kopf.

»Nein, keine Ahnung. Was habt ihr der erzählt?«

»Dass ich mal raus muss. Chillen.« Diego grinste schief. Dann drehte er sich zu Ada um.

»Jetzt erzähl noch mal der Reihe nach – ihr seid zur Villa gefahren, Pa hat auf diesen Lumìa mit dem Messer eingestochen, und du hast Delia Leoni gerettet?«

Gemeinsam mit Ada hatte Luca Diego vom Flughafen abgeholt. Jetzt saßen sie im Auto und fuhren zurück nach Palermo. Diego sah noch dünner aus, als Luca ihn in Erinnerung hatte, und wollte offensichtlich nicht über seine Reise nach Island reden.

Eine Woche war es her, dass Romolo Leoni von den Carabinieri festgenommen worden war. Von Tony Lumìa fehlte immer noch jede Spur.

»Als Lumìa die Polizeisirene gehört hat, ist er verschwunden. Ich hab wohl nicht gründlich genug zugestochen, wenn er noch abhauen konnte … Die Statue lag dort, wo ich sie gesehen habe, als die mich in den Keller gesperrt haben.«

»Genau, und mithilfe von Silvios Fotos hat Ettore Lagioia

nachgewiesen, dass das die echte ist, die seit Jahren schon nicht mehr auf Mozia war«, fuhr Ada fort.

»Und Giacomo?« Diegos Stimme klang dünn.

»Es war ein Unfall, er ist gestürzt, als er vor seinem Vater weggelaufen ist«, sagte Luca.

»Scheiße ... Was passiert denn jetzt mit Leoni und diesem Tony Lumìa, falls sie den finden?«, wollte Diego wissen.

»Auf die kommt ein Prozess zu. Diebstahl, Körperverletzung, fahrlässige Tötung und Mord – Deborah, Silvios Schwester, hat nun doch Anzeige erstattet«, sagte Ada.

»Wobei das schwer nachzuweisen sein wird«, warf Luca ein. »Und Leoni hat die besten Anwälte. Die sind aus Rom eingeflogen worden.«

»Hier auf Sizilien hat er nichts mehr verloren, Delia Leoni hat schon die Scheidung eingereicht«, fügte Ada hinzu.

»Krass«, sagte Diego. »Und alles wegen so einer alten Figur. Der arme Giacomo«, sagte er leise. »Können wir zum Friedhof fahren? Jetzt gleich?«

»Wenn du willst ...« Luca zögerte.

»Bitte, Pa. Ich hab nichts gegen ihn gehabt. Dieser Satz mit den Tonscherben, du erinnerst dich? Dass er sich eher das Genick bricht und so ... das hab ich nicht so gemeint.«

»Weiß ich doch«, sagte Luca und wechselte unvermittelt die Spur, um die Ausfahrt nach Mondello zu nehmen. Das Hupen um ihn herum wurde lauter, er hupte zurück, fuhr von der Stadtautobahn ab und gab Gas. Hundert Meter weiter war Stau, nichts bewegte sich. Am Straßenrand stand ein Lieferwagen, aus dem heraus ein kleiner dicker Mann Wassermelonen verkaufte. Er hatte eine in dünne Scheiben geschnitten und ging mit einem Tablett von Auto zu Auto: *»Melluni bbilli frischi«* schrie er heiser.

»*Impossibile*, mitten in der Woche, und die ganze Stadt fährt an den Strand. Sind die alle arbeitslos?« Luca hupte wütend und scheuchte den Melonenverkäufer weg.

»Es ist Ende August, Pa. Wo soll man sonst sein? Ich bin so froh, wieder hier zu sein«, grinste Diego. »In Reykjavík hupt keiner. Da ist auch nie Stau. Und dann diese Stille überall, schrecklich.«

»Klingt nach einem richtigen Paradies«, sagte Ada. »Wenn es hier bloß mal still wäre, nur eine Stunde am Tag. Oder in der Nacht. Egal wann.«

»Hölle«, erwiderte Diego, »eine kalte leise Hölle, in der es nachts nicht mal richtig dunkel wird. Brrr.«

Sein Handy piepste.

»Wer will dich denn so unbedingt erreichen?« Seit dem Flughafen war das mindestens das zehnte Mal.

»Ist nur eine SMS.« Diego zögerte. »Giulia ist auch froh, dass ich wieder da bin«, sagte er dann möglichst beiläufig.

»Giulia?« Luca drehte sich zu Diego um und hätte beinahe einen Fußgänger überfahren, der bei Rot über die Ampel lief. Er trat scharf auf die Bremse. »Ihr redet noch miteinander? Nach allem, was vorgefallen ist?«

»Versetz dich mal in ihre Lage. Das war für sie auch nicht leicht, die Ärmste. Dann ist überall über mich und La Rossa geredet worden …«

»Ich kapier das nicht, Diego. Ich kapiere es einfach nicht, dass du dich mit dieser dummen Kuh noch abgibst …« Luca holte tief Luft, als er Adas Hand auf der Schulter spürte, die ihn sanft streichelte.

»Diego, ein bisschen mehr von Island musst du schon erzählen. Was gab es denn so zu essen?« Adas Stimme klang beiläufig, und Diego schien plötzlich froh zu sein, von seiner Reise und den merkwürdigsten Fischgerichten erzählen zu können.

Eine halbe Stunde später hatten sie den Stau hinter sich gelassen und waren zum Friedhof gefahren. Luca sah, dass Diego aus dem Fenster schaute, als sähe er das alles zum ersten Mal: den Monte Pellegrino mit seinen von der Sonne verbrannten Hängen, die Häuser mit ihren Balkonen, auf denen die weiße Wäsche in der Sonne trocknete, den irrsinnigen Verkehr und schließlich das blau glitzernde Meer.

Als sie das Auto auf dem Parkplatz vor dem Friedhof abstellten, war es so heiß, dass der Asphalt zu schmelzen schien. Die weißen Marmorgräber leuchteten in der Sonne, und Luca musste sich orientieren, um die Grabstelle der Albamonte zu finden. »Dahinten müsste es sein!«

Am Grab stand jemand, trotz der Hitze in Jeans und Sweatshirt, den Kopf gesenkt. Als sie näher kamen, drehte die Person sich um.

»Caterina Rizzo!« Luca stutzte und ging dann auf sie zu. Sie hatte die weißen Haare zurückgekämmt und zu einem kurzen Pferdeschwanz gebunden. Einen Moment sah es so aus, als würde sie ihn nicht erkennen, dann lächelte sie.

»Dein Sohn ist zurück«, sagte sie. »Das ist gut.«

»Leoni ist verhaftet worden. Er war der Mann, den du in der Nacht gesehen hast.«

»Ich weiß«, sagte Caterina Rizzo. »Aber davon wird Giacomo auch nicht lebendig.« Sie klang traurig.

»Du hast ihn gemocht, nicht wahr? Du wusstest, wer er war, aber er hatte keine Ahnung, wie eng du mit seiner Familie verbunden warst«, sagte Ada.

»Wieso hätte ich ihm das sagen sollen?« Caterina Rizzo sah müde aus. »Es war bedeutungslos. Ja, ich mochte Giacomo. Wir waren Freunde.« Sie hob die Hand zum Gruß, drehte sich um und ging langsam davon.

Schweigend standen sie an Giacomos Grab, und schweigend gingen sie eine Viertelstunde später zurück zum Auto. Als sie vor das Portal des Friedhofs traten, atmete Luca auf. Es kam ihm so vor, als hätte er in den vergangenen vier Wochen den Sommer gar nicht mit allen Sinnen wahrgenommen, seinen Geruch, seinen Klang, seine Farben und Geräusche.

»Der August ist fast vorbei, Ada, aber lass uns doch noch ein paar Tage nach Villabianca fahren. Das haben wir uns verdient, oder? Gleich dieses Wochenende?«

»Gib mir ein paar Tage, ja? Ich habe viel Zeit verloren, und Mitte September muss ich meine Übersetzung abgeben. Vielleicht danach?«

Luca fühlte die Enttäuschung in sich hochsteigen. Er sah, dass Diego unruhig von einem Bein aufs andere trat.

»Ende September ist doch perfekt, da ist der Strand menschenleer, es ist nicht mehr so heiß, aber das Meer ist noch schön warm! Die beste Zeit für Villabianca«, sagte sein Sohn jetzt aufmunternd. »Ach, und übrigens, wenn ihr das Haus am Wochenende nicht braucht, würde ich nach Villabianca fahren. Ich habe Giulia ein paar Tage am Meer versprochen …«

Nachbemerkung

Sämtliche Figuren und die Handlung dieses Buches sind frei erfunden.

Nur die phönizische Statue, der Jüngling von Mozia, existiert so wie im Roman beschrieben und ist im Museum der Fondazione Whitaker auf der Insel Mozia zu besichtigen. Allerdings wurde er, anders als im Buch beschrieben, 1979 von einer Gruppe Archäologen der Universität Palermo ausgegraben und war bereits mehrmals auf Ausstellungen zu sehen – 1988 in Venedig, 2012 zu den Olympischen Sommerspielen in London und 2013 in Los Angeles und Cleveland. Die Statue ist echt, sie wurde nie gefälscht oder gestohlen.

Ann Baiano